KB233226

오정희 문학 연구

오정희 문학 연구

인쇄 2011년 11월 21일 | 발행 2011년 11월 25일

지은이 · 박혜경
펴낸이 · 한봉숙
주간 · 맹문재 | 편집 · 지순이 | 마케팅 · 이철로

펴낸곳 · 푸른사상사
등록 제2-2876호
주소 서울시 중구 초동 42번지 아시아미디어타워 502호
대표전화 02) 2268-8706(7) | 팩시밀리 02) 2268-8708
이메일 prun21c@yahoo.co.kr / prun21c@hanmail.net
홈페이지 www.prun21c.com

ISBN 978-89-5640-867-5 93810
값 18,000원

e-CIP 홈페이지(http://www.nl.go.kr/cip.php)에서 이용하실 수 있습니다.
(CIP제어번호 : CIP2011004924)

A Study of Oh Jung Hee's Literature

오정희 문학 연구

박 혜 경

푸른사상
PRUNSASANG

| 머리말 |

연구자이기 이전에 문학을 사랑하는 한 사람으로서 오정희 소설과의 만남은 전율과 감동이었다. 더군다나 연구자로서 작품에 좀 더 다가갈 수 있는 기회가 주어진 것은 더할 나위 없이 행복한 경험이었다.

이제와 돌이켜 보면 이십 대의 막연한 두려움과 동경이 오정희 소설을 통해 위로받고 정화됐던 울림이 지금까지 오정희 소설 연구를 하게 된 계기가 되지 않았나 싶다. 저자 역시 짧지 않은 시간 동안 오정희 소설을 연구하면서 소설 속 작중인물처럼 나이를 먹고 그때마다 삶의 덫과 욕망에 허덕이면서 살아가고 있다.

오정희는 우리 소설사에서 독창적인 작품세계와 차별화된 서술전략으로 그 자리를 뚜렷이 하고 있는 작가이다. 오정희는 후배 작가들에게 미적 형상화의 탁월성뿐만 아니라 의식의 흐름 수법과 주제의 깊이 면에서 많은 영향을 끼쳤다. 또한 그동안의 방대한 연구자료가 보여주듯 연구자들에게도 그 어떤 작가보다 매력적인 작가인 것이 분명하다. 오정희는 68년 「완구점여인」으로 등단하여 40년 이상 올곧게 자신의 작품세계를 지키며 창작에 대한 열망을 간직하고 있는 작가이다. 오정희가 가지고 있는 완벽에 가까울 만큼의 결벽증이나 장인정신은 그녀의 전 작품을 통해 드러난다고 할 수 있다. 때로는 숨막힐 듯할 절망으로 때로는 뜨거운 열정과 욕망으로 작품을 읽는 독자들을 매료시킨다. 뿐만 아니라 삶과 인생에 대한 깊이 있는 통찰력과 보잘 것 없는 삶의 의미마저도 한순간에 뒤집어버리는 촌철살인적인 문장력과 감수성은 그녀의 가장 큰 장점이라 할 수 있을 것이다.

오정희 문학에 대한 기존연구는 다양하게 이루어지고 있다. 주제의식뿐만 아니라 서술전략의 미학적 특성도 다양하게 논의되고 있다. 하지만 오정희 문학의 개별작품에 대한 정치한 분석이나 해석은 아직 부족한 상태이다. 또한 이를 바탕으로 한 오정희 작품세계 전반에 대한 고찰도 이루어지지 못하고 있다. 이미 완성도 높은 작품을 오십여 편 가까이 발표했고 99년에 발표한 「얼굴」을 끝으로 본격 소설을 발표하지 않고 있는 지금의 상황에서 작가의 작품세계 전반에 대한 논의는 의미 있는 작업이 되리라고 본다. 이에 저자는 개별작품에 대한 정치한 해석을 바탕으로 주제의식을 도출하고 총체적으로 작품세계 전반에 나타나는 주제의식의 변모 양상을 살피고자 한다. 또한 이를 통하여 작가의식의 지향점도 아울러 고찰할 수 있으리라고 판단한다.

작가 스스로 고백하고 있듯이 오정희는 소설을 쓰면서도 이미지와 운율 등 시적인 문체에 경도되어 있었다. 이는 문학이 언어 예술이라는 측면을 굳이 떠올리지 않더라도 오정희만의 독창적인 작품세계를 이루는 매력적인 요인이다. 하지만 때로는 이것이 작품의 이해를 어렵게 만드는 소이가 되기도 한다. 따라서 오정희 소설에 빈번하게 나타나는 다양한 이미지와 상징을 읽어 내고 서사의 표층적 의미와 심층적 의미 사이의 간극을 확인하고 파헤치는 일은 오정희 소설을 읽는 또 하나의 즐거움일 수 있을 것이다. 또한 이러한 과정을 거쳐서 오정희 문학의 장점을 새롭게 정의 내리게 될 뿐만 아니라 오정희 문학에 대한 기존의 평가에 대한 반론의 의미도 지니리라 기대한다.

오정희의 작가로서의 시간을 일년 중 하루로 비유하자면 '하지' 쯤이라 말할 수 있을 것이다. 하지는 일년 중 가장 낮이 긴 날로 이제 이 하루가 가고 나면 어둠과 밤의 시간이 점점 깊어지겠지만 그렇기 때문에 그 욕망과 열정은 어느 때보다 뜨겁고 빛날 수 있다. 어쩌면 지나온 시간보다 더 빛나는 시간들이 주어졌을지 모른다. 이러한 기대로 오정희 작가의 다음 작품을 기대한다.

연구자로서 오정희 문학과의 만남은 큰 행운이라 여기며 오정희 소설이라는 나무에 새잎이 나고 꽃이 피고 열매 맺는 과정을 지켜보며 때로는 물을 주고 그늘을 만들고 바람을 나누며 그 시간을 누려 보고자 한다.

끝으로 감사드릴 분이 참 많다. 세심하게 논문 심사 해주시고 배려해 주신 이정숙, 이영섭, 김삼주, 한원균 선생님께 감사드린다. 특히 부족한 제자를 사랑으로 지켜봐 주신 변정화 선생님과 전혜자 선생님께 고개 숙여 감사드린다. 마지막으로 늘 힘이 되어 주시는 단원 연구실 가족들과 학문뿐 아니라 인생의 많은 부분에서 스승이 되어 주시는 장현숙 선생님께 깊이 감사드린다. 고맙습니다.

사랑하는 부모님과 가족에게도 감사드리며 이 책이 작은 선물이 되기를 바란다.

그리고 이 책을 낼 수 있도록 배려하고 도와 주신 푸른사상사 한봉숙 사장님과 여러분께 고맙다는 인사를 전한다.

2011. 11

박혜경

제1장

서론

1. 문제제기

작가 오정희는 1968년 중앙일보 신춘문예에 「완구점 여인」이 당선되면서 문단에 나왔다. 이후 단편 위주의 작품 활동으로 50여 편의 작품을 창작했다. 그동안 오정희는 인간의 의식과 내면성에 대한 깊은 통찰과 초현실적인 감각의 지평을 넓혀왔으며, 개성적인 문체와 구성으로 독특한 영역을 확보한 작가로 평가되어 왔다.

현재까지 오정희 소설에 대한 연구는 활발하게 전개되어 왔다. 기존 논의는 주제론적 해석과 형식주의적 측면에서 다양하게 이루어졌다. 하지만 기존 논의는 설득력 있는 논의 전개에도 불구하고 몇 가지 한계점을 가진다. 우선 기존 연구는 문제작[1] 위주로 논의가 전개되어 왔다는 점이다. 또한 한 가지 방법론에 의해 그에 해당하는 작

1 평자들에 의해 자주 논의되는 작품은 대략 열 편 정도로 정리할 수 있다. 하지만 이러한 논의도 개별작품에 대한 정치한 해석보다는 개괄적인 비평에 해당하는 경우가 많다. 자주 논의되는 작품은 「완구점 여인」 「번제」 「직녀」 「불의 강」 「저녁의 게임」 「어둠의 집」 「유년의 뜰」 「중국인 거리」 「별사」 「바람의 넋」 「옛우물」 등이다.

품만 반복적으로 조망하는 한계점을 지니고 있다. 무엇보다 일부작품을 제외하고는 개별작품에 대한 구체적인 분석과 해석보다는 서평이나 단평 위주로 진행되어 개괄적인 비평의 범주에 머무는 실정이다. 이러한 이유로 오정희 문학에 대한 총체적인 접근이 이루어지지 못하고 있고 작품이 함의하고 있는 다양한 의미를 드러내지 못하는 문제점을 지닌다.

기존 논의가 드러내는 한계점을 정리하면 다음과 같다.

첫째는 오정희 문학이 미학적 · 예술적 형상화 부분의 긍정적인 평가에도 불구하고 역사적 · 사회적 맥락은 닫혀 있다는 평가이다.[2] 오정희는 유년기에 한국전쟁을 겪고 비극적인 체험을 내면화하였다. 또한 작가가 왕성하게 창작활동을 했던 70, 80년대[3]는 우리 사회의 큰 전환기에 해당하는 시기로 정치적 현실뿐 아니라 사회 전반에 걸쳐 많은 변화가 이루어지던 때이다. 이처럼 그는 전후의 고통, 산업화 사회와 부정적인 정치현실 그리고 90년대의 사회적 혼란을 겪으면서 현실인식과 역사의식을 작품 속에 형상화하고 있다. 오정희는 사회현실과 끊임없이 상호조응하면서 시대에 대한 문제의식과 비판정신을 구체화한다. 다만 오정희 소설은 역사와 현실을 뒤로 감추고 인물의 내면 묘사나 이미지, 상징과 비유 등을 통해서

---

2 특히 이러한 비판은 초기 연구자들에 의해 많이 지적되었는데 이러한 논의들이 오정희 문학에 대한 일반적인 특징처럼 굳어졌다. 「별사」 「파로호」 「그림자 밟기」 등 몇 작품을 통해 시대인식에 대한 논의가 언급되고 있기는 하나 본격적인 논의 전개는 이루어지지 못했다.

3 그녀가 발표한 47편의 작품 중 10편 안팎의 작품만이 다른 시기에 창작되었으며 나머지는 모두 70, 80년도에 발표되었다.

현실인식을 드러내는 차별화된 서술전략을 드러낸다. 물론 일부 평자에 의해 작가의 현실인식이 부분적으로 언급되고 있으나 본격적인 고찰은 이루어지지 못했다. 따라서 본서에서는 오정희 소설에서 작중인물을 억압하고 구속하는 대상은 무엇이며 오정희가 포착하고 있는 현실의 문제점은 무엇인지를 작품을 통해 구체적으로 밝히고자 한다.

둘째는 오정희 문학이 여성주의 문학이라는 점이다. 물론 오정희 작품이 여성의 삶을 지속적으로 천착하고 있다는 점에서 여성주의 문학의 한 특징을 지니고 있다고 볼 수 있다.[4] 하지만 일부 평자[5]에 의해 지적되고 있듯이 오정희 문학 속 작중인물을 가부장제 사회에서 남성은 가해자로 여성은 피해자라는 이분법적인 논의로 규정하는 것은 작품을 도식화하고 작품이 함의하고 있는 의미를 충분히 드러내지 못하는 한계를 드러낸다. 이는 구체적인 논의의 전개를 통해 밝

---

4 오정희 문학에 대한 여성주의적 관점은 두 가지 정도로 나눌 수 있다. 첫째는 소설 속 여성인물이 가부장제 사회의 억압과 굴레로 인해 부당한 삶을 살고 있다는 관점이다. 둘째는 오정희 작품을 순수하게 여성으로서의 삶 즉, 여성의 정체성의 문제로 보고 있는 것이다. 전자의 경우 오정희 문학의 의미를 도식화하고 재단할 우려가 있다.

5 이화진은 오정희 소설에서 보이는 남성의 삶에 대한 연민이나 동질의식은 오정희 소설이 페미니즘적 관점에서 해석되는 것을 방해하는 요인이라고 말했다.
이화진, 「오정희 소설의 모더니즘적 글쓰기의 양상과 의미 : 『불의 강』과 『유년의 뜰』을 중심으로」, 『어문학』 83호, 한국어문학회, 2004, 418쪽.
성민엽은 오정희 소설을 남성중심사회에서 소외된 여성의 삶으로 파악하는 것은 오정희 소설의 중요한 요소를 간과하거나 배제하게 된다고 지적하면서 이러한 논의는 오정희 소설의 진정한 주제를 무화시킨다고 비판한다.
성민엽, 「존재의 심연에의 응시」, 『바람의 넋』 해설, 문학과지성사, 1998, 278쪽.
김지혜는 기존의 여성주의 관점이 오정희 소설의 의미를 축소시킬 수 있는 위험을 안고 있다고 지적하고 있다.
김지혜, 「오정희 초기 소설 연구」, 이화여자대학교 석사학위논문, 2003.

혀야할 문제이지만 오정희 작품 속에서 남성과 여성은 가부장제 질서에서 똑같은 피해자일 뿐이다. 다만 여성의 삶에 대한 작가의 애정은 사회적 약자에 대한 관심의 연장선상에 놓여 있는 것으로 볼 수 있을 것이다. 또한 '소설이란 만들기보다는 자신 속에서 생겨나는 것' 이라는 작가의 창작태도를 통해 볼 때, 그녀 자신이 가장 잘 아는 여성의 이야기를 통해 인간 보편의 문제를 다루고 있음을 살펴볼 수 있다. 따라서 그의 소설이 단순히 여성주의 문학으로만 설명될 수 없음을 다양한 작품분석을 통해 밝히고자 한다.

셋째는 오정희 문학의 주된 기조를 허무주의와 불안, '허무의 심연' 인 죽음에 대한 친화적 태도로 설명하는 관점이다. 이러한 지적은 오정희 문학의 전반적인 분위기를 설명하는데 유용하다. 하지만 오정희의 허무주의는 감상적이거나 낭만적인 삶의 태도에서 나오는 것이 아니라 냉철한 시대인식에 따른 것으로 볼 수 있다. 또한 오정희 소설은 허무주의와 부정정신을 넘어 궁극적으로는 생명주의와 긍정정신을 드러낸다고 볼 수 있다.

오정희의 작품은 다의적으로 해석될 수 있는 텍스트이고 '애매성' 과 '모호성' 을 지니고 있어 다양한 방법론적 접근이 허용되는 열린 텍스트이다. 이러한 특징은 한 작품에 대해 상이한 해석의 결과를 내놓을 수 있고 이로 인해 작품의 주제의식이나 작가의식 자체도 전혀 다르게 해석될 수 있다는 것을 의미한다.[6] 또한 오정희 문학이 지니고 있는 '애매성' 이나 '모호성' 은 오정희 문학의 한 특징이 되면

6 예를 들면 오정희 작품 중 가장 많은 논란이 되는 「별사」를 살펴볼 때 작품에서 남편의 생사여부에 따라서 작품의 주제의식이 전혀 다르게 해석될 수 있다는 점이다.

서 동시에 '오독'과 '난독'을 초래한다는 부정적인 평가의 동인이 되기도 한다. 그렇기 때문에 작품 속의 다양한 상징과 비유, 베일에 감싸인 듯한 구체적 현실상황과 고도의 퍼즐게임을 연상시키는 중층적이고도 치밀한 구성을 읽어내는 것은 의미 있는 작업이 될 것이다.

따라서 본서에서는 오정희 전 작품에 대한 정치하고 면밀한 해석과 분석을 통하여 주제의식의 변모 양상을 살펴보고자 한다. 한 작가의 작품세계를 규명하기 위해서는 작품 전체를 관류하는 특질에 따라 작품을 분류하여 고찰하는 것도 의미 있는 것이겠지만 그보다는 개별작품에 대한 치밀하고 정치한 분석을 통해 귀납적으로 한 작가의 작품세계를 평가하는 일이 바람직하다고 보기 때문이다.

본서는 개별작품의 분석을 통하여 주제의식을 도출해 내고 주제의식의 변모 양상을 통시적으로 고찰하고자 한다. 이를 통해 기존 논의의 한계를 극복하고 오정희 문학의 특수성을 규명하고자 한다. 특히 오정희 문학이 사회현실과의 긴밀한 관련성 속에서 생산된 미학적 창작물임을 입증하는데 그 의의를 두고자 한다. 뿐만 아니라 오정희 문학은 미학적 특질뿐 아니라 주제의식 면에서도 그 깊이와 다양성을 드러내는 텍스트임을 밝히고자 한다. 이러한 논의를 통하여 한국문학사에서 오정희 문학에 대한 올바른 가치평가와 문학사적 의의에 대한 규명이 이루어지리라 전망한다.

2. 연구사 검토

오정희는 등단 초기부터 현재까지 완벽한 조형성, 치밀한 묘사, 뛰어난 상징과 이미지 등으로 작품의 완성도를 보여준다. 오정희의 작품에 대한 비평과 연구는 생존 작가임에도 불구하고 활발히 진행됐으며 현재까지 발표된 평론과 학위논문이 각각 100여 편에 달한다. 오정희만의 독특한 작품세계가 평자들의 끊임없는 관심과 논란의 대상이 되어 왔음을 말해준다.

오정희 문학에 대한 평자들의 관심은 첫 창작집 『불의 강』이 출간되면서 시작되어 『유년의 뜰』이 출간되고 「저녁의 게임」으로 이상문학상을 수상하면서 본격화되었다. 70년대 후반부터 시작되어 80년대 중반까지 지속된 이들 논의는 오정희 초기문학에 대한 주제론적 해명이 주를 이루었으며 초기작품에 드러나는 자아와 세계의 단절, 비극적 세계인식, 비정상적인 모티프, 죽음에 대한 친화성 등에 대해 언급한다. 오정희 작품세계를 '섬뜩함'이라 분석한 김현과 '세계에의 비극적 비전'으로 평가한 김병익의 논의가 주목할 만하다. 또한 오정희 문학이 현실적 상황에 대한 객관적 인식이 부족하고 전망을 제시하지 않는다는 부정적인 평가도 권영민, 김용구, 권오룡에 의해 제기되었다.

세 번째 창작집 『바람의 넋』이 발표되고 80년대 후반에 이르자 오정희 문학에 대한 주제론적 해명뿐 아니라 형식주의적 측면에 대한 연구가 이루어진다. 또한 비극적인 세계인식을 드러내는 초기작을 지나 중년여성의 평온한 일상을 주로 다룬 작품세계와 주제의식의 변모과정에 초점을 맞추어 논의가 진행된다. 형식주의적 연구 중 주목할 만한 것은 오정희 소설 속에서, '회상'이 가지는 의미를 고찰한 김윤식, 「별사」에 드러나는 작가의 의도적 시점 교란을 논한 이상섭, 시·공간의 문제를 연구한 성현자, 시간의 문제를 고찰한 권윤옥, 정신분석학적으로 접근한 권오룡[7], 김승환[8] 등의 연구를 들 수 있다.

90년대에 들어서면서 오정희 문학에 대한 연구는 확대된다. 특히 성숙한 여성성을 형상화했다고 평가받는 「옛우물」과 네 번째 창작집 『불꽃놀이』가 출간되면서 오정희 문학에 대한 연구는 새로운 전환점을 맞이하게 된다. 90년대 문단의 흐름에 힘입어 내면성 탐구, 의식의 흐름 수법의 대표격으로 일컬어지는 오정희 문학에 대한 관심이 증폭되는 것이다. 나아가 오정희의 작품은 다양한 언어로 번역, 출간[9]되기도 한다.

또한 주목할 점은 오정희 문학에 대한 여성주의적인 관점으로 접근한 비평이 본격화되고 있다는 점이다. 이러한 경향은 학계까지 영향을 미쳐 1993년 박향자[10]를 시작으로 많은 석사학위논문[11]을 배출하

7 권오룡, 「원체험과 변형의식」, 『우리세대의 문학』, 1985. 1.

8 김승환, 「오정희론－오정희적 자아의 존재양상에 대하여」, 『한국현대작가연구』, 민음사, 1989.

9 「별사」－여성작가 3인(오정희, 강석경, 김지원) 소설선, 1989(영어) 「바람의 넋」－1991(프랑스어), 1997(스페인어), 1998(독일어) 「옛우물」, 1991(일본어) 「순례자의 노래」, 1992(프랑스어) 「시간의 끝에서」, 1999(독일어) 「유년의 뜰」, 2001(독일어) 「새」, 2002(독일어) 「오정희 단편선」, 2004(세브로－크로아티아어) 「불망비」, 2004(프랑스어) 「새」－2005(스위스－독일어), 2005(프랑스어) 「저녁의 게임」, 2006(베트남어)

10 박향자, 「여성중심적 시각에서 본 오정희의 작품세계」, 계명대학교 여성학대학원 석사학위논문, 1993.

11 이정선, 「오정희 소설에 나타난 중산층 여성의 자아 탐색」(경남대학교 교육대학원 석사학위논문, 1996) 정영화, 「오정희 소설 연구－여성적 상상력과 문체징후를 중심으로」(중앙대학교 석사학위논문, 1996) 조정희, 「오정희 소설에 나타난 여성주의－타자화된 인물을 중심으로」(성신여자대학교 석사학위논문, 1997) 박찬종, 「오정희론－비극적 세계인식의 근원」(중앙대학교 석사학위논문, 1997) 노수진, 「오정희 소설의 시간구조」(동국대학교 문화예술대학원 석사학위논문, 1998) 노희준, 「오정희 소설 연구, 시 · 공간 구조를 중심으로」(경희대학교 석사학위논문, 1998) 박미경, 「오정희 소설 연구－글쓰기 전략을 중심으로」(동덕여자대학교 여성개발대학원 석사학위논문, 1998) 김태정, 「오정희 소설의

였다. 90년대의 괄목할 만한 연구로는 오정희 작품 속 여성인물의 정체성 찾기 과정과 모성성을 천착한 김경수, 황도경, 하응백, 심진경, 김혜순, 김복순의 논고가 있다. 또한 오정희 작품세계를 신화적, 주술적 세계로 분석한 양선규[12]의 논고도 오정희 문학 연구에 새로운 방향을 제시했다는 점에서 그 의의가 있다. 이 외에 오생근, 박혜경, 김치수, 최윤정이 오정희 작품에 대한 주제론적 연구를 이어갔다.

2000년에 들어서면서 석사학위논문이 대량화되었으며 박사학위논문도 10편 이상 발표된 상태이다. 오정희 소설을 근대성과 젠더의식 비교의 시각으로 연구한 이정희[13], 작중인물을 연구한 이가원[14], 여성적 자아와 시간의 양상으로 이분해서 고찰한 류지용[15], 서사담론을 연구한 임영석[16], 공간의 의미를 연구한 김민옥[17], 심리적 적응행동에 관한 연구를 한 나소정[18], 일상성을 연구한 김병덕[19] 등의 박사

기법과 문체에 관한 연구」(동국대학교 문화예술대학원 석사학위논문, 1998) 원화, 「오정희 소설 연구－작중인물 분석을 중심으로」(경희대학교 교육대학원 석사학위논문, 1998) 남혜란, 「오정희 소설의 공간」(경남대학교 교육대학원 석사학위논문, 1999)

12 양선규, 「밤마다 여행, 혹은 고통의 시학」, 『한국 현대소설의 무의식』, 국학자료원, 1998.

13 이정희, 「오정희, 박완서 소설의 근대성과 젠더의식 비교 연구」, 경희대학교 박사학위논문, 2001.

14 이가원, 「오정희 소설의 인물 연구 : 내면의식을 중심으로」, 명지대학교 문화예술대학원 박사학위논문, 2004.

15 류지용, 「오정희 소설 연구」, 고려대학교 박사학위논문, 2005.

16 임영석, 「한국 현대소설의 서사담론 연구 : 서정인, 오정희 소설을 중심으로」, 고려대학교 박사학위논문, 2009.

17 김민옥, 「오정희 소설에 나타난 공간의 의미」, 충북대학교 박사학위논문, 2009.

18 나소정, 「현대소설에 나타난 심리적 적응행동에 관한 연구－이청준, 오정희 소설을 중심으로」, 명지대학교 박사학위논문, 2006.

19 김병덕, 「한국 여성작가 소설에 나타난 일상성 연구－박완서, 오정희 양귀자를 중심으로」, 중앙대학교 박사학위논문, 2003.

학위논문이 나왔다. 이외에 김미정[20], 최윤자[21], 임선숙[22], 박진영[23]의 박사학위논문도 발표되었다. 무엇보다도 오정희 소설에 대한 석사학위논문이 100여 편 이상 발표되었으며 내용면에서도 작중인물 연구, 서사미학적 특성 연구, 성장소설 연구, 문체론, 시 · 공간에 대한 연구, 이미지나 모티프 연구 등으로 다양화되고 있다. 이러한 관심은 오정희 문학이 지니는 미학적 완성도와 인간의 실존적 삶에 대한 인식을 담은 독특한 작품세계가 현대인의 존재론적 불안의식과 맞닿아 그 가치를 더욱 더 인정받고 있기 때문인 것으로 판단된다.

오정희 문학에 대한 연구의 유형은 몇 가지로 나누어 볼 수 있다.

첫째로 주제론적 측면에 대한 논의이다.

김현[24]은 『불의 강』의 첫 느낌을 '섬뜩함'이라 했다. 붉은색과 푸른색의 대비를 파괴와 풍요의 대립적 요소로 읽고 이것을 가장 격렬하게 결합하고 있는 작품이 「불의 강」이라고 평한다. 또한 파괴 본능을 완전히 잠재울 때 생활은 범속해지고 생산의 풍요성은 범속성 속에서 살의를 느낄 때 얻어진다고 한다.

김치수[25]는 『유년의 뜰』이 한 여자의 성장과정을 중심으로 한 연

---

20 김미정, 「오정희 소설의 '시간-이미지' 연구」, 전북대학교 박사학위논문, 2011.

21 최윤자, 「오정희 소설 연구 : 융의 재생 모티프를 중심으로」, 단국대학교 박사학위논문, 2011.

22 임선숙, 「여성소설에 나타난 가족담론의 이중성 연구 : 박완서와 오정희 소설을 중심으로」, 이화여자대학교 박사학위논문, 2011.

23 박진영, 「한국 현대소설의 비극성에 관한 수사학적 연구 : 김승옥 · 조세희 · 오정희를 중심으로」, 고려대학교 박사학위논문, 2010.

24 김현, 「살의의 섬뜩한 아름다움」, 『불의 강』 해설, 문학과지성사, 1977.

25 김치수, 「전율, 그리고 사랑」, 『유년의 뜰』 해설, 문학과지성사, 1981.

작소설 가능성을 제기한다. 오정희 문학을 일상적 삶 속에 내재하는 공포, 증오, 복수를 느끼게 하는 '전율'의 세계라 평가하고 삶의 양면성, 즉 삶과 죽음, 생성과 소멸의 대립적 의미에 주목한다. 여성인물의 반복되는 외출에 처음으로 주목하면서 외출과 귀환, 생성과 소멸의 반복이라는 점에서 비극적이라 평한다.

김병익[26]은 『불의 강』과 『유년의 뜰』을 세계에 대한 비극적 비전으로 분석하면서 작가의 작품을 자아와 세계 간의 단절을 의미하는 서정시의 세계로 평가한다. 오정희 소설 중 해석의 모호성을 유발하는 요소를 설명하고 비정상적인 모티프의 의미를 천착한다. 김병익의 다양한 논의는 이후 오정희 연구에 대한 시사점을 제공한다.

권영민[27]은 오정희 소설의 긴장감은 상반된 정서영역을 공존시키는 아이러니 미학에 의해 유발되는 것이라 하면서 가장 선명한 관계로 나타나는 것은 삶과 죽음의 문제라 한다. 또한 『불의 강』에 수록된 작품들이 현실적 상황에 대한 객관적 인식이 부족하고 작가 자신의 감수성과 반응만으로 처리되었다고 비판한다. 하지만 이러한 논의가 설득력을 얻기 위해서는 작품에 대한 구체적인 해명이 선행되어야 한다고 본다.

김용구[28]는 작가가 '현대세계의 병리현상을 암시와 우회적인 방법을 통하여 형상화'하고 있으나 객관적 현실을 드러내지 않고 현실에 대한 전망을 제시하지 않기 때문에 '서정장르에 속하는 反소설'

---

26 김병익, 「세계에의 비극적 비전」, 『월간조선』, 1982. 7.

27 권영민, 「동시대인들의 꿈 혹은 고통」, 『문학사상』, 1982. 12.

______, 「오정희와 소설적 열정」, 『소설의 시대를 위하여』, 이우출판사, 1983.

28 김용구, 「일상의 갇힘과 밀침」, 『세계의 문학』, 1983. 겨울.

이라는 평가를 한다.

성민엽[29]은 『바람의 넋』 서평을 통해 오정희 소설 속에 나타나는 중년여성의 존재양상에 주목한다. 오정희 소설의 주제는 존재의 진실에 대한 추구라고 하면서 작가의 여성인물은 사회적 조건이 아닌 실존적 조건을 향해 열려 있다고 평가한다. 성민엽의 논의는 오정희 소설 속 중년여성 인물의 삶의 조건과 존재양상을 적확하게 고찰했다고 볼 수 있다.

지금까지 살펴본 논의는 오정희 문학작품에 대한 비교적 초기연구에 해당한다. 이들의 논의는 일부 평자들이 지적하는 오정희 문학세계의 애매하고 난해한 요소를 해명하는 단서를 제공했다는 데 그 의의를 지닌다. 하지만 이 시기 연구는 오정희 문학이 지닌 한계를 당시 우리 문단의 주류라 할 수 있는 리얼리즘 문학론에 기대어 지적하고 있고 개별작품에 대한 분석보다는 작품의 전반적인 분위기나 특징만을 부분적으로 언급하는 아쉬움을 지닌다. 이후 90년대부터 진행되는 연구에서는 이러한 초기 연구가 지니는 한계를 조금씩 극복하면서 개별작품에 대한 구체적인 분석을 통해 오정희 문학세계를 새롭게 분석하고 있으며 오정희 문학이 가지는 문학적 특질을 긍정적으로 평가한다.

황도경[30]은 초기작에 드러나는 인물의 이상행동이 모성과 생명력의 상실로 초래된 결과라고 하면서 일탈된 성관계를 성이나 관능과는 무관한 생명에의 희구로 분석한다. 이는 곧 죽음에 대항하는 것이

---

29 성민엽, 「존재의 심연에의 응시」, 『바람의 넋』 해설, 문학과지성사, 1986.

30 황도경, 「뒤틀린 성, 부서진 육체」, 『이화어문논집』, 1992. 3.

며 잃어버린 생명과 모성을 찾고자 하는 몸부림[31]이라는 것이다. 황도경의 주장은 일탈된 성관계에 대한 기존의 논의와 변별점을 보이는 것으로 필자 역시 동의하는 바이다.

최윤정[32]은 오정희 소설을 '보이는 것과 보이지 않는 것의 변주'라 하면서 작가는 '무엇'을 보여주려 하지 않고 '무엇에 대한 의식'을 보여주고 있으며 작가의 작품은 '쓰여졌다'기보다는 더할 수 없이 정교하게 '만들어졌다'고 지적한다. 최윤정의 논의는 오정희 문학이 지니는 긍정적인 요소를 적극적으로 부각시켰다는 점에서 그 의의를 지닌다.

이들 외에도 오정희 소설 속 시간을 '개와 늑대 사이의 시간'이라 분석한 김화영[33], 오정희 소설의 두 축을 성과 죽음으로 해명한 신철하[34], 작중인물이 겪는 불모의 삶에 주목한 박혜경[35], 전기주의적 비평 방법으로 접근한 이혜원[36], 거울 모티프를 효과적으로 분석하며 주제의식을 해명한 오생근[37]의 논의가 주목할 만하다.

그러나 주제론적 연구가 더 발전하기 위해서는 작품에 대한 섬세한 분석을 통해 주제의식을 밝히고 작가의식과 그 변모양상을 총체적 관점으로 고찰해야 한다. 또한 오정희 작중인물과 그 인물이 서

---

31 이것을 가장 극명하게 드러내는 부분은 「미명」(『문학과지성』 27, 1977. 봄호)이다. 노파에게 젖을 물리는 장면에서 노파는 잃어버린 생명을 희구하고 '나'는 잃어버린 모성을 갈망하고 있는 것으로 황도경은 분석하였다.

32 최윤정, 「부재(不在)의 정치성(精緻性)」, 『작가세계』, 1995. 여름.

33 김화영, 「개와 늑대 사이의 시간」, 『문학동네』, 1996. 가을.

34 신철하, 「성과 죽음의 고리－오정희의 소설 구조」, 『현대문학』, 1987. 10.

35 박혜경, 「불모의 삶을 감싸안는 비의적 문체의 힘」, 『작가세계』, 1995. 여름.

36 이혜원, 「도도새와 금빛 잉어의 전설을 찾아서」, 『작가세계』, 1995. 여름.

37 오생근, 「허구적 삶과 비관적 인식」, 『야회』 해설, 나남, 1990.

있는 현실과의 관계 양상을 구체적으로 천착함으로써 오정희 문학이 심리적 구조에만 갇혀 있고 사회현실적 맥락은 닫혀 있다는 부정적인 시각도 재고할 수 있을 것이다.

둘째로 여성주의적 시각으로 바라본 논의이다. 이들은 오정희 소설의 주제의식을 인간 실존의 보편적 문제로 다루려는 연구 경향에 반대하면서, 작가의 작품을 읽는 가장 효과적인 관점은 여성주의적 독법이라고 말한다. 이들은 여성작가에 의해 쓰여진 여성인물의 이야기라는 점에 주목하면서 오정희 소설 속 여성인물들의 삶을 가부장제 사회의 폭력과 억압에 대한 인식과 저항의 과정이라고 본다.

김영미 · 김은하[38]는 중년여성의 삶에 주목하면서 오정희 문학은 여성이라는 성적 특수성과 중산층이라는 계층적 기반에 의해 이해해야 한다고 언급한다. 또한 오정희 여성인물의 자아 찾기 과정이 지나치게 내면화되어 있고 소극적이라고 비판한다.

송명희[39]는 오정희 작품 속 여성인물이 뿌리 깊은 수동성으로 인해 적극적인 문제 해결의 전망을 제시하지 못하고 있다고 지적한다. 그러나 김영미 · 김은하, 송명희의 논의는 오정희 작품 속 여성인물이 처한 현실적 한계 상황을 섬세하게 읽지 못한 채 여성인물의 실천적이고 적극적인 문제 해결만을 요구하고 있어 공허하게 들리고 설득력이 떨어진다.

38 김영미 · 김은하, 「중산층 여성의 정체성 탐구」, 『오늘의 문예비평』, 1991. 9

39 송명희, 「한국소설의 페미니즘」, 『동양문학』, 1991. 3.

_____, 「한국 여성작가와 여성해방－오정희와 김향숙을 중심으로」, 『문학과 성의 이데올로기』, 새미, 1994.

김경수[40]는 오정희 소설의 축은 가부장제에 있다고 분석한다. 유년시절 가부장제의 허위성을 인식한 여성인물은 이후 극심한 혼란기를 거쳐 결국 성숙한 정체성 찾기의 과정으로 나아간다고 한다. 김경수는 오정희 작품에 대한 다양한 논의를 통해 여성주의 비평의 가능성을 열어주었다.

김복순[41]은 여성인물의 일탈 행위를 광기라 규정하면서 이것은 가부장제 사회에 대한 역담론이라고 분석한다. 이러한 논의는 오정희 소설에 나타나는 세계에 대한 부정의지와 여성인물의 그로테스크한 행동을 가부장제 사회에 대한 저항의지로 해석할 수 있는 단서를 제공하고 있다.

김혜순[42]은 오정희 문학을 '아버지' 라는 적대적 타자와의 갈등을 겪으며 여성화자들이 자아의 정체성을 완성하는 과정으로 분석하고, 여성적 글쓰기의 모범으로 평가한다. 그러나 오정희 작품 속에 나타난 '아버지' 를 가부장제 사회에서 여성인물에게 억압과 폭력을 행사하는 가해자로서 획일화시키는 것은 무리가 있다고 본다.

심진경[43]은 모성성에 주목하면서 여성인물이 보여주는 모성 거부는 어머니 되기를 거부하는 것이 아니라 가부장제 사회가 여성에게

---

40 김경수, 「한국 여성소설의 현단계」, 『문학과 편견』, 세계사, 1994.
______, 「여성성의 탐구와 그 소설화」, 『문학의 편견』, 세계사, 1994.
______, 「여성적 광기와 심리적 원천－오정희 초기소설의 재해석」, 『작가세계』, 1995. 여름.

41 김복순, 「여성 광기의 귀결, 모성 혐오증」, 한국문학연구회 편, 『페미니즘은 휴머니즘이다』, 한길사, 2000.

42 김혜순, 「여성적 정체성을 향하여」, 『옛우물』 해설, 청아출판사, 1994.

43 심진경, 「오정희 초기 소설에 나타난 모성성 연구」, 서강여성문학연구회 편, 『한국문학과 모성성』, 태학사, 1998.

강요하는 모성에 대한 거부라고 분석한다. 한편 오정희 소설 속에서 유년기를 겪는 화자의 삶을 근대성의 상징적 현상과 관련지어 분석한다[44]. 이러한 심진경의 논의는 사회현실적 맥락 속에서 작중인물의 존재양상을 고찰했다는 의의를 지닌다.

또한 여성주의 비평의 범주에 서서 오정희 소설을 대상으로 성장소설 가능성에 대해 언급한 논의[45]가 대두된다.[46] 하지만 성장소설에 대한 문제는 지금까지의 단편적인 논의를 벗어나 좀 더 심화되고 본격적인 연구 후에 해명할 수 있으리라 본다.

지금까지 살펴본 여성주의 비평은 오정희의 작품세계 전반을 가부

---

44 심진경, 「여성의 성장과 근대성의 상징적 해석」, 한국여성문학회 편, 『여성문학연구』 창간호, 태학사, 1998.

45 성장소설 연구 목록은 아래와 같다.
김나형, 「오정희의 여성성장소설 연구」, 홍익대학교 교육대학원 석사학위논문, 2005.
김미애, 「여성 성장소설 연구」, 인하대학교 교육대학원 석사학위논문, 2003.
김인숙, 「오정희의 여성성장소설 연구」, 순천대학교 교육대학원 석사학위논문, 2007.
김효신, 「오정희의 성장소설 연구」, 경희대학교 교육대학원 석사학위논문, 2001.
이정은, 「오정희의 여성성장소설 연구」, 서강대학교 교육대학원 석사학위논문, 2005.
임금복, 「여성성장소설에 나타난 사춘기의 성장담화」, 『성신어문학』 7집, 1995. 2.
지선희, 「오정희의 성장소설 연구」, 충남대학교 교육대학원 석사학위논문, 2005.

46 우선 김윤식 · 정호웅과 김복순은 오정희 소설을 두고 성장소설이 아니라는 입장에서 바라본다. 오정희 작품 속 유년기 화자가 세상을 통해 경험하는 것은 좌절과 단절, 소외이며 이로 인해 이들은 정상적으로 성장하지 못한다는 것이다. 이와 반대로 김경수, 심진경, 김영애는 오정희 소설을 여성인물의 정체성 찾기 과정이라 분석하면서 여성인물은 세계와의 대립, 갈등을 통해 성장하고 있다고 밝힌다. 특히 이들은 여성의 성장은 남성의 그것과는 다른 것이라면서 여성 인물의 성장 구조가 지니는 특징을 밝힌다.
김윤식 · 정호웅, 「한국소설사」, 예하, 1993.
김복순, 앞의 글.
김경수, 「여성 성장소설의 제의적 국면」, 앞의 글.
심진경, 「여성의 성장과 근대성의 상징적 해석」, 앞의 글.
김영애, 「오정희 소설의 여성인물 연구—성장소설의 측면에서」, 『한국학연구』, 고려대학교 한국학연구소, 2004.

장제 사회의 틀 안에 가둠으로써 남녀의 문제를 성별에 따른 이분법적인 대립관계로만 분석했다는 한계를 지닌다. 오정희의 문학은 여성의 삶을 넘어선 인간의 보편적인 삶에 대한 추구와 탐구라고 할 수 있다. 따라서 남녀의 성차에 따른 편협한 시각을 버리고 인간 보편의 실존적 삶의 문제로 오정희의 작품세계에 접근할 때 좀 더 효과적으로 오정희의 작품세계를 이해할 수 있을 것이다.

셋째로 정신분석학적 논의를 들 수 있다. 작가는 인물 창조 시 인물에 대해 많은 정보를 제공하지 않는다. 따라서 인물의 행동양상에 대한 심리적 요인과 무의식을 규명하기 위한 연구가 이루어지고 있다.

김현[47]은 「주자」의 동성애를 '요나콤플렉스'의 한 증상으로 분석하면서 단편적이나마 정신분석학적 해석의 가능성을 시사했다. 권오룡[48]은 현실세계를 지배하고자 하는 남성의 지배욕구와 달리 오정희 문학은 내부세계를 통해 의식의 굴절과 현실의 왜곡이 일어나는 변형욕구를 지닌다고 평가한다. 또한 작중인물들이 심리적 테두리 안에만 머물면서 외부 대상과 매개하지 못하고 있다고 지적하면서 이러한 작중인물의 나약한 의식이야말로 작가 오정희가 지닐 수밖에 없는 여류적 한계라 비판한다.

김혜니[49]는 라캉과 프로이트의 욕망이론으로 「저녁의 게임」을 분

---

47 김현, 「요나콤플렉스의 한 증상」, 『월간문학』, 1969. 10.

48 권오룡, 「원체험과 변형의식」, 『우리 세대의 문학』, 1985. 1.

49 김혜니, 「욕망의 이론으로 읽어 본 「저녁의 게임」」, 『현대소설과 언어와 현실』, 국학자료원, 1997.

석하면서 인물의 행동양상은 오이디푸스 콤플렉스와 사디즘과 마조히즘의 성욕도착에 기인한다고 고찰한다. 이러한 논의는 부분적으로 설득력을 가지기도 하지만 정신분석이론에 획일적으로 맞추려다 보니 견강부회식으로 논리의 비약을 가져오기도 한다.

이재선[50)]은 「바람의 넋」을 분석하면서 여성인물의 고통과 불행의 원인을 유년기의 전쟁 체험, 유년기의 심리적 트라우마와 연결시킨다. 트라우마에 대한 관심은 의미 있는 작업이지만 여성인물의 현재적 삶의 조건을 간과한 채 유년기의 트라우마만을 문제 삼는 것은 설득력이 떨어진다. 트라우마에 관한 연구는 김윤실[51)]과 박미란[52)]에 의해 지속된다.

넷째로 서사구조나 서사기법에 대한 논의[53)]이다.

김윤식[54)]은 김현과 김병익이 오정희 소설의 이미지 해독에만 열

---

50 이재선, 「재난과 트로마의 시학」, 『소설과 사상』, 1998. 가을.

51 김윤실, 「오정희 소설에 나타난 트라우마 연구」, 고려대학교 교육대학원 석사학위논문, 2006.

52 박미란, 「오정희의 소설에 나타난 트라우마 시학」, 서강대학교 석사학위논문, 2001.

53 서사구조나 서사기법에 대한 연구목록은 아래와 같다.
강유정, 「오정희 소설의 아이러니 연구」, 고려대학교 석사학위논문, 2000.
김경수, 「소설의 인물지각과 서술태도－오정희의 「별사」」, 『현대소설 시점의 시학』, 한국소설학회, 1996.
문혜윤, 「오정희 소설의 애매성 연구」, 고려대학교 석사학위논문, 2000.
오은정, 「오정희 소설의 불확실성의 시학」, 서강대학교 석사학위논문, 2003.
이상섭, 「「별사」의 수수께끼」, 『문학사상』, 1984. 8.
이중재, 「오정희 소설을 읽는 한 방법론－「저녁의 게임」을 중심으로」, 『동국어문학』 제8집, 1996.
정우련, 「오정희 소설의 서술시점 연구」, 경성대학교 석사학위논문, 1999.

54 김윤식, 「회상의 형식－오정희론」, 『우리 소설과의 만남』, 1986.

중하며 시독법[55]으로 작품을 읽는 것을 비판한다. 나아가 오정희 문학의 참주제는 '회상'이며 '시간이 등뼈를 이루고 산맥처럼 오정희 소설을 지탱하고' 있다고 분석한다. 황도경[56]은 김윤식의 논의에 이어서 「유년의 뜰」에서의 '회상'과 '시간' 의미를 분석한다. 오정희 소설에는 변화와 발전과 성장의 개념으로서의 시간이 아니라 흐름이 정지된 정체성(停滯性)으로서의 시간만이 존재한다고 평가한다.

이상우[57]는 「별사」를 분석하면서 인과적인 사건 전개를 벗어난 의식의 흐름과 불연속적 장면제시, 이를 통한 '낯설게 하기'가 작품의 특징이라고 평가한다. 정재석[58]은 「옛우물」에서 플롯의 짜임에 주목하면서 시간의 의미를 해명한다. 최성실[59]은 오정희 소설에 등장하는 시간은 '영원한 현재의 시간'이라 하면서 과거, 현재, 미래의 시간이 불연속적이며 모순되고 불일치한다고 분석한다.

다섯째로 문체론적 접근[60]이다. 문체론적 연구는 인상주의적이고

---

55 「직녀」의 마지막 구절, '아, 당신은 육손이, 손가락이 여섯 개'에서 '육손이'의 의미를 김현은 '정상보다 큰 힘을 가진 자를 묘사하는 것'으로 김병익은 '과잉된 자의식에 대한 원망스런 비난'으로 보았다. 이에 대해 김윤식은 작품과의 전체적인 유기적 관련성을 생각하지 못한 이미지 독법이라고 비판한다.

56 황도경, 「「유년의 뜰」의 회상 형식 및 문체」, 『이화어문논집』, 1992. 3.

57 이상우, 「의식의 흐름과 불연속적 장면 제시」, 『현대소설론』, 양문각, 1993.

58 정재석, 「의식의 흐름과 그 서사적 변주 : 오정희의 「옛우물」」, 한국소설학회 엮음, 『현대소설 플롯의 시학』, 태학사, 1999.

59 최성실, 「영원한 '현재'의 시간을 위한 변주곡」, 『유년의 뜰』 신판 해설, 문학과지성사, 1998.

60 문체론적 연구 목록은 아래와 같다.
김경수, 「소설의 인물지각과 서술태도－오정희의 〈별사〉」, 『현대소설 시점의 시학』, 한국소설학회, 1996.
김병진, 「오정희 소설의 문체와 기법 연구」, 한국외국어대학교 교육대학원 석사학위논문, 2000.

직관에 의존한 추상적인 방법론을 넘어 구체적이고 객관적인 예증을 통해 작품분석이 이루어진다는 점에서 긍정적이다.

이상신[61)]은 탈구축 · 탈중심의 해체정신을 여성적 글쓰기의 정신이라 분석하면서 「야회」를 통해 구체적으로 밝히고 있다. 또한 「바람의 넋」에 나타난 이중시점에 주목하면서 여성정신의 정체성을 문체론적 비평의 관점에서 분석하였다.

황도경[62)]은 오정희 문체의 특성을 밝힘으로써 작품세계의 미적 본질에 접근하고자 한다. 황도경의 연구는 문체 미학의 측면에서 탁월한 세련미와 정제미를 지니는 오정희 문체의 특질을 잘 포착하였지만 부분적으로 논의의 진행이 자연스럽지 못한 한계점을 지니고 있다.

여섯째로 오정희 작품에 대한 시 · 공간에 관한 연구[63)]이다.

박미경, 「오정희 소설 연구－글쓰기 전략을 중심으로」, 동덕여자대학교 여성개발대학원 석사학위논문, 1998.

박혜경, 「불모의 삶을 감싸안는 비의적 문체의 힘」, 『작가세계』, 1995. 여름.

정영화, 「오정희 소설 연구－여성적 상상력과 문체징후를 중심으로」, 중앙대학교 석사학위논문, 1996.

황도경, 「여성의 글쓰기와 꿈꾸기, 그 여성성의 지평」, 『문학정신』, 1992. 5.

61 이상신, 「광기, 그 영원한 틈새의 축복－「夜會」에 나타난 여성적 글쓰기의 정신」, 『페미니즘과 문학비평』, 고려원, 1994.

______, 「「바람의 넋」의 다기능 문체 분석」, 『소설의 문체와 기호론』, 느티나무, 1990.

62 황도경, 「빛과 어둠의 이중문체」, 『문학사상』, 1991. 1.

______, 「「유년의 뜰」의 회상 형식 및 문체」, 『이화어문논집』, 1992. 3.

______, 「불을 안고 강 건너기」, 『문학과 사회』, 1992. 여름.

______, 「어긋나는 말, 혹은 감추어진 말 : 오정희 인물의 말하기」, 『작가세계』, 1996. 가을

63 시 · 공간에 대한 연구 목록은 아래와 같다.

김지현, 「오정희 소설의 시간 연구」, 한양대학교 석사학위논문, 2001.

남혜란, 「오정희 소설의 공간 연구」, 경남대학교 교육대학원 석사학위논문, 1998.

노수진, 「오정희 소설의 시간구조 분석」, 동국대학교 문화예술대학원 석사학위논문, 1998.

김열규[64]는 「바람의 넋」을 통해 중년여성 인물이 가지고 있는 집의 의미를 해명한다. 남성 중심의 전통적인 집을 허무는 순간 여성은 '진정한 집'을 지을 수 있는 재생과 기틀을 마련할 수 있다고 한다.

성현자[65]는 「꿈꾸는 새」, 「비어 있는 들」을 통해 집과 집 밖으로의 '외출'의 의미를 고찰한다. 중년여성의 '집'은 이질감, 불안, 무료, 절망 등의 부정적 의미를 함축하는 공간이며 '외출'을 통해 이들이 확인하는 것도 죽음의 모티프라고 한다. 시 · 공간에 관한 논의는 노희준[66], 이영미[67], 배수정[68]에 의해 지속된다.

일곱째로 이미지나 모티프에 대한 연구[69]가 있다. '몸'의 문제를

성현자, 「오정희 〈별사〉에 나타난 시간구조」, 『동천 조건상 선생 고희기념논총』, 1986.
성현자, 「오정희 소설의 공간성과 죽음」, 『충북대 인문학지』, 1989. 4.
이중재, 「오정희 소설을 읽는 한 방법론-「저녁의 게임」을 중심으로」, 『동국어문학』 제8집, 1996.
장정화, 「오정희 소설에 나타난 집의 공간성 연구」, 고려대학교 인문정보대학원 석사학위논문, 2005.
정하늬, 「오정희 소설에 나타난 공간 의식 연구」, 서울대학교 석사학위논문, 2004.
조영미, 「오정희 소설에 나타난 공간의 상징성과 심리적 특징」, 부경대학교 석사학위논문, 2004.
주혜미, 「오정희 소설에 나타난 '집'의 의미 연구」, 단국대학교 교육대학원 석사학위논문, 2007.

64 김열규, 「여성과 집에 관한 試論」, 『家와 家門』, 서강대학교 인문과학연구소, 1989.
65 성현자, 「오정희 소설의 공간성과 죽음」, 『충북대 인문학지』 4, 1989. 4.
66 노희준, 「오정희 소설 연구, 시 · 공간 구조를 중심으로」, 경희대학교 석사학위논문, 1998.
67 이영미, 「오정희 소설의 공간 연구」, 부산대학교 석사학위논문, 2000.
68 배수정, 「오정희 소설의 시간성 연구」, 경희대학교 석사학위논문, 2003.
69 이미지나 모티프에 관한 연구 목록은 아래와 같다.
권다니엘, 「오정희 소설에 나타난 물 이미지와 여성성 연구」, 서울대학교 협동과정 석사학위논문, 2002.
윤선영, 「오정희 소설의 상징성 연구」, 인제대학교 석사학위논문, 2002.

고찰한 김지혜[70], 외출의 의미를 해명한 김미연[71] 등의 논고가 주목할 만하다.

지금까지 살펴본 선행연구는 양적인 팽창과 방법의 다양화라는 긍정적인 요소에도 불구하고 몇 가지 한계점을 가진다. 첫째는 선행연구가 단평이나 서평에 그치고 있어 개별작품에 대한 정치한 해석과 분석은 충분히 이루어지지 않았다는 점이다. 둘째는 작품이 놓여 있는 시대적 · 정치적 상황을 간과하고 있다는 점이다. 셋째는 문제작이라 일컫는 특정 작품에 연구가 편중되었다는 점이다. 넷째는 동일한 시각이나 방법론에 의해 동어반복적인 연구가 이루어졌다는 점이다. 다섯째는 일부 작품에 드러나는 강렬한 이미지나 모티프 자체에 얽매여 전체적인 작품의 구조나 주제를 보지 못한다는 점을 들 수 있다. 이로 인해 오정희 문학의 종합적인 전개양상 및 이에 대응하는 주제의식의 변화와 작가의 문학세계가 총체적이고 체계적으로 포착되지 못하는 결과를 가져왔다.

윤정윤, 「오정희와 김채원 소설의 이미지 비교 연구」, 전남대학교 석사학위논문, 2001.
이신조, 「여성소설에 나타난 '물'의 이미지 연구」, 명지대학교 문화예술대학원 석사학위논문, 2002.
최현주, 「오정희 소설의 죽음 모티프 연구」, 동아대학교 교육대학원 석사학위논문, 2002.
추연화, 「오정희 소설에 나타난 일탈 행동의 의미 연구」, 한양대학교 교육대학원 석사학위논문, 2007.
한명옥, 「오정희 소설에 나타난 '물'의 의미 연구」, 한남대학교 교육대학원 석사학위논문, 2004.
홍여운, 「오정희 소설 연구－모티프를 중심으로」, 고려대학교 교육대학원 석사학위논문, 2004.
황현미, 「오정희 소설의 상징성 연구」, 성신여자대학교 교육대학원 석사학위논문, 2000.

70 김지혜, 「오정희 초기소설 연구－'몸'을 중심으로」, 이화여자대학교 석사학위논문, 2003.

71 김미연, 「오정희 소설에 나타난 '외출' 모티프 연구」, 고려대학교 인문정보대학원 석사학위논문, 2001.

3. 연구방법과 범위

본서에서는 오정희 초기작부터 최근작에 이르기까지 전 작품을 대상으로 작품의 주제의식을 면밀히 고찰하고자 한다. 전 작품을 통시적으로 네 시기로 나누어 각 작품별 주제의식을 밝히고 시기별 주제의식의 변모 양상을 천착하고자 한다. 이를 통하여 오정희 문학에 대한 총체적이고 체계적인 논의가 이루어질 수 있을 것이라고 전망한다.

주제의식[72]에 대한 고찰은 개별작품에 대한 치밀하고 정치한 해석과 분석을 통해 이루어질 것이며 그것을 축적하고 종합하는 통시적 과정을 통하여 작가론에 접근하게 될 것이다. 특히 시적인 문장과 다양한 상징과 비유, 이미지를 사용하는 오정희 문학의 미학적 특질과 서술전략으로 볼 때 개별작품에 대한 정치하고 면밀한 접근은 꼭 필요한 작업이다. 또한 작품에 나타나는 다양한 이미지와 상징, 비유, 드러나는 것보다 감춘 것이 더 많은 함축적인 의미에 대한 독해는 필수적으로 이루어져야 할 것이다. 한편 작중인물이 서 있는 작중상황, 즉 시대적 · 정치적 상황을 구체적으로 드러내지 않기 때문에 작중인물의 내면심리나 의식의 흐름을 놓치지 않아야 한다. 이러한 과정을 통하여 표층적 의미와 심층적 의미 사이의 간극이 큰 오정희 작품의 주제의식을 밝힐 수 있을 것이다. 또한 오정희에 대

72 소설의 주제는 작가의 인생관과 세계관을 반영한다고 한다. 또는 소설의 주제는 작가가 나, 너, 그 그리고 우리의 삶에 대해 지니고 있는 문제의식과 역사와 사회를 중심으로 하는 세계에 대해 품고 있는 문제의식을 구현한 것이라고 할 수 있다.
조남현, 『소설신론』, 서울대학교 출판부, 2004, 194~195쪽.

한 많은 관심과 논의의 전개에도 불구하고 여전히 풀리지 않는 숙제처럼 남아 있는 개별작품에 대한 정치한 해석이 이루어질 수 있으리라고 본다. 이를 통해서 오정희 문학의 애매성 속에 감춰져 있는 역사적 · 사회적 맥락을 고찰하고 기존논의의 한계점을 극복하고자 한다.[73)]

오정희 작품세계는 주제의식의 변모 양상을 중심으로 총 4기로 나누어 고찰할 수 있다.

첫째, 제1기의 문학(1968~1978)은 작가가 등단하여 대략 10년 동안, 작가의 나이 스무살부터 서른살 초반 무렵까지 창작한 작품들을 일컫는다. 이 시기는 오정희 문학이 전개되고 발아하는 때로서 오정희 문학세계의 기저를 형성한다. 또한 미학적 · 예술적 형상화 면에서 오정희 문학의 개성이 가장 두드러진 시기이다. 이 시기의 작품으로는 작품집 『불의 강』에 수록된 전 작품과 「야곱의 꿈」「한낮의 꿈」「동행」 등이 있다.

---

73 로버트 스탠턴은 "주제는 스토리와 호응되어야 한다"는 전제를 내세우면서 주제추출은 다음과 같은 기준에서 이루어져야 한다고 하였다.

① 주제는 스토리 속에 있는 모든 디테일에 대해 알맞은 설명을 할 수 있어야 한다. 독자가 중요한 사건을 무시해 버린 채 주제에만 매달리는 것은 잘못이다. 또 중요치 않은 사건에 지나치게 큰 의미를 주는 것도 오류에 속한다.

② 주제분석의 결과는 스토리의 어떤 디테일과도 모순되어서는 곤란하다. 작가는 무엇인가 전달하려고 할 때 자신이 설정한 목표에 어긋나서는 안 된다. 훌륭한 자연과학자처럼 독자들은 모순된 증거에 민감하여야만 하고, 필요하다면 작품해석의 방향을 근본적으로 변경시킬 태세를 갖추어야 한다.

③ 스토리 속에서 분명하게 표현되지 않았거나 암시되지 않은 그런 증거에 근거를 두고 주제분석을 피해서는 안 된다.

④ 결국 주제분석은 스토리에 의해 직접 암시되어야 한다.

조남현, 위의 책, 198쪽, 재인용.

둘째, 제2기의 문학(1978~1981)은 오정희 문학이 확대되는 시기로 박정희 정권의 몰락과 5 · 18광주민주화운동, 5공화국의 등장 등으로 극도의 정치적 혼란기와 절망적인 시대에 창작된 작품들을 일컫는다. 단편집 『유년의 뜰』을 중심으로 어둡고 절망적인 시대에 대한 부정정신과 저항의지를 보여준다. 이 시기에는 현실인식이 심화되고 있으며 부정적인 정치현실에 대한 갈등과 극복의 문제가 주로 제기된 시기이다.

셋째, 제3기의 문학(1981~1984)은 시대인식에 대한 폭넓은 관심과 인생의 의미를 본격적으로 탐구한다. 『바람의 넋』에 수록된 전 작품과 「집」「불망비」「멀고 먼 저 북방에」를 중심으로 자아와 현실 간의 갈등과 인간의 다양한 욕망의 문제를 본격적으로 모색한다.

넷째, 제4기의 문학(1986~현재까지)은 현재까지 발표된 오정희 문학세계의 마지막에 해당하는 시기이다. 『불꽃놀이』에 수록된 네 편[74]과 「구부러진 길 저쪽」「저 언덕」「얼굴」「요셉씨의 가족」「분극」을 중심으로 부정한 현실에 대한 적극적인 대응의지와 생태적 상상력에 의한 초월과 포용의 문제를 천착한다.

본서는 이와 같은 시대구분을 바탕으로 하여 오정희 문학의 주제의식을 살펴보고자 한다. 또한 각각의 시기별 특질을 정리하고 전후 시기와의 공통점과 변별점을 따져보면서 주제의식의 흐름과 변모 양상을 추적하고자 한다. 이러한 논의를 통해서 오정희 문학에 대한 새로운 시각을 제시하고 오정희 문학이 가지고 있는 문학사적 의미를

74 『불꽃놀이』에는 총 5편의 작품이 실렸으나 그 중 「불망비」는 발표시기상 제3기의 문학에 속하므로 제3기의 문학에서 다룬다.

밝히고자 한다.

연구범위로는 오정희 소설 전 작품[75]을 대상으로 하되, 본 연구의 목적에 밀접하게 연관되어 있는 작품을 중심으로 논의하기로 한다. 기본 텍스트는 『불의 강』 『유년의 뜰』 『바람의 넋』 『불꽃놀이』를 선정하고 그 외에 작품집에 실리지 않은 작품은 게재된 지면을 활용하도록 한다.

75 『불의 강』에 12편, 『유년의 뜰』에 8편, 『바람의 넋』에 10편, 『불꽃놀이』에 5편이 실려 있다. 이 외에 작품집에 실리지 않은 작품은 총 12편이며 목록은 아래와 같다.

「한밤중에 화장하는 여자」, 『중앙일보』, 1968. 1. 1.

「야곱의 꿈」, 『세대』 156, 1976. 7.

「한낮의 꿈」, 『한국문학』 44, 1977. 6. 「동행」, 『문학사상』 66, 1978. 3.

「집」, 『소설문학』, 1982. 10. 「멀고 먼 저 북방에」, 『주부생활』, 1983.

「분극(分極)」, 『예술계』, 1987. 7. 「저 언덕」, 『레이디경향』, 1989.

「요셉씨의 가족」, 『샘이깊은물』, 1992. 「잉어」, 1992.

「구부러진 길 저쪽」, 『문학과 사회』, 1995. 가을. 「얼굴」, 『작가세계』, 1999. 봄.

제2장

오정희 소설의 배경

오정희는 황해도 해주에서 월남한 부모 밑에서 1947년 11월 9일 4남 4녀 중 다섯째로 태어났다. 오정희에게 최초의 기억[1]은 '전쟁'에 대한 기억이며 그것은 극심한 공포와 두려움을 남긴다. 그리고 이것은 훗날 오정희에게 문학적 정서의 바탕이자 문학적 감수성의 원형질로 작용한다. 전쟁의 상처와 공포는 「유년의 뜰」「중국인 거리」「바람의 넋」「어둠의 집」 등 여러 작품을 통해 나타난다.

작가에게 창작의 고향과 같은 곳은 5년 간의 피난생활을 마친 후에 이주한 인천의 중국인 거리[2]이다. 이곳은 작가의 자전적 소설이라고

---

1 오정희는 최초의 기억을 "시가전이 벌어지는 상황에서 하루에도 여러 차례 공습을 피해 동네 사람들과 방공호로 숨어들어 갔던 일, 포탄 소리에 놀란 개들이 미쳐 날뛸 것을 우려해 집집마다 기르던 개를 장대에 매달아 죽이던 일, 그 와중에 어머니가 힘든 산고를 겪으며 바로 밑의 동생을 낳던 일들이 남아 있다. 이 모두 만 세 살이 되기 전의 일들로 최초의 기억은 이렇게 불쾌하고 공포스러운 것들입니다"라고 고백한다.
우찬제 엮음, 『오정희 깊이 읽기』, 문학과지성사, 2007, 31쪽.

2 작가가 살았던 만국공원 아래의 집은 차이나타운과 마주하고 있어 독특한 세계를 경험하게 된다. "동네 집집마다 예쁜 양공주들이 세들어 살았는데 송곳날 같은 하이힐과 플레어스커트를 구름처럼 떠받치는 페티코트, 화장 짙은 그네들의 삶은 이국적인 정취와 함께 얼마나 아름답고 화려해 보였던가."라는 고백을 한다.

할 수 있는 「중국인 거리」의 공간적 배경이 된다. 작가는 그곳에서 초등학교 2학년부터 5학년까지 보내면서 전후의 황폐함을 목격하고 성장기의 외롭고 우울한 시기를 보내게 된다. 「중국인 거리」[3)]의 작중화자가 차라리 고아이기를 바라는 것처럼 실제로 오정희는 고아가 되어서 자유로울 수 있기를 바랐다고 한다. 그 시절 오정희의 외로움과 우울함을 위로하는 것은 독서와 글쓰기의 즐거움이었다. 오정희는 이광수, 김동인, 박화성, 최정희, 손창섭, 황순원 등의 소설뿐 아니라 『사상계』와 『현대문학』에 실리는 단편도 빼놓지 않고 읽었다. 뿐만 아니라 대중잡지와 신문연재소설도 빼놓지 않고 읽는 독서광이었다고 한다. 오정희는 초등학교 3학년 때 「오늘 아침」이라는 산문으로 경기도 내 백일장에서 수상을 한다. 작가는 이에 대해서 "생애 최초로 받은 인정이었고 칭찬이었다."라고 그때의 기쁨을 고백한다. 이를 계기로 오정희는 작가로서의 꿈을 키우게 된다. 한편 중국인 거리에 대한 작가의 애정은 2004년에 연재하려다 중지한 「목련꽃 피는 날」의 공간적 배경이 중국인 거리였음을 통해서도 확인할 수 있다.[4)]

위의 책, 495쪽.

3 작가는 「중국인 거리」에 대해 형상화를 위한 작위적인 요소가 많이 들어 있으나 밤새도록 트럭에 실려 달려와 이른 봄의 새벽, 낯선 거리에 짐처럼 부려진 것, 할머니의 죽음, 양공주들의 이야기들은 실제의 일로 인천 차이나타운에서 보낸 시절의 기억의 모음이라고 고백한다. 때문에 소설이라기보다 전쟁, 휴전, 복구에 이르는 황폐한 시기를 의식하지 못하고 겪은 작가 자신의 성장의 기록이라 할 수 있을 것이라고 말한다.

위의 책, 512쪽.

4 작가는 이에 대하여 작중 화자의 입을 빌려 "길을 잃었을 때 처음의 출발점으로 되돌아가 다시금 가닥을 잡아가는 것도 길 찾기의 한 방법일 것"이라고 고백하면서 인천에 대한 특별한 애정을 드러낸다.

『한국일보』, 2004. 2. 17.

오정희는 초등학교 6학년 때 아버지의 전근으로 서울로 이사한 후 이화여중에 입학한다. 이후 중학교 3년 동안을 정구 선수로 활동했는데 이는 문학을 하고자 하는 딸의 열망을 애초부터 꺾기 위한 아버지의 의도 때문이었다. 한편 이 시절 오정희는 동생의 죽음을 직접 목격한다. 한참 예민하고 혼란스러운 사춘기 시절에 목격한 가족의 죽음, 특히 작가 자신을 많이 닮은 동생의 죽음은 오정희에게 큰 충격을 안겨주었다. 실제로 「완구점 여인」에서 휠체어 사고로 화자 앞에서 피투성이가 된 채 죽은 동생의 모습에는 작가 동생의 모습이 깃들어 있다고 한다.[5] 오정희 초기작에 두드러지게 나타나는 죽음에 대한 경도와 혼돈스럽고 비극적인 세계관은 작가가 어린시절 겪은 전쟁의 공포와 동생의 죽음에 대한 상처가 크게 작용했으리라고 본다. 한편 중 · 고교 시절 심리적으로 방황하고 열등감에 빠져있는 오정희를 '살게 하는 힘'과 '자존심'은 책에 대한 탐심과 지적 허영심이며 작가가 되고자 하는 열망이었다.[6] 또한 가출과 자살에의 충동으로 방황하던 오정희를 구원한 것도 문학이었다.[7]

오정희가 오랜 시간 꿈꿔온 작가의 길을 걸을 수 있었던 것은 서라

---

5 우찬제 엮음, 앞의 책, 499쪽.

6 오정희는 그 시절을 "장차 대문호를 꿈꾸는 소녀에게 여자고등학교의 울은 좁고 단조롭고 동년배들은 유치했다. 공부는 아예 접은 채 도서실만 들락거렸다. 셰익스피어, 도스토예프스키, 키르케고르, 니체, 칸트, 카뮈, 『삼국유사』, 『조선상고사』들을 읽으며 이러한 지적 허영심과 탐심이 열등생으로서의 자신을 살게 하는 힘이고 자존심이었다"고 회상한다. 위의 책, 500~501쪽.

7 오정희는 사춘기 시절 자살에 대한 충동에서 자유로울 수 없었는데 마지막 등교라 여기고 학교에 간 날, 국어 선생님으로부터 글을 잘 쓴다는 칭찬을 들은 후 밤새도록 교지에 실린 자신의 글을 읽고 또 읽었노라고 고백한다. 그 시절 오정희를 기억하는 여고동창들은 그녀를 '문학에 미친, 열정적인 아이'로 기억한다고 한다. 위의 책, 501쪽.

벌예대 문예창작과에 입학하면서 맺은 김동리 선생과의 인연 덕분이다. 그 당시 오정희는 문학에 대한 열망은 가득했지만 그에 대한 열등감과 다른 학우들에 대한 질투심, 지나친 자의식으로 방황하였다. 하지만 김동리 선생의 "신춘문예 안 하나"라는 한 마디에 용기를 얻어 초고만 쓰고 던져 놓은 「완구점 여인」을 한 달 동안 틀어박혀 고친 후 신춘문예에 당선되었다.[8] 그 시절 오정희는 문학자의 삶을 "순명과 청빈과 순결을 서약하는 수도자의 삶과 일치시키는, 거의 종교적인 것으로 받아들이고" 있었다.[9] 이를 통해 작가의 투철한 작가의식과 문학에 대한 순수한 열정을 엿볼 수 있다.

작가는 이십 대에 금욕주의적 사고[10]에 사로잡혀 있었으며 스스로 육체적 · 물질적 욕구를 멸시하고 자신을 학대함으로써 자신이 정화되고 고양된 의식을 가지기를 원했다. 작가 스스로 '이십대의 참혹한 자화상'[11]이라고 고백하고 있는 『불의 강』에는 오정희가 이십대에 느꼈을 혼돈과 갈등이 고스란히 드러난다. 특히 제1기 작품에 두드러지게 나타나는 성에 대한 갈등과 혼란은 그 시절 오정희가 가

8 작가는 김동리 선생님을 "여느 사람과도 여느 작가들과도 다른 크고 비범한 면모를 지닌 분"으로 기억하고 "용장 밑에 약졸 없다"고, 김동리 선생님의 제자라는 것을 자랑스러워하고 자부심을 가졌었다.
오정희, 「김동리 선생님 – 슬하 30년」, 『작가와 함께 대화로 읽는 소설 「별사」』, 지식더미, 2007.

9 위의 책, 132쪽.

10 사춘기 시절부터 사로잡혔던 금욕주의는 개인적 기쁨과 자유를 죄악시했다. 문학적 재능과 작가로서의 가능성에는 회의적이었지만 연애도, 술도 춤추고 노래하는 것도, 타협이고 도피 같았다. 엄격한 규율과 규제 속에 자신을 묶고 보다 큰 가치와 목적에 헌신하고자 하는 열망에 사로잡히기도 했다.
우찬제 엮음, 앞의 책, 505쪽

11 위의 책, 511쪽.

지고 있었던 금욕주의적 사고와 관련이 있으리라고 본다.

제1기 작품에서 두드러지던 혼란과 갈등은 작가의 결혼과 출산 후 크게 달라진다. 작가는 제2기 문학에 와서 평범하고 일상적인 가정의 삶에 눈을 돌리기 시작한다. 특히 결혼 후 창작한 「동행」을 통해서는 성에 대한 갈등과 혼돈이 사라지고 성을 인간의 가장 자연스럽고 원초적인 본능으로 인정하게 된다. 한편 결혼 후 오정희는 강원대 사회학과 전임강사가 된 남편을 따라 춘천으로 이주한다.[12] 춘천은 작가가 사춘기를 보낸 중국인 거리와 함께 작가의 문학적 배경에서 제일 중요한 공간이 되는 곳이다. 인천의 중국인 거리가 작가의 문학을 태동하게 하는 곳이라면 춘천은 작가를 키우고 성장시킨 곳이라고 할 수 있을 것이다. 한편 제2기와 제3기 작품을 통해 드러나는 중년여성의 삶의 문제는 연고도 없는 춘천에서 작가가 느끼는 고독과 외로움이 형상화된 것이라고 볼 수 있다. 평범한 가정주부로서의 삶과 작가로서의 삶 사이에 일어나는 팽팽한 긴장과 길항은 「꿈꾸는 새」「어둠의 집」「하지」「전갈」 등 제2기와 제3기 문학에 걸쳐 지속적으로 나타난다.

오정희는 결혼 후 발표한 제2기 문학을 통해 본격적으로 현실인식

---

12 작가에게 춘천은 "애증의 복잡한 양가감정"을 느끼게 하는 곳이다. 또한 작가는 춘천에 대해 "처음의 낯섦은 많이 가셨지만 아직도 저는 이방인이고 앞으로도 그러겠지요. 그것은 이 도시에 대한 애증과 호오(好惡)의 문제가 아니라 거리를 두고 관찰하는 '바라보는 자' 로서의 시선을 견지하려는 작가로서의 자의식 때문일 수도 있겠습니다. 익숙한 것들의 감옥에 갇히는 일, 어디엔가 편안히 깃들이고 길들여짐에 따르는 중독에의 경계와 두려움이 있습니다. 의도한 것은 아닌데 춘천에 이주한 이후의 소설에는 실제 춘천을 에워싸고 있는 물과 안개, 미로와도 같은 좁은 골목들이 고독과 나른함과 권태, 불온한 욕망의 형태로 되살아나고 있다는 것을 느낍니다."라고 고백한다.
위의 책, 28쪽.

을 드러낸다. 이것은 평범한 가정주부의 삶의 문제와 함께 중층적으로 형상화된다. 제2기 작품의 작중인물은 시대적 절망이나 좌절 속에서도 아이를 매개로 하여 미래에 대한 희망이나 기다림을 잃지 않는다. 이는 작가 오정희가 1남 1녀의 자녀를 둔 엄마로서 느끼는 모성성이나 아이들의 미래나 장래에 대한 염려와 안타까움이 작품 속에 형상화된 것으로 볼 수 있다. 특히 작가의 남편은 사회학과 교수로 시대적 불안이나 긴장으로부터 무관할 수 없었고 그것은 가족의 삶에도 영향을 미칠 수밖에 없었을 것이다. 제2기 작품 중 「별사」[13]나 「비어 있는 들」에서 낚시를 떠나는 남편을 안타깝게 바라보며 '그'를 향한 간절한 기다림과 갈망을 드러내는 작중화자는 오정희의 분신이라고 짐작할 수 있다. 작가는 「별사」와 「비어 있는 들」을 통해 부정적인 시대현실과 그 속에서 균열되고 상처받는 평범한 가족의 삶을 보여주고 있다.

오정희는 제3기의 창작활동을 마친 후에 미국에 있는 대학의 교환교수로 가는 남편을 따라 떠남으로써 2년 간의 공백기를 가진다. 오정희는 미국행을 통해 재충전과 휴식을 기대했지만 그곳에서의 삶도

13 월남민인 아버지는 당신과 아내가 묻힐 묏자리를 잡아놓은 것에 무척 안심하셨다. 폭우가 잦았던 그 여름, 서명운동에 참여했던 젊은 교수인 남편은 감시자들을 피해 낚시질을 구실 삼아 자주 여러 날씩 집을 비우고 나는 어린아이들과 함께 집을 지키고 있었다. 반체제 인사들에 대한 갖가지 끔찍하고 무서운 소문이 떠도는 날들에, 소식 없는 남편이 혹여 폭우에 무슨 변을 당하지나 않았는지 불심검문으로 잡혀가지나 않았는지 등의 불안감을 견디지 못해 불현듯 서울로 달려오기도 했다. 이 소설은 그러한 어느 날의 실제 상황을 밑그림으로 하여 형상화한 것이다. 80년대의 사회적 상황, 사람들이 갖게 된 심리적 위축감, 사회적 압력을 비롯하여 삶을 에워싼 여러 조건들이 사랑으로 맺어진 부부 사이에 어떻게 균열을 일으키고 황폐화시키는가를 쓰고 싶었다.
위의 책, 514~515쪽.

자유롭지는 못했다.[14] 오정희가 미국에서 돌아온 후 발표한 제4기의 문학, 「그림자 밟기」나 「파로호」에는 타국에서 고국의 불행하고 부정한 시대를 바라보는 안타까움과 절망감이 형상화되어 나타난다. 뿐만 아니라 「불꽃놀이」를 통해서 부정적인 현실에 대한 적극적인 대응의지를 드러낸다. 제3기 문학까지 소극적이고 내면화되던 작중인물의 현실 대응의지가 제4기 문학에 와서 적극적이고 실천적으로 변화하는 것은 2년 간의 공백기가 오정희에게 가져다 준 자극과 반성 때문일 것이다.

작가가 불혹을 훌쩍 넘긴 나이에 발표한 「옛우물」은 작가의 대표작으로 꼽힌다. 「옛우물」은 현실과의 갈등과 혼란, 소멸과 죽음의 허무주의, 순수한 여성성에 대한 욕망과 갈등을 극복하고 넘어서고 있다. 이것은 물론 부정하고 모순된 시대와의 화해를 의미하지는 않는다. 다만 오정희가 생태적이고 초월적인 상상력으로 현실의 모순을 포용하고 승화시키고 있음을 알 수 있다. 이전까지 보여주었던 세계와의 불화와 갈등이 「옛우물」에 이르러 승화됨으로써 이후 오정희의 작품세계는 변화를 드러낸다. 오정희는 1999년에 발표한 「얼굴」을 끝으로 본격소설은 창작하지 않고 동화, 민담, 꽁트류의 짧은소설을 발표하고 있다. 이처럼 작가의 작품세계는 그가 지천명을 지나

---

14 고요하게 무탈하게 흘러가는 나날들이었으나 자기의 토양을 떠나자 말은 생명력과 현실감을 잃었고 머릿속에서 끊임없이 들끓던 말들이, 아니 나 자신조차 화석이 되어버리는 듯한 두려움에서 벗어나지 못했다. 이윽고 텅빈 공백 상태가 찾아오고…… 나는 그 뒤로 강렬하고 단정적인 말을 쓰지 못한다. 무엇이 사랑이고 무엇이 슬픔이고 무엇이 절망이며 그리움인가. 내게 있어 그 말들은 그렇게 쉽게 써서는 안되고 쉽게 씌어질 수 없는 단어들이었다.
위의 책, 517쪽.

이순을 넘기면서 물 흐르듯 자연스럽게 변모해가고 있음을 파악할 수 있다.

작가는 2002년 가톨릭에 입교하여 '실비아'라는 본명으로 세례를 받았다. 지난 2004년에 오정희는 오랜 침묵을 깨고 「목련꽃 피는 날」[15]이라는 연재소설을 시작했지만 1회 만에 중단하였다. 하지만 작가에게 문학은 "삶의 방식이고 사랑의 방식"인 만큼 작가의 창작 욕구나 의지는 변함이 없을 것이라고 기대한다. 이순을 맞이한 작가는, 어느 인터뷰에서 앞으로의 계획에 대해 좋은 책들을 흠뻑 읽고 좋은 글을 쓰고 싶다고 했다. 특히 "근사한 연애소설, 동화책, 추리소설도 '많이' 쓰고 싶다고" 고백한다.[16] 이처럼 오정희의 창작에 대한 욕구와 문학에 대한 열정과 사랑은 작가의 꿈을 처음 품었던 열 살 무렵의 그 마음 그대로 간직하고 있다. 작가가 나이 들어가고 세월의 연륜이 쌓일수록 그의 작품세계도 깊이를 더하면서 자연스럽게 변모해 갈 것이다.

15 오정희는 「목련꽃 피는 날」을 『문학사상』(2004. 봄)에 1회 연재하였다.

16 우찬제 엮음, 앞의 책, 42쪽.

제3장

주제의식의 변모 양상

1. 성담론과 사회현실의 반영

오정희 문학을 활동시기에 따라 나누어 보면, 제1기(1968~1978)에 해당하는 작품으로는 작품집 『불의 강』에 수록된 작품들과 「야곱의 꿈」 「한낮의 꿈」 「동행」 등이 있다.

제1기의 작품에 대한 기존 평가는 '세계에 대한 비극적 비전' '섬뜩함' 등으로 요약할 수 있다. 주지하다시피 제1기 문학은 오정희 문학의 특징을 대표하는 작품이라고 볼 수 있다. 우선 상징과 비유, 시적인 문장 등 서술적 특질뿐 아니라 일탈적이고 비정상적인 모티프와 인물의 이상심리와 이상행동 등 해석의 난해함과 모호함을 유발하는 다양한 요소들이 나타난다. 본서에서 주목하고 있는 제1기 문학의 특징은 전 작품을 통해 두드러지게 나타나는 다양한 성담론이다. 제1기 문학의 초반에는 주로 여성과 노년의 작중인물을 통해 그들의 소외와 고립, 단절된 삶의 양상을 다양한 성담론으로 형상화하였다. 이후 「야곱의 꿈」 「안개의 둑」 「불의 강」 등 후반기 작품을 통해서는 구체적인 사회현실을 바탕으로 작중인물의 소외와 고독, 허무를 드러낸다.

1) 욕망과 생성으로서의 성

작가는 주로 여성과 노인을 작중인물로 하여 세상과의 고립과 단절, 억압과 소외의 양상을 드러낸다. 여기서 작중인물의 삶의 양태와 심리를 드러내는 주요 모티프로 성의 문제가 나타난다. 이때 성은 작중인물의 현재적 삶의 문제를 드러낼 뿐 아니라 내면에 간직하고 있는 다양한 욕망을 드러내는 역할을 한다.

「번제(燔祭)」는 성에 대한 욕망과 금기 사이에서 고민하고 갈등하는 인간의 본질적인 성의 문제를 탁월한 상징과 이미지를 통해 형상화하고 있는 작품이다.

「번제」의 주인공은 어머니를 향해 절대적인 친화력과 일체감을 추구하는데 이것은 자신의 성적인 욕망과 이에 대한 억압과 금기의 상징적인 행위이다. 성에 대한 자연스러운 욕망과 그것에 대한 금기와 억압은 '바다'와 '뱀'의 이미지로 나타난다. 여기서 '바다'는 동정녀 마리아의 순결함을 닮은 어머니이면서 동시에 욕망을 제거한 영생과 천상의 의미를 지닌다. 이것은 주인공이 스스로에게 규율하는 성모랄이다. 이에 반해 주인공의 욕망을 일깨우는 존재는 뱀으로 표상되는 그녀의 남자친구이다. 남자친구의 적극적인 권유와 유혹은 마침내 '꿈틀대며 웅웅대는 벌들의 날갯짓'처럼, '걷잡을 수 없는 어지럼증과 혼미' 속에서 그녀의 성욕을 일깨운다. 그녀는 성에 대한 결벽증뿐만 아니라 성에 대한 욕망도 크다.

"피카소가 시를 썼어. 파블로 피카소가. 뭐라더라, 머리로써 노래 부르는 모든 새를 모가지를 비틀어 죽이고 싶다던가?"라는 진술은 성욕을 드러내지 않는 그녀를 향한 남자친구의 분노의 표현이며, 이때 '머리로써 노래 부른다'는 것은 곧 자신의 성욕이나 본능, 감정을 드러내지 않고 금욕적, 도덕적 윤리의식에 사로잡힌 그녀를 향한 비난이다. 또한 그가 떠올리는 '전쟁, 매음녀, 꽃, 그리고 번제, 파블로 피카소'는 성적 방종과 자유로운 성욕을 의미하며 이는 곧 '번제'의 대상이다.

> 그러나 밤마다 거듭되는 그와의 끈질긴 싸움 끝에 어느 날 문득 최초로 잉태의 기미를 손끝으로 느꼈을 때 나는 다시 한번 어머니에게서 완벽하게 떨어져 나온 격렬한 충격을 맛보아야 했다. 나는 내 속에 또 다른 하나의 알을 기르고 있다는 사실을 인정할 수 없었다.
>
> 나는 결심했다. 아이를 죽여버리기로 작정한 순간 나는 이미 두 손에 피를 잔뜩 묻힌 듯 섬뜩한 느낌이 들었고 피를 흘리며 죽어가는 어린양의 모습을 본 듯하였다. 나는 그 일을 조용히 은밀하게 해치울 수 있었다. 그것은 너무나 쉽게 치러진 것이어서 오히려 어머니가 이러한 것을 제물로서 기뻐하고 있는 게 아닌가 의아할 정도였다.[1]

그녀가 남자친구와의 '싸움'과 같은 관계 후에 임신한 아이를 '번제'[2]의 제물로 바치는 것은 상당히 충격적인데, 여기서 '번제'는

---

1 오정희, 『불의 강』, 문학과지성사, 1997, 175쪽.

2 김경수는 오정희 여성인물의 부정적인 모성인식은 유년기 체험을 통한 것이라고 분석한다. 유년시절 가부장제 사회에서 여성의 모성성을 부정적으로 인식하면서 성년이 된 여성인물은 낙태, 영아방기 등의 이상행동을 한다는 것이다.
김경수, 「여성적 광기와 그 심리적 원천」, 『문학의 편견』, 세계사, 1994.
심진경은 「번제」에서 주인공의 낙태 행위를 제도권 내에서 환영받지 못하는 혼전 임신이라는 사실에 주목하면서 가부장제적 질서 속으로 편입되고 싶은 욕망을 드러내는 한 수

성에 대한 자신의 금기와 터부를 깨뜨린 것에 대한 '격렬한 충격'에 의한 것이며 비이성적인 극도의 정신적 혼란 속에서 이루어진 것이다. 아브라함이 자신의 아들 이삭을 여호아에게 바친 것이 자신이 섬기는 신에 대한 절대적인 믿음과 순종에 의한 신념에 찬 행동이듯이 그녀의 행위는 스스로 '의아할' 정도로 정화에의 의지였다.[3)] 표면적으로 번제의 대상은 잉태한 아이지만 실질적으로는 성에 대한 금기와 순결을 잃은 그녀 자신이다. 곧 번제를 통해서 성적인 순결함과 정결함을 회복하고자 하는 의지의 표현인 것이다.

그녀는 현재 정신병원에 입원 중이며 여전히 '태내에서 살해된 아이의 모습'과 '어머니와 더불어 나타나던 바다'로 인해 고통받고 있다. 즉 그녀는 아이를 죽인 죄의식과 성에 대한 금기 사이에서 여전히 갈등하고 있다. 따라서 그녀에게는 먹다 남긴 비프스테이크 조각

단으로 분석하였다. 또한 어머니로의 회귀가 아니라 결별을 위한 시도로 낙태를 행하는 것으로 본다.

심진경, 「오정희 초기소설에 나타난 모성성 연구」, 서강여성문학연구회 편, 『한국문학과 모성성』, 태학사, 1998.

김복순은 '번제' 행위를 '하나님 나라'로 대표되는 남성중심적 사회로부터 떨어져나와 어머니와의 일체감 추구를 위해 이루어지는 것이라고 보고 있다.

김복순, 「여성 광기의 귀결, 모성혐오증」, 한국문학연구회 편, 『페미니즘은 휴머니즘이다』, 한길사, 2000.

성에 대한 금기와 규율은 여러 가지로 작용할 수 있다. 종교적 이유든 사회적 편견이든 외부적 요인도 있을 수 있지만 「번제」에서는 이 모든 외부적 요인을 내면화하여 자신만의 성모랄로 삼은 작중인물의 자의식이 더 크게 작용한 것이라고 볼 수 있다. 위의 세 논의는 낙태 후 주인공이 보여주는 분열증적 증세와 혼란의 양상을 충분히 설명하는데 한계를 지닌다. 따라서 필자는 '번제'의 의미를 인간의 실존적인 성에 대한 고민과 갈등, 욕망과 억압의 양가감정으로 분석하는 것이 타당하다고 본다.

3 「번제」에는 기독교에 대한 작가의 종교관이 언급되기도 한다. 다른 작품을 통해서도 암시와 비유를 통해 종교에 대한 작가의 생각이 많이 드러나고 있기 때문에 작가가 지니고 있는 종교관, 신관에 대한 연구도 의미 있는 작업이 되리라고 생각한다.

조차 '살아 있는 것, 생명 있는 물체에 대한 본능적인 혐오와 반감'으로 나타난다. 이는 곧 살아 있는 모든 것이 지니는 관능적인 쾌락에 대한 혐오이다. 또한 그녀는 죽음을 통해서 "내 속에서 한 마리 벌레처럼 꿈틀거리는 성(性)도, 색정도, 간단없이 찾아와 가슴을 적시는 사랑도 언젠가는 끝나리라"고 말함으로써 생명이 가지는 성에 대한 근원적인 고뇌와 갈등을 드러낸다.

주인공은 낙태한 아이에 대해 연민과 거부의 양가감정을 드러내면서 아이는 "네 윗저고리에 나란히 달린 여덟 개의 쇠단추처럼 고정되어 쇠단추 이상의 능력을 갖지 못할 것"이라고 말한다. 이때 '여덟 개의 쇠단추'에서 '8'[4]이라는 숫자가 의미하는 것이 강력한 힘, 통제, 제어, 권위 등을 고려할 때 그녀의 성욕에 의해 배태된 아이를 보며 오히려 성에 대한 금기와 억압을 다짐하는 것으로 해석할 수 있다. 또한 "우리가 한걸음도 다가설 수 없다는 데 대해 부끄러워할 수치심 정도"는 있어야 한다는 말에서도 인간의 성욕에 의해 배태된 그녀와 아이 모두 부끄러운 존재이며 아직도 그녀는 인간의 자연스러운 성욕과 이로 인해 태어난 존재를 순결한 존재로 바라보지 못하고 있음을 알 수 있다.

---

4 숫자 8은 두 개의 사각형, 혹은 8각형과 관련된다는 점에서 지상의 질서를 상징하는 4각형과 영원한 질서를 상징하는 원을 매개하는 형식이 되며, 성인의식의 일곱 단계를 통과해 도달하는 최종 지점으로 재생, 부활, 지복을 상징한다. 형태를 중심으로 할 때 8은 서로 대립되는 힘들의 균형, 혹은 정신적 힘과 자연적 힘의 균형을 상징하고 두 마리의 카두사가 서로 맞물린 형태와 관련된다. 카두사는 그리스 신화의 헤르메스 신의 지팡이에 나오며, 이 지팡이에는 두 마리의 뱀이 감기고 꼭대기에 날개가 있으며, 평화, 의술, 상업을 상징한다. 8은 또한 그 형태를 중심으로 할 때 영원히 선회하는 하늘의 운동을 상징하며, 이는 무한을 표상하는 이중으로 된 S자형으로 나타난다.
이승훈, 『문학으로 읽는 문화상징사전』, 푸른사상, 2009, 340쪽.

「번제」에서 숫자 '12'와 '13'의 빈번한 사용도 그녀를 규제하는 성적인 금기와 억압에 관련된다. "내 가슴은, 나란히 걸려 일제히 울리는 열두 개의 징처럼 응답하고 너는 열세번째 아이처럼 사랑스럽게, 사악하게 소리쳤다."에서 그녀를 가리키는 '열두 개의 징'은 성욕에 대한 억제와 금기를 의미하고 '열세번째 아이'는 인간의 욕망에 의해 태어난 세속적이고 죄가 많은 존재, 상서롭지 못하고 불길한 아이, 부정한 아이, 알려져서는 안 되는 아이를 의미한다.

그녀의 환영을 통해 등장하는 '태내에서 살해된 아이'가 들고 있는 '노란색 수선화'는 번제 행위의 근본적인 원인을 해명하는 열쇠가 될 수 있다. 노란색[5] 수선화가 의미하는 것이 극도의 나르시시즘이라고 볼 때 결국 성욕에 대해 그녀가 부과한 금기와 억압, 금욕주의적인 삶에 대한 맹세가 극도의 나르시시즘으로 발현되어 '번제', 곧 '낙태' 행위가 이루어진 것이라고 볼 수 있다.

「번제」에 대한 기존의 평가는 여성인물의 낙태행위 자체에 초점을 맞추면서 가부장제 사회에서 여성에게 강요되는 모성에 대한 거부와 어머니와의 일체감 추구로 주제의식을 밝히고 있다. 하지만 이것은 작품의 내용을 도식화하거나 단순화하고 있어 인물의 복잡한 내면심리를 읽어내기에는 한계점을 드러낸다. 「번제」에서 작중인물이 일관되게 고민하는 것은 성에 대한 양가감정이다. 성에 대한 욕망과 억압, 또한 이에 대한 갈등과 고뇌가 낙태와 정신병이라는 형태로 상징

5 노란색은 일반적으로 광기, 시기, 배반, 거짓, 의심, 불신의 표현이다. 프랑스에서 '노란 집'은 정신병원을 의미한다. 또한 불완전한 색, 성숙과 육체적인 사랑의 색, 시기와 질투, 거짓의 색이기도 하다.
에바 헬러, 문은배 감수, 이영희 옮김, 『색의 유혹』 1, 예담, 2008, 143~173쪽 참조.

적으로 형상화된 것이라고 볼 수 있다.

「목련초」[6] 역시 「번제」와 마찬가지로 본능으로서의 성에 대한 욕망과 어머니로 상징화되는 금기 사이에서 갈등하는 여성의 삶을 묘파하고 있다.

그녀의 대립적인 내면세계는 목련과 만다라[7], 석류로 상징된다. 목련은 곧 어머니의 '순결한 처녀의 혼백', 욕망이 거세된 순수하고 순결한 상태를 의미한다. 또한 그녀가 그리고자 하는 만다라는 어머니를 향한 그녀의 원죄의식, 순수함에 대한 갈망, 성스러움, 초월성 등을 표상한다. 결국 목련과 만다라는 그녀의 내면에 이는 욕망을 거세하고 성스럽고 순결한 삶에 대한 지향을 나타낸다.

하지만 그녀는 '목련'과 '만다라'는 그리지 못하고 대신 '석류'를 그린다. 여기서 석류는 그리스신화에서 대지의 여신인 데미테르의 딸인 페르세포네가 하데스에 의해 지하세계에 잡혀왔을 때 어머니를 만나러 지상으로 올라가기 전 먹은 과일이다. 페르세포네는 지하세계의 음식인 석류를 먹음으로써 어머니에게 돌아갈 수 없게 되었다. 이러한 신화적 상징에 기대면, 결국 그녀가 그리는 '석류'는 욕망을 좇아 금기를 어겨서 어머니와 같은 삶을 살 수 없다는 것을 암시하는

---

6 「목련초」는 『문학사상』(1975. 5)에 발표됨.

7 무의식의 의식화 과정에서 만다라는 다리 역할을 하며 자기 실현 과정에서 비롯되는 정체성의 혼란을 심리적으로 극복하려는 동기에 만들어지며 만다라를 통한 정신의 통합이 곧 치유라고 한다. 치유성은 총체적인 정신을 볼 수 있게 함으로써 자기 통찰로 인하여 자기 존재 가치를 인식하여 만다라는 개인의 정신을 집중하게 함으로써 내면의 질서를 형성시키고 내면의 자기에게 의미를 부여하게 하는 명상의 도구로서 자신에게로 향하는 에너지의 합일로 만성정신분열증 환자의 대인관계와 자기 주장을 향상시키는 데 효과가 있다.
김유경 · 김성봉 · 전순영, 「미술치료연구」 vol. 13, 한국미술치료학회, 2006, 250쪽.

것으로 볼 수 있다. 곧 자신 안에 내재한 성적인 욕망과 '타락에 대한 열망'으로 인해 어머니와 같은 정결하고 초월적인 삶을 살 수 없다는 것을 의미한다.

「봄날」[8]은 무기력하고 권태로운 일상을 극복하기 위해 풍요롭고 생명력 넘치는 '봄날'을 꿈꾸는 여성의 삶을 보여준다. 「봄날」의 화자는 결혼 전 이루어진 낙태에 대한 죄책감으로 현재의 삶까지도 지배당하고 있다.

화자 부부는 시도 때도 없이 콜라를 마시는데 콜라는 이들 삶의 무기력함과 권태로움, 나른함을 드러낸다. 부글부글 끓어오르는 콜라의 거품은 금세 가라앉아 밍밍한 단물로 무화되는 허무함만을 남긴다. 또한 콜라의 자극적이고 강렬한 맛 역시 순간적인 쾌감을 줄 뿐 오히려 갈증만을 유발할 뿐이어서 부부의 삶은 더욱 더 비극적이다. 한편 작품 속에는 햇빛 이미지가 많이 쓰이고 있는데 햇빛이 가지고 있는 생동감과 강렬성은 그 안의 모든 사물을 오히려 무기력하게 만든다.

인간에게 있어 성적인 본능과 욕구는 삶을 풍요롭고 생동감 있게 만드는 원초적인 에너지라고 볼 수 있다. 풍요로운 삶에 대한 그녀의 갈망은 남편 후배에 대한 성적인 관심과 유혹을 통해 노골화되지만 후배의 무관심과 냉담으로 좌절된다. 인간은 무의식에 내재하고 있는 성에 대한 욕구가 충일하지 않았을 때 삶을 권태롭게 느낀다. 그

8 「봄날」은 『문학사상』(1973. 6)에 발표됨. 「봄날」에 대한 연구는 구체적인 작품론보다는 여성인물의 낙태행위에 초점이 맞춰지면서 이를 가부장제 사회에서 강요하는 모성에 대한 거부로 분석하고 있다.

녀는 생산성과 풍요로움을 주는 '봄날'[9]을 원하지만 거울 속에서 초라하게 늙어가는 자기 자신의 모습을 발견할 뿐이다. 그녀가 욕망하는 '봄날'은 '바다'[10] 이미지로 집약되는데 이것은 '현실의 바다'가 아닌 '노아의 홍수의 충일감'과 같은 것이다.

> 내가 그토록 갈망하는 것은 결코 현실의 바다를 보고자 함이 아니었다. 만조 때 한껏 부풀어오른 바다가 방둑을 넘기고 집채를 삼키고 이윽고 산을 무너뜨려 형적을 없애는 노아의 홍수의 충일감을, 보다 억센 분노의 팔뚝을 원하는 것이었다.
>
> 빈 잔에 물이 차오르듯, 달의 이음새가 아퀴를 지어 둥글게 영글듯, 역시 씨가 벌게끔 영근 몸은 발끝에서부터 물이 차올라 발등을 간질이고 차츰 몸 안을 가득 채우고, 마침내 입술에 새까맣게 조개를 만들어 나는 잦은 가락에 휘말리는 무기처럼 한껏 열꽃이 내솟았다.[11]

모든 형태를 부수고, 모든 역사를 폐기시키는 물의 기능으로 지나간 시간을 무화시키고 결국 그녀는 원초적 에너지를 지닌 완전한 존재로의 재탄생, 정화, 갱신을 시도한다.[12] 그것은 '더러운 종양을 제

---

9 봄은 흔히 탄생 · 재생 · 청춘 · 환희 · 사랑 · 상응 · 희망 및 생리적인 발정의 의미를 지닌 계절이다. 봄은 죽음과도 같은 긴 겨울 동안 얼어 붙었던 찬 대지를 녹이고, 마르고 움츠렸던 모든 생물들로 하여금 새로운 생명의 꿈틀거림을 시작하게 한다. 또한 벌나비가 날고 온갖 새들의 울음 소리가 서로의 애정을 교신하는 사랑과 발정의 계절이다. 말하자면 대지의 지모신(地母神)이 생성의 여성을 갱신하는 계절이다.
이재선, 『한국문학 주제론』, 서강대학교 출판부, 2006. 413쪽.

10 물은 뛰어난 살해자이다. 즉 모든 형태를 해체하고 완전히 파괴한다. 바로 그 때문에 그것은 풍부한 씨앗을 품고 있으며 창조의 능력을 갖는다.
미르치아 엘리아데, 이은봉 역, 『성과 속』, 한길사, 2006, 135쪽.

11 오정희, 『불의 강』, 앞의 책, 135쪽.

12 미르치아 엘리아데, 이은봉 역, 『종교형태론』, 앞의 책, 273~276쪽 참조.

거하듯' 지워버린 아이에 대한 죄책감, 즉 현재적 삶의 무기력함의 원인이기도 한 무책임한 생명의 말살에 대한 스스로의 '징벌' 적 과정으로서 '억센 분노의 팔뚝' 을 필요로 한다. 그리하여 마침내 그녀는 죽음과 같은 갈증도 해갈되고 생명을 싹트게 할 수 있는 생산력과 풍요로움을 지닌 건강한 자궁으로 재탄생하기를 열망한다. '달' 과 '조개'[13] 등 생산력을 상징하는 이미저리들이 '물' 되기의 갈망을 더욱 구체화하고 있다. 그녀는 '만조 때 한껏 부풀어 오른 바다' 이기를 소망한다. 즉, 그녀는 유산의 기억을 지우고 10개월을 모두 채운 후 건강한 출산을 하고 싶은 생성으로서의 성을 욕망한다. 이처럼 '봄날' 은 낙태에 대한 죄책감에서 벗어나 여성으로서의 원초적인 욕망, 생산에 대한 욕망까지를 모두 포괄하면서 구원으로 향해 나아가고 싶은 그녀의 갈망의 표상이다.

「직녀」[14]는 자신을 버린 남편과의 사이에서 아들을 낳고 싶어하는 불임 여성의 강렬한 욕망을 그리고 있는 작품이다. 주인공은 남편의 부재 속에서 끊임없이 아들을 낳겠다고 반복적으로 외친다. 성에 대한 욕망과 회임에 대한 욕망이 그것의 결핍으로 인해 더욱 더 극화되고 강박적으로 나타난다.

---

13 바닷조개와 굴은 모태의 주술적 힘을 나누어 가진다. 마치 마르지 않는 샘처럼, 여성 원리의 상징으로부터 용솟음치는 창조력이 바닷조개와 굴 속에 발휘된다.(144쪽) 조개와 더불어 몸에 진주를 지님으로써, 우주의 에너지, 다산성, 풍요성의 근원 그 자체에 접근하게 된다.(160~161쪽)
미르치아 엘리아데, 이은봉 역, 『이미지와 상징』, 한길사, 2007.
여성은 부적으로 진주를 몸에 닮으로써 물의 힘(조개), 달의 힘(달을 상징하는 조개), 달의 광선에 의하여 창조되는 조개 등), 에로티시즘, 출산, 발생적인 힘과 결합하게 되었다.
미르치아 엘리아데, 이은봉 역, 『종교형태론』, 앞의 책, 228쪽.

14 「직녀」는 『월간문학』(1970. 10)에 발표됨.

결혼 초기에 남편은 선풍기의 윙윙거리는 소리를 두고 '무생물적인 소리'를 견딜 수 없다면서 화를 낸다. 이것은 곧 그녀의 불임에 대한 간접적인 비난과 분노의 표현이라고 볼 수 있다. 결국 남편은 아내의 '석질의 자궁'을 비웃으며 그녀를 버린다. 남편의 방에서 그녀는 '닭[15]의 깃 치는 소리', '발정난 개의 울부짖는 소리'를 듣는다. 남편이 '마포(麻布)에 감겨' 돌아왔을 때도 그녀는 동네 어귀에서 들려오는 '발정한 개의 울음소리'를 듣는다. 이것은 자신을 버린 남편에 대한 원망과 미움, 그리고 남편의 외도와 불륜, 문란한 성관계에 대한 미움이 환청처럼 그녀를 괴롭히는 것이라고 볼 수 있다.

> 나는 플라타너스 같기도 하고 은백양 같기도 한, 잎을 휘도록 달고 있는 나무를 본다. 그것은 햇빛에 부딪혀 쟁강거리는 잎새로 가지마다 다닥다닥 열매를 은폐하고 있었다. 손가락 사이를 좀 더 넓히고 반짝이는 잎들을 바라보다가 나는 아, 소리를 지르며 두 눈을 감아버렸다. 무성한 잎 사이로 얼핏얼핏 내뵈는 것은 풍작의 과일처럼 주렁주렁 달린 남근(男根)이었다.[16]

그녀는 회임할 수 없는 '석질의 자궁'을 가졌고 이미 남편이 부재한 상태인데도 끊임없이 "나는 당신의 아들을 낳을 것이다"라는 망상에 사로잡힌다. 하지만 결국 홍수에 의해 개천의 둑이 무너지고 다리를 건너는 남편의 대리표상인 사내마저 볼 수 없게 되자 "당신은

15 계간(鷄姦)이란 말이 있다. 남색(男色)을 일컫는 말이지만, 원래는 닭의 생리에서 연유하였다. 닭은 암탉의 모정이 모성애의 대리이기도 하지만, 일부일처의 관계가 아니라 근친상간은 물론 혼교의 짐승이기도 하다.
이재선, 앞의 책, 397쪽.

16 오정희, 『불의 강』, 앞의 책, 192쪽.

돌아오지 않는다."라며 남편의 부재를 인정하고 현실을 직시한다. 이후 꿈을 통해 나무[17] 사이에서 남근을 보는 것은 회임에 대한 욕구가 좌절된 것에 대한 절망감 때문이며 이는 상상임신과 같은 경험으로 나타나는 것이다.

하지만 '남근'을 통해 성욕과 생성을 향한 갈망을 표출한 주인공은 또 다시 성에 대한 욕망과 거부라는 양가적인 감정을 드러낸다. '홍도화', '진홍의 꽃', '불꽃'이 사랑의 결정체, 성에 대한 욕망과 정염을 상징한다고 한다면 그녀는 자신의 욕망을 '활짝 핀 꽃의 징그러움'[18]으로 치부하면서 성적인 욕망이 만개한 것을 부끄러워한다. 여기서 "홍도화의 가지에 다닥다닥 붙어 있는 꽃을 좌악 훑"는 인물의 행위는 성에 대한 거부로 읽을 수 있다. 이것은 남편이 부재하는 상황에서 또 다른 남근을 꿈꾸고 회임을 욕망하는 자신의 성적 욕망에 대한 억제와 거부이다. 이때 그녀의 눈을 부시게 만드는 '햇빛' 역시 욕망을 제어하는 이성적이고도 절제적인 의미를 지닌다. 햇빛은 작품 속에 드러난 어둠의 이미지, 즉 정욕과 본능과는 상반되는 의미를 지닌다.

「봄날」과 「직녀」의 주인공들은 공통적으로 불임의 상황이나 불모의 현실에서 성에 대한 본능과 욕망을 드러내면서 궁극적으로는 생성으로서의 성을 욕망한다. 곧 불임과 불모의 현실을 극복하고 생명

---

17 나무는 우주의 조화, 성장, 생식과 재생식의 과정과 같은 우주의 삶을 상징한다. 나무는 끝없는 삶을 나타내 주므로 불멸의 상징으로 쓰인다.
이상우 · 이기한 · 김순식, 『문학비평의 이론과 실제』, 집문당, 2005, 246쪽.

18 '활짝 핀 꽃'은 여성의 성기, 특히 처녀성을 가리킨다.
지그문트 프로이트, 서석연 옮김, 『정신분석학 입문』, 범우사, 2003, 164쪽.

을 창조할 수 있는 건강한 성, 건강한 대모신으로서의 성을 갈망한다. 시대상황과 연관지어 볼 때 여성인물의 회임에 대한 간절한 욕망은 1970년대 우리 사회의 척박한 사회현실을 반영한다고 볼 수 있다. 또한 「직녀」에서 집 주변의 빈터를 순식간에 메우는 국민주택 역시 화자의 불임과는 정반대의 양상을 지니면서 단순히 생명력이나 풍요로움을 의미한다기보다 인위적이고 즉흥적이고 급조되는 생산성에 대한 풍자와 비판의 의미도 지닌다. 비슷한 시기에 발표된 「야곱의 꿈」에는 산아제한정책의 일환으로 정관수술을 권장하고 억지로 생명창조를 막고 생명을 말살하는 모습을 형상화하였다. 결국 「봄날」과 「직녀」는 여주인공의 회임에 대한 집요하고도 강박증적인 집착을 통해 우리 사회의 불모성과 생명을 말살하는 현실을 간접적으로 비판하고 있다고 할 수 있다.

「未明」[19)]은 무의식 속에 혼재해 있는 본능과 욕망을 다루면서 당시 우리 사회의 여성에 대한 성적 억압과 구속의 문제를 본격적으로 다루고 있다.

「미명」의 작중화자는 두 달 전에 보호소에서 아이를 낳았으나 '갈보 취급' 을 받고 기를 능력이 없다는 이유로 아이 얼굴도 보지 못한 채 아이를 빼앗겼다. 이는 여성의 자유로운 성적 욕망에 대한 사회적인 차별과 억압을 드러내는 것이다. 여자는 아이를 빼앗기고 세상으로부터 고립되고 격리된 삶을 살면서 세상을 향해 '적의와 원한' 의 감정을 품는다. 한편 젖몸살을 심하게 앓고 있는 여자가 짜놓은 젖을 아이 대신 고양이가 핥아먹는 장면은 섬뜩한 전율을 느

19 「미명」은 『문학과지성』(1977. 봄)에 발표됨.

끼게 한다.

여자는 '식물인간' 상태인 노파를 돌보면서 유폐된 삶을 살고 있다. '죽어가는 것들로 충만한' 집안에서 조롱에 갇힌 '새'는 여자의 생명력과 욕망을 표상한다. 생명력과 욕망이 강하지만 조롱에 갇혀 있고 보자기를 씌워 놓아 욕망을 억압당하는 새처럼 여자 역시 자유롭고 싶지만 '행실이 나쁜' 여자라는 낙인이 찍혀 사회로부터 격리되어 고립된 삶을 살고 있다. 고양이는 집안에서 '유일하게 살아 있는' 실체로서 관능과 욕망을 표상하며 여자의 본능과 성욕을 드러내는 객관적 상관물이다. 고양이는 '음침한 울음소리'를 내며 집 주변에서 끊임없이 비명을 지르는 쥐를 잡아먹기 위해 밖으로 나가고 싶지만 집 안에 유폐되어 있다. 고양이의 신세는 화자와 동일시된다. '죽어가는 것의 평온함과 안락함' 속에서 지쳐가고 있는 여자는 하루종일 창[20]을 통해 바깥을 내다본다. 창 밖을 내다보는 행위[21]는 유폐와 죽음의 상태에서 벗어나서 세상과 소통하고자 하는 본능적 욕구를 드러낸다.

여자가 돌보고 있는 노인은 가족으로부터 버림받아 보호소에 위탁

---

20 벽은 사람의 경계이지만, 창은 눈(目)의 기능을 지닌다. 의미론적으로 공간을 분리하는 벽은 사람을 보호해 주기도 하지만 때로는 가두어 버리기도 하는 반면, 창이나 창문은 내부 공간과 외부 공간을 가르는 경계로서 인간의 내적 현존성(現存性)을 확인케 하면서 동시에 밖으로 향해진 집의 눈이요, 안팎의 두 세계를 관련지우는 통로이며, 개방과 희망의 상징이기도 한 것이다. 그래서 창(문)과 벽은 문학에 있어서 매우 중요한 공간적인 모티프가 되는 것이다.
이재선, 앞의 책, 334~335쪽.

21 프로이트의 정신분석학에서 관음증 내지 관찰 망상증은 자신을 드러내지 않고 타인을 훔쳐봄으로써 성적 쾌감을 느끼는 이상 심리를 말한다.
지그문트 프로이트, 임홍빈 외 역, 『정신분석 강의(하)』, 열린책들, 2002, 605쪽.

됐으며 거동은 물론이고 음식물 섭취도 거의 하지 못하는 '식물인간' 상태이다. 심한 젖몸살을 앓고 있던 여자는 젖을 짜내던 중 노파의 "끈끈하고 집요한 시선"을 느끼고 노파에게 젖을 물린다. 처음에는 '빨기 좋은' 자세까지 취해주지만 이내 노파에게서 느껴지는 "안쪽 부드러운 점막의 이물감" 때문에 젖을 억지로 떼내고 심한 구토를 한다. 이때 여자는 아이를 생각하며 본능적인 모성으로 젖을 물렸지만 노파를 통해 자신의 기대와는 전혀 다른 감각을 느끼고 이에 대한 '이물감'으로 구토를 하는 것이다. 여자는 자신의 젖을 악착같이 빠는 노파를 통해 추함과 비릿함을 느끼고 이에 대한 거부감 때문에 구토를 한다. 젖을 빠는 노파의 행위는 생명에 대한 애착과 생명력에 대한 갈망이다. 평소에는 전혀 움직이지 못하는 노파가 상체를 들면서까지 젖을 빼앗기지 않으려고 안간힘을 쓰는 것은 죽어가는 자신의 육체에 생명력을 불어넣기 위한 인간의 본능적인 욕구라고 볼 수 있다.[22]

「관계」[23]는 반신불수의 노인인 '나'를 주인공으로 하여 다양한 관계 속에서 성의 의미를 형상화한다. 작품에는 다양한 관계가 형성되어 있는데 결국 이 관계의 바탕이 되는 것은 성의 문제로 귀착된다고 볼 수 있다.

나를 항상 두려움과 혐오에 떨게 하는 사람은 가정부인 수분네이

22 황도경은 위 장면을 "서로의 죽은 몸의 기능을 회복하고자 하는 본능적인 움직임이다. 노파는 잃어버린 생명의 힘을, 그리고 「나」는 잃어버린 모성을 회복하고자 하는 것이다"라고 분석하였다.

황도경, 「뒤틀린 성, 부서진 육체」, 『작가세계』, 1995. 여름.

23 「관계」는 『현대문학』(1973. 3)에 발표됨.

다. 수분네는 강한 생명력과 식욕, 본능적 욕구를 지닌 인물로 반신불수 상태인 나와는 극명한 대조를 보인다. 나는 이런 수분네를 향해 '생리적인 두려움과 공포'를 느끼는데 이는 자신이 지니지 못한 수분네의 본능적 욕구와 생명력에 위축되고 압도되는 것이라고 볼 수 있다.

다음으로 살펴볼 관계는 나와 아들의 관계인데 이 둘의 관계에서 중요한 축이 되는 것 역시 성의 문제이다. "나를 바라보는 그애의 험악하게 치뜬 눈에는 자기를 배태시킨 자를 마주 보고 있다는 데 대한 치욕과 분노가, 그리고 소년의 상처받은 자존심이 사납게 타오르고 있다."에서 볼 수 있듯이 사춘기 무렵에 이르러 성에 대해 알게 된 아들은 자신을 배태시킨 부모에 대한 원망과 치욕, 수치심을 느낀다. 이것은 곧 자신이 부모의 성행위를 통해서 출생한 것에 대한 환멸이며 인간의 본능인 성의 문제를 자연스럽게 수용하지 못하고 있음을 의미한다. 이처럼 인간이 성적인 관계를 자연스럽게 받아들이지 못할 때 삶에 대한 허무나 회의가 더 많을 수밖에 없다. 여기서 성에 대해 갈등하는 아들의 모습은 과거의 나의 모습과 닮아 있다. 하지만 과거의 나는 삶의 실존적 허무와 고통을 벗어버리고 결혼을 통해 일상의 궤도에 몸을 실음으로써 현실적 욕망의 원칙을 따랐지만 아들은 결혼 후 전쟁에 나가 두 다리가 잘린 채 돌아와 엽총으로 자살을 한다. 이미 결혼을 한 아들이 월남전에 자원하고 끝내 엽총으로 자살을 한다는 것은 결혼 후에도 인간의 자연스러운 성의 문제를 받아들이지 못하고 삶에 대한 허무의식 역시 극복하지 못했음을 의미한다.

며느리인 그네 역시 삶에 대한 허무와 쓸쓸함을 지닌 인물이다. 그네는 '에덴' 에 왜 나가느냐는 나의 질문에 "춤을 출 수 있기 때문"이라고 대답한다. 그네가 '에덴' 에 나가 '아메바[24]처럼' 춤을 추는 행위는 '그네 속에 꿈틀거리는 욕망' 때문이며 이것은 남편이 없기 때문에 채울 수 없는 그네의 성적 욕망을 다른 남자와 춤을 추는 것으로 대신하는 것이다. 남편과의 관계 대신 '에덴' 에 나가 낯선 사내들과 춤을 추고 하룻밤을 보내는 행동은 '이가 없어서 잇몸으로 사는' 삶의 한 방편이다.

나는 꿈을 통해 그네가 낯선 남자와 '얼어붙은 강' 에서 '언 모래' 를 흩뿌리며 "사내의 어두운 곳에 아직 살아 꿈틀거리는 신비한 힘을 자궁 속에 깊이 빨아들이"는 정사 장면을 상상한다. 이때 '언 모래', '얼어붙은 강' 이 의미하는 것은 생명을 생성시키지 못하는 성관계를 의미하고 이는 곧, 그네와 성관계를 하는 사내가 '푸른 강을 건너오는 그림자', 즉 죽은 아들임을 암시한다. 또한 두 사람의 정사장면에 나오는 '얼어붙은 강' 과 '언 모래' 는 아들과 그네의 관계가 애초부터 원만하지 않았음을 의미한다. 아들의 사춘기 무렵부터 시작된 성에 대한 회의와 거부, 삶에 대한 허무의식은 끝내 부부관계마저 단절시킨 것이다. "결코 되살아날 리 없는 아들의 망령을 위해, 그네를 품에 안고 스무 명, 서른 명, 아니 그 이상의 자식을 잉태시키려면 한숨 푹 자두는 것이 지금으로선 최선의 길이지."에서 살펴볼 수 있듯이 나는 죽은 아들 대신 자신이 생명을 만들어야 한다고 생각한다. 이러한 나의 욕망은 성적인 욕망인 동시에 아들의 생

24 아메바는 암수 구별이 없고 암수의 생식세포가 결합 없이 생식하는 무성생식을 하는 단세포 동물이다.

명을 이어가고 싶은 욕망, 또한 죽어가는 나의 몸에 생명력을 불어넣고 싶은 것이라고 볼 수 있다. 여기서 그네와의 관계를 통해 '아들의 망령'을 되살려 대를 잇고 싶은 욕망 역시 하나의 관계를 의미한다. 결국 나는 아들로 환생하여 며느리인 그네와 성적인 관계를 함으로써 '대물림', '대잇기'를 시도하려 하는데 이것이 상상을 통해 실현되는 것이다.

「적요」[25]는 반신불수의 노인이 죽음의 그림자가 짙게 드리운 '적요'와 같은 삶을 살면서 생명력의 한 부분으로서 원초적인 생명력을 주는 성적 욕망에 대한 갈망을 형상화한 작품이다.

화자인 '나'는 가정부의 건강한 육체를 엿보는 것으로 자신의 욕망과 생명을 향한 욕구를 드러낸다. 나는 가정부의 '분홍빛의 건강한 손가락'이 자신의 잇몸을 만졌을 때 마비된 몸마저도 다시 살아나는 느낌을 받고 그 욕구를 참지 못해 가정부의 손가락을 깨문다. 여기서 가정부의 분홍색[26] 손가락은 건강한 생명력과 삶의 충만한 기운을 상징한다. 나는 가정부의 손가락이 잇몸에 닿았을 때 마치 애무를 받는 듯한 느낌으로, '온몸이 스멀거리는 듯한 근지러움'으로 성적인 욕구를 느낀다.[27]

---

25 「적요」는 『문학사상』(1976. 2)에 발표됨.

26 분홍에 속하는 감정은 모두 긍정적이며 분홍은 누구나 나쁘게 말할 수 없는 색이다. 또한 분홍과 연관되는 특성은 모두 여성적이다. 분홍은 에로틱하며 누드의 색이다.
에바 헬러, 문은배 감수, 이영희 옮김, 『색의 유혹』 2, 예담, 2008, 129~132쪽.

27 80세 이상 고령인 경우에서도 성에 대한 욕구표출을 하고 있음을 알 수 있다. 실제로 노화에 따른 생리적 영향으로 성 활동의 빈도는 감소될 수 있다. 성적욕구는 보행불능이고 반신마비의 와상상태인 경우도 있어 건강상태와는 무관하다는 점을 알 수 있다.
오진주 · 신은영, 「노인의 성적욕구에 대한 시설종사자들의 태도에 대한 조사 연구」, 『韓國老年學』 vol. 18, 한국노년학회, 1998, 106쪽.

나는 반신불수인 몸을 이끌고 오후가 되면 놀이터에 간다. 이처럼 노인을 주인공으로 내세우는 소설에서 어린 아이가 많이 등장하는 것은 생명력과 죽음이라는 극한 대조를 통해 좀 더 효과적으로 주제를 전달하려는 장치이다. 이미 온몸 구석구석이 마멸되고 생명을 잃어버린 노인과 이제 막 싱싱한 생명력으로 자라나기 시작하는 아이의 모습은 극한 대조를 이루며 생명과 죽음, 생성과 소멸, 활력과 허무의 간극을 효과적으로 전달한다. 나는 아이가 먹고 있는 복숭아를 보며 가정부의 분홍색 손가락이 잇몸을 간질였을 때와 마찬가지로 참을 수 없는 '근지러움'을 느낀다. 이것은 여근을 상징하는 '복숭아'를 통해 성적 자극을 느끼는 것이다. 그러나 아이러니한 것은 아이가 먹고 있는 복숭아는 제가 기르고 있던 '개'와 '채 눈도 못 뜬 강아지'를 어른들에게 주고 받은 것이다. 즉 복숭아는 유혹의 대상이면서 동시에 인간의 탐욕스러움을 상징한다.

> 복숭아의 선홍빛은 시들어, 베어먹은 자리는 거무스름하게 수분이 말라가고 있었다. 그리고 그곳에 파리떼가 끈질기게 달라붙었다.
>
> 나는 어두운 창으로 눈을 돌렸다. 솔밭 뒤 낮은 둔덕에서 들불처럼 타던 노을도 푸르게 가라앉고 개구리들의 울음이 웅덩이 위로 끓어오르고 있었다.[28]

수분이 말라가는 복숭아 옆에 달라붙은 파리떼는 쇠약할 대로 쇠약해진 육체로 복숭아, 즉 성적 대상을 향해 욕망을 느끼는 나를 비유한다. 이런 이유로 나는 파리떼로부터 고개를 돌리는 것으로 볼 수

28 오정희, 「적요」, 앞의 책, 96쪽.

있다. 또한 웅덩이에서 끓어오르는 '개구리[29] 울음소리'는 어쩔 수 없이 인간의 내면 밑바닥에 존재하는 원초적인 욕망을 나타낸다. 이처럼 「적요」는 노인 화자를 주인공으로 하면서 생명력을 잃어가는 적막한 현실 속에서 성적 욕망 즉, 원초적인 생명력에 대한 갈망을 형상화한다.

이상으로 여성과 노인을 작중인물로 하는 일곱 편의 작품을 대상으로 성의 양가적 의미를 살펴보았다. 「번제」「목련초」에서는 억압과 욕망, 「봄날」「직녀」는 불모와 생성, 「미명」은 유폐와 소통으로 성의 양가성이 나타난다. 또한 노년의 성을 다루는 「관계」와 「적요」에서는 성의 의미가 소멸과 생성으로 나타나는 것을 확인할 수 있었다.

2) 모성 결핍과 치유로서의 성

「완구점 여인」「주자」「산조」「한낮의 꿈」[30]은 공통적으로 애정과 모성의 문제를 교직하고 있는 작품이다. 여기서 동성애[31]라는 일탈적인 성관계는 작중인물의 모성성의 결핍과 소외를 드러내면서 동시

---

29 개구리는 lunar animal로서 달과 연관되고 있다. 또 개구리는 다산과 생산력, 창조와 부활을 상징하기도 한다.
J.E. Cirlot, 『*A Dictionary of SYMBOLS*』, Dover Publications, 2002, 114~115쪽.

30 「한낮의 꿈」(『한국문학』(1977. 6)에 발표됨)에는 동성애는 나오지 않는다. 다만 여자친구에게 모성성으로 의지하는 작중화자를 통해 애정의 문제와 모성의 문제를 접맥시키고 있다.

31 김병익은 동성애를 비롯한 오정희 소설 속 작중인물의 일탈적인 성적 욕망을 자아와 세계 간의 단절을 드러내는 것이라고 분석하였다.
김병익, 앞의 글, 401쪽.

에 치유와 소통이라는 양가적인 의미를 지닌다.

「완구점 여인」[32]은 동생의 죽음과 가족의 해체로 인해 극심한 자기분열과 혼란을 겪고 있는 여고생이 완구점 여인과의 만남을 통해 자신의 상처를 확인하고 치유해가는 과정을 그린 작품이다.

소아마비를 앓아 휠체어를 타는 동생은 2층에서 떨어져 나의 눈앞에서 '피투성이'가 된 채 죽는다. 동생의 손에는 스케치북 한 장이 들려 있었는데 앞면에는 '맨드라미인 듯한 꽃'이 그려져 있고 뒷면에는 '조금도 닮아 있진 않'은 채 "머리를 곱슬곱슬하게 지져붙이고 또 엄청나게 큰 젖"을 가지고 있는 관능적인 가정부의 알몸이 그려져 있었다. 동생이 죽던 날 그린 "맨드라미인 듯한 꽃"은 가정부의 성기이다. 이처럼 동생은 가정부의 성기와 '큰 젖'을 본 후에 성적으로 흥분하거나 감정이 격앙된 상태에서 2층에서부터 굴러 떨어져 죽은 것이라고 짐작할 수 있다. 이러한 동생의 죽음뿐만 아니라 어느 날 아침 아버지의 방으로 잠자리를 옮긴 가정부를 목격함으로써 나는 관능적이고 육체적인 욕망과 성에 대해서 부정적인 인식을 하게 된다. 이는 성에 대한 결벽증 내지는 강박증으로 나타나 '질서에 대한 두려움'이나 '청결함에 대한 위축감'이라는 일탈심리[33]로 표

---

32 「완구점 여인」은 『중앙일보』(1968. 1. 1)에 발표됨.
작가는 「완구점 여인」을 쓰게 된 동기가 "형제는 반목하고 가정은 불화하였다. 사람들이 가족을 구성하고 모여 사는 것이 무슨 의미가 있는가라는 회의에 빠져 밖으로만 겉돌 때 여덟 살짜리 막내동생이 속죄양처럼 죽었다. 교통사고였고 나는 중학교 2학년이었다. 이때의 충격이 훗날 「완구점여인」을 쓰게 한 것이리라"고 말하였다.
오정희, 『우리 시대 우리 작가』 11, 동아출판사, 1987, 412쪽.

33 여성주의 시각으로 오정희 작품을 연구하는 연구자는 이것을 '아버지 세계' 즉, 가부장제 사회에 대한 거부와 저항이라고 본다. 하지만 이러한 논의는 좀 더 정밀한 논의 전개

출된다.

새어머니에 대한 애증관계가 풀리던 날 나는 완구점 여인을 찾는다. 완구점 여인은 '사십도 채 못 닿았을 나이에 얼굴에는 거뭇거뭇 검버섯'이 피어 있고 '모슬렘 여인[34]이 새겨진 펜던트'를 하고 '잿빛 스웨터'를 입고 있어서 새어머니와는 전혀 다른 순결하고 정숙한 이미지를 지녔다. 완구점 여인은 나에게 '모든 것', 즉 가족이 함께 살던 이층집, 동생, 새어머니를 생각나게 한다. 즉, 완구점 여인은 한때 주인공의 삶의 이유이기도 했지만 지금은 부재하여 상처만을 더하는 결핍의 요소인 가족을 떠올리게 한다. 완구점 여인과 나는 서로의 결핍을 채워주는데 완구점 여인에게 나는 자식이 되어 주고 완구점 여인은 나에게 동생이자 어머니가 되어 준다. 둘의 동성애는 "차지도 덥지도 않은, 그저 미적지근한 감촉"이었다는 묘사처럼 정염에 불타는 육체적 욕망, 관능으로서의 성이 아니다. 심리적으로 볼 때 딸이 어머니에게 지니는 애착관계가 아들보다 크기 때문에 여성이 남성보다 동성애에 빠질 확률이 높다.[35] 특히 주인공은 동생의 죽음 이후 가정부에서 새어머니로 변모한 여자마저 자신에게 점점 더 냉혹하게 변해서 가족의 보살핌을 받지 못한 채 소외된 삶을 살았다. 그런 점에서 우리는 가족과 어머니에 대한 그리움이 동성애적 감정

과정이 요구된다.

34 이슬람교도를 의미하며 교리주의, 이성주의, 금욕주의적 삶의 자세를 상징한다고 볼 수 있다.

35 "여자는 어머니를 차지하고 싶은 욕망이 더 강하여, 양성성이 여성에게 더 강하게 잔재하게 된다. 그래서 여성은 생래적으로 동성애 관계가 있다고 한다." 이상우 · 이기한 · 김순식, 앞의 책, 195~196쪽.

을 낳았다고 유추할 수 있다.[36)]

두 사람의 관계는 완구점에서 내가 산 '백 개의 오뚝이'의 의미를 살펴봄으로써 좀 더 명확하게 해명할 수 있다. '백 개의 오뚝이'는 '사랑스러운 나의 분신'이며 '소외된 세계'에서 나와 같이 있는 존재이다. 이것은 곧 오뚝이가 나에게 잃어버린 가족을 대신하는 존재라고 볼 수 있다. 백 개의 오뚝이를 사 모으는 행위는 나의 결핍과 상처를 채워가고 치유해가는 과정이다. 이때 '백 개'[37)]라는 숫자가 의미하는 것은 가장 작은 집단이면서 완전함을 의미하는 가족 구성을 향한 열망의 표현이다. 결국 내가 완구점 여인과의 관계를 통해 원하는 것은 잃어버린 가족을 재구성하고 자신의 소외와 상처를 극복하고 싶은 것임을 알 수 있다. 또한 "언젠가 당신을 찾아갔던 날, 기억하시는지요? 그렇다면 잊어주십시오, 잊어주십시오, 그래서 다시금 당신의 세계에 나를 맞아주십시오"에서처럼 육체적 욕망과 관능이 배제된 모성으로서의 기대와 위로, 또 이를 통한 상처에 대한 치유를

---

36 동성애를 바라보는 견해는 두 가지 정도로 나눌 수 있다. 우선 동성애를 가부장제 사회에 대한 거부와 저항, 세계와의 불화라고 보는 견해가 김경수, 심진경, 김복순 등에 의해서 제기되었다. 이와 반대로 거부와 저항의 의미보다는 치유와 재생, 생명의 문제로 보는 견해가 황도경과 이화진에 의해서 제기되었다. 특히 황도경은 동성애의 문제를 '동생에게로 다가가려는 꿈에 다름아닌 것'이라고 하면서 둘의 정사는 성에 관계된 것이 아니라 생명에 관계된 것이라고 본다.
김경수, 「여성성의 탐구와 그 소설화」, 『문학의 편견』, 세계사, 1994.
심진경, 「오정희 초기소설에 나타난 모성성 연구」, 『한국문학과 모성성』, 태학사, 1998.
김복순, 「여성 광기의 귀결, 모성 혐오증」, 『페미니즘은 휴머니즘이다』, 한길사, 2000.
황도경, 「어긋나는 말, 혹은 감추어진 말」, 『작가세계』, 1996. 가을.
이화진, 「오정희 소설의 모더니즘적 글쓰기의 양상과 의미」, 『어문학』 83호, 한국어문학회, 2004, 420쪽.

37 10과 100이라는 숫자는 완결함과 집단화를 의미하는 숫자이다.
카를 메닝거 지음, 김량국 엮음, 『수의 문화사』, 열린책들, 2007, 70~72쪽 참조.

소망하고 있음을 확인할 수 있다.

완구점 여인과의 만남 후 그녀에 대한 그리움과 관능에 대한 혐오와 수치심이라는 모순된 감정 속에서 "나는 다시 딱딱한 껍질 속에서 죽은 동생과 어머니에 대한 증오와 단 첨가된 춘화와도 같은 여인과의 정사를 안고 달팽이처럼 한껏 움츠리며 살아갈 것이라"라고 고백하지만 이것이 완구점 여인을 만나기 전으로의 환원을 의미하는 것은 아니다. 정체성 찾기의 과정은 상처의 확인과 치유를 반복하면서 이루어지는 것이므로 내가 "달팽이처럼 한껏 움츠리"는 것은 좀 더 성숙한 자아찾기로 나아가는 예비적 과정으로 보아야 할 것이다.

「走者」[38]는 모성에 대한 갈망과 욕망으로서의 성의 문제가 교직된 작품이다. 작품은 그의 자살을 둘러싼 나의 심리적 방황과 갈등으로 시작된다. 나와 동성애 관계를 맺었던 그는 3개월 전 나에게 열쇠[39] 두 낱을 남기고 자살했고 나는 열쇠에 대한 강박증으로부터 벗어나지 못하고 있다.

그가 나를 통해 추구하는 것은 늘 함께 가기를 원하는 '높은 곳', 즉 모성의 성취이다. 그는 나와 첫 번째로 관계를 가진 후 "이젠 어머니에게 편지를 쓰지 않아"라는 고백을 한다. 그의 어머니는 돌도 되지 않은 그를 두고 일본인에게 재가한, 모성보다는 여자로서의 욕망이 더 강한 인물이다. 그는 어머니에 대한 상처와 모성애에 대한 결핍을 나를 통해 추구한다. 하지만 나는 그가 모성애를 추구하며 기

38 「주자」는 『월간문학』(1969. 9)에 발표됨.

39 열쇠는 자아찾기의 입문과정, 입문(initiation), 애정, 열의, 혼을 상징. 수행해야만 할 과제, 무의식의 발단, 출발점과 관련된 일을 수행하는 수단의 상징이다.
J.E. Cirlot, 앞의 책, 167쪽.

대오는 것을 견디지 못하고 오히려 그를 욕망의 대상으로만 여기면서 자신의 상처와 결핍을 숨기고자 한다. 이것은 어머니에 대한 나의 동경과 거부의 마음을 동시에 드러내는 것이며 나의 분신과 같은 그를 보는 일이 두렵고 싫기 때문이다. 하지만 나 역시 채희를 대상으로 그의 흉내, 즉 모성을 추구함으로써 어쩔 수 없는 모성결핍의 상처를 드러낸다.

손[40]은 사람과 사람 사이의 관계를 의미하는데 나는 그와 채희와의 관계에서 늘 '흰손'이라는 벽에 부딪혀서 저항과 구속감을 느끼고 특히 자신의 욕망이 차갑게 식어버리는 것을 느낀다. 이는 곧 나가 무의식 속에서 '흰손'으로 상징화되는 어머니의 모습을 보고 있으며 상대를 통해 모성을 추구하고 있음을 의미한다. 이런 이유로 그들을 대할 때마다 어머니가 떠올라서 자신의 성욕에 대한 거세와 저항, 구속력을 느끼는데, 이는 곧 어머니에 대한 거부감이라고 볼 수 있다.

그의 죽음과 흰손, 두 낱의 열쇠로부터 끊임없이 강박증에 시달리던 나는 우연히 목격한 예비군 훈련 모습을 통해 생동감을 느끼고, 의식 또한 긍정적, 적극적인 전환을 이룬다. 이후 "내가 본 것은 아주 좁고 어두운 장소였다. 그러나 따뜻하고 무한히 아늑한 느낌으로 나는 빛처럼, 터럭처럼 그곳에 침투하고 있었다. 완전히 보호받고 있다는 안도감을 느꼈다."에서 살펴볼 수 있듯이 모체 회귀에 대한 꿈

---

40 손은 실제로 사람의 만남에 있어서 행사하는 중요한 역할을 담당한다. 시인들에게 있어 손은 눈과 더불어 욕망의 필수적인 환유이다.
아지자 · 올리비에리 · 스크트릭, 장영수 역, 『문학의 상징, 주제사전』, 청하, 1989, 245쪽.

을 통해 그동안 외면한 채 강박적으로만 작용했던 어머니에 대한 동경과 거부, 곧 모체 결핍의 상처가 치유되어 가고 있음을 알 수 있다. 또한 모체 회귀에 대한 꿈을 꾼 후 채희에게 자신의 아이를 낳아달라고 부탁하는 것에서도 모체 속에 있을 때 가장 안정감을 느꼈듯이 채희를 통해 모성애를 성취하려는 적극적인 의식의 발현이라 할 수 있다. 그리하여 채희의 거절을 확인한 후 "불빛도 없어서 완전히 껌껌한" 어둠 속에서 오히려 평온함을 느끼는 것은 모성 결핍에 대한 상처와 콤플렉스, 모체 회귀에 대한 무의식적 갈망을 극복하게 되는 것으로 볼 수 있다. 결국 그를 표상하는 주머니 속의 열쇠를 멀리 던져버림으로써 그의 죽음으로부터 자유로워질 뿐만 아니라 어머니에 대한 상처와 무의식에 각인된 고통으로부터 벗어난다. 따라서 '走者', 즉 나는 그로부터의 구속에서 벗어나고 어머니에 대한 상처와 결핍을 극복함으로써 소극적 삶에서 벗어나 적극적으로 자신의 내면세계를 응시하면서 능동적으로 현실에 대면할 것이다.

「완구점 여인」이나 「주자」는 가족의 소멸, 어머니의 부재와 그로 인한 상처와 결핍으로 인해 동성애라는 혼란된 성관계를 가지게 되고 이를 통해 자신 안의 상처를 확인하고 치유하는 과정을 형상화한다. 두 작품에 공통적으로 드러나는 동성애에는 성적인 욕망뿐 아니라 어머니의 부재로 인한 모성결핍의 상처가 겹쳐 있다. 결국 이들의 동성애나 이성애는 자신 안의 상처와 결핍을 확인하는 과정이면서 동시에 그것의 치유와 위로의 과정이라는 의미를 갖는다.

「散調」[41]는 산조 공연을 하고 있는 작중 화자의 회상을 통해 젊은

---

41 「산조」는 『월간문학』(1970. 6)에 발표됨.

시절 만주에서 아마오와 나눈 관능적이고 아름다운 사랑에 대한 그리움이 형상화된다. '달' 의 모티프를 통해 소멸과 재생의 주기적 변화를 주인공의 정서상태의 하강과 상승구조와 연결시키고 있어 독특하고 관능적인 분위기를 연출한다.

> 달이 뜬다. 잊혀졌던 감각이 기억의 늪에서 서서히 떠오르고 닫힌 관능이 열려 저마다의 달로 뜬다. 낮처럼 환해지는 의식 세계에 날라리는 어지럽게 흔들리고 달은 풍성한 매듭을 푼다. 객석에서부터 다가드는 낡은 탈들의 아우성이 나를 밀어내고 나는 그예 나의 내부 가장 깊숙한 곳에 가라앉아 서서히 썩어가며, 후텁지근한 열기를 발산하는 한 상황으로 말려들어가 버린다. 그것은 눈에 띄지 않게 부패되어가는 구역질나는 달짝지근함을 풍기고 있었다.42)

주한외국인을 위한 산조공연이 한창 진행 중이지만 작중화자인 '나' 는 공연에 전혀 동화되지 못하고 무대와 관객의 이질감과 격리감으로 힘들어한다. 이때 "객석에서부터 다가드는 낡은 탈"은 공연에 동화되지 못하는 관객을 가리키는 동시에 공연에 신명을 느끼지 못하는 나를 가리킨다. 결국 나는 장구를 세게 두드리면서 자신의 내면세계에 몰입하고 마침내 '달' 이 뜨고 "후텁지근한 열기" 즉, 관능과 성적 욕망을 일깨우는 이제는 "구역질나는 달짝지근함"을 풍기고 있는 아마오와의 추억을 떠올린다.

나는 어린시절 어머니와 누나를 잃고 유랑하는 사당패를 따라 압록강을 넘었지만 만주는 '육신의 굶주림' 보다 정신적 황폐함과 고통

---

42 오정희, 『불의 강』, 앞의 책, 200쪽.

이 더 큰 곳이다. 만주에서의 나는 "서른을 넘지 않았을 터인데도" "여윈 등에서는 심한 피로와 굶주림의 흔적이 역력히 배어 있었다." 이때 내가 만난 아마오 역시 만인과 러시아 창부 사이의 혼혈아로 격동의 시대를 살면서 불행한 출생 조건과 이로 인한 정체성의 혼란뿐 아니라 뒤통수에 창병을 앓고 있는 상처투성이의 인물이다. 나와 아마오는 서로의 분신과 같은 존재이며 동병상련의 아픔을 지닌 인물들이다.

> 아이의 볼이 까칠하게 드러났다. 눈두덩이 푸르게 떠올랐다. 수숫대 위로 달이 뜨고 있었다. 아이가 부신 듯 눈을 뜨고 비슥 웃었다. 그러나 정말 그애가 웃은 것인지, 아니면 수숫대에 스치는 달의 그림자 때문에 그렇게 뵌 것인지는 확실치 않았다. 달은 크고 맑았다. 달, 나는 아이의 귀에 대고 속삭였다. 아이는 이제 더운 입김을 마다하지 않았다. 달, 달이야. 나는 손을 들어 달을 가리켰다. 그애가 나를 바라보았다. 유에? 아니 나는 달이라고 해봐. 달. 아이가 서툴게 발음했다. 나는 아이를 품에 안았다. 달은 바로 머리 위에 와 있다. 그것은 아이의 검푸른 눈두덩을 슬몃 감기고 그 테의 한 귀를 헐었다. 아이는 물처럼 부드러웠다. 달은 그애의 갈라진 손을 핥고 발을 핥았다. 몸을 뒤척일 때마다 이삭 패이는 소리가 바람결에 스산히 묻어왔다. 나는 불현듯 등 복판에 둥글고 무거운 혹이 솟아남을 감득했다. 아, 어머니. 나는 모르는 결에 부르짖으며 숨을 몰아쉬었다. 그애가 빠져나간 자리에 어둠이 이물(異物)처럼 선뜻하게 미끄럽게 기어들었다.43)

위 인용에서 살펴볼 수 있듯이 아마오와의 동성애를 암시하는 장면은 생명, 재생, 풍요를 표상하는 달의 이미지와 중첩되면서 환상적이고 관능적인 분위기를 연출한다. 나와 아마오가 나누는 성적결합

43 오정희, 『불의 강』, 위의 책, 201쪽.

은 관능적이고 육체적인 분위기를 지니면서 동시에 '달'과 '물'로 표상되는 삶에 대한 위로와 치유, 재생, 부활, 구원, 모성의 의미를 지닌다. 이때 둘의 머리 위에 떠있는 달은 모성과 풍요로움, 재생과 구원의 역할을 하면서 서로의 상처를 위로하고 치유하며 보듬어준다. 하지만 나는 어머니를 느끼면서 아마오를 향한 욕망이 식어버림을 느낀다. 이는 곱추였던 어머니와 누나의 분신이 '달'로 현신하면서 아마오를 향한 나의 관능과 성적 욕망이 가라앉는 것을 의미한다. 이때 느낀 '이물감'은 모성의 순결함과 정결함을 상징한다. 어머니의 사십구제가 열리던 날 밤꽃냄새로 더럽혀진 숲을 깨끗이 하며 '달'로 현신하던 어머니처럼 아마오를 향한 나의 관능과 욕망은 '달'을 통해 어머니를 느낌으로써 정화, 순화되는 것이라고 볼 수 있다.

"그 애를 잃은 뒤 며칠이고 계속해서 바람이 불고 흙먼지가 일었다. 달은 붉은 먼지 속 그 빛을 감추고 있었다. 나는 매일 밤 눈도 뜰 수 없는 먼지 속을 헤엄쳐 숨어 있는 달을 찾아나섰다."에서 살펴볼 수 있듯이, 아마오가 화재사고로 죽자 나에게 달은 사라졌다. 이때 달을 감추는 붉은 먼지는 달의 순결성과 절대성, 아름다움을 해치는 요소이며 메마름, 불투명함, 생명력의 사라짐, 죽음 등을 표상한다. 달을 잃었다는 것은 자신 안에 있는 관능과 생명력을 잃었을 뿐만 아니라 재생과 부활, 풍요로움을 상실했음을 의미한다. 또한 아마오를 향한 애정의 절대성과 관능, 또한 달로 표상되던 어머니마저 잃어버린 것을 의미한다.

이상의 작품을 통해 모성의 결핍과 치유로서의 성의 의미를 살펴보았다. 「완구점 여인」「주자」「산조」에 공통적으로 드러나는 동성애는 작중인물의 모성 결핍으로 인한 상처를 드러내는 모티프이다.

또한 작중인물은 동성애를 통해 모성성의 결핍과 그 상처를 치료받고 위로받는다. 결국 이 작품에서 성은 결핍과 치유라는 양가적 의미를 지닌다. 황도경[44]은 동성애를 분석하면서 이때의 성은 관능에 관계된 것이 아니라 생명에 관계된 것이라고 한다. 또한 어머니에게로 가는 꿈, 혹은 죽은 생명을 되살리는 꿈을 담고 있다고 해명한다. 하지만 동성애뿐 아니라 오정희가 다루는 모든 성의 문제 속에는 인간의 원초적인 본능으로서의 성적 욕망도 분명히 내재해 있다고 본다. 성에 대한 작가의 일관된 관심은 성 자체가 지니고 있는 긍정적인 기능을 통해 작중인물의 다양한 상처와 결핍을 충족시키고자 했다고 볼 수 있다.

3) 성에 대한 긍정과 수용

「동행」[45]은 제1기의 작품 중 발표연도 상 마지막 작품에 해당한다. 「동행」이 의미를 지니는 것은 제1기 작품에서 두드러지게 나타나는 성에 대한 혼란과 갈등양상이 이 작품에 와서 성에 대한 긍정적인 수용으로 변모한다는 점 때문이다.

「동행」은 남편의 변심과 배신으로 괴로워하는 여자의 심리 묘사가 뛰어난 작품이다. 또한 남편의 성적인 욕망과 변심을 인정하면서도 끝내 애증과 질투심이라는 또 다른 본능을 이기지 못해 남편을 살해하기까지의 과정을 다양한 이미지와 긴장감 넘치는 구성으로 형상화

44 황도경, 앞의 글, 128쪽.

45 「동행」은 『문학사상』(1978. 3)에 발표됨.

하고 있다.

화자인 '나'는 불륜을 저지르고 집을 나간 남편과의 관계를 정리하기 위해서 반년의 시간이 흐른 후에야 마지막 결심을 한다. 남편이 이미 다른 여자를 사랑하게 됐고 그 여자와의 사이에 아이까지 잉태한 상태인데도 나는 남편에 대한 집착과 미련, 갈등을 버리지 못했다. 하지만 남편과의 마지막 동행길에 '오줌 누는 소리'를 들으며 남편이 더 이상 나의 남자일 수 없으며 이미 떠나버렸음을 인정하게 된다. 나는 그 전에도 오줌을 누는 여자들을 보며 "아하, 확실한 건 이것뿐이다", "그것은 거의 감동"에 가깝다는 생각을 한다. 여기서 오줌 소리는 인간의 원초적이고 본능적인 욕망, 즉 성적 욕망을 나타낸다. 결국 성이라는 인간의 원초적인 욕망을 인간의 자연스러운 본능이면서 동시에 살아 있다는 증명, 존재에 대한 증명으로 자연스럽게 받아들이게 된 것을 의미한다. 또한 성을 우주의 근원적인 힘이 되는 건강한 생명력의 원천으로 인식하고 있다는 것을 의미한다. 이러한 인식은 남편이 더 이상 화자의 '소유'가 될 수 없음을 인정하면서도 '막막한 절망감'에 사로잡히게 한다. 또한 남편에 대한 미련을 버리고 관계를 정리하는 결정적인 계기가 된다.

이렇듯 성을 자연스럽게 받아들이는 태도는 이전에 오정희가 보여주었던 성에 대한 극도의 혼란과 갈등과는 다른 태도이다. 이것은 작가의 나이가 삼십대에 접어들고 결혼과 출산이라는 개인적인 경험을 하면서 성에 대한 긍정적 인식에 도달하게 되는 것으로 볼 수 있다.

또한 거세되어 하루종일 비명소리를 내는 돼지는 남편을 표상한다. 성을 인간의 원초적인 본능으로 인정하고 긍정하지만 화자를 버린 남편에 대한 애증과 미련, 질투와 분노 등의 본능적인 감정을 느낄 수밖에 없다. 결국 나는 남편을 안개가 짙게 깔린 저수지의 방둑에서 밀어버린다. 나는 성에 대한 긍정적 인식뿐 아니라 인간의 또 다른 본능인 질투, 애증, 분노 등의 감정 때문에 남편을 살해하게 되는 것이다.

한편 「동행」에는 종소리, 시계, 눈 등 다양한 이미지가 나온다. 이때 종소리는 성적 욕망을 좇아 떠나버린, 엄마와 남편으로부터 내가 버림받았음을 깨닫게 하는 역할을 한다. 또한 폭설에 갇혀 고립되었을 때 멈춰버린 남편과 나의 시계는 앞으로 일어날 '음모', 즉 남편의 죽음을 암시한다. 남편과 나의 마지막 동행 길에 내린 눈은 작품 속에서 중요한 의미를 지닌다. 하루동안 두 사람의 동행길에 내리는 '눈'은 상반된 양의성(兩意性)을 지닌다.[46] 남편에게 있어서 '눈'의 이미지는 자신을 꼼짝 못하도록 구속시키고 분방하게 생동하는 성적 욕구를 억압하고 거세시키는 표상으로 인식된다. 즉 새 여자와 오늘 태어날 아이에게 달려가고 싶은 욕망을 구속하고 억압하면서 동시에 동물적인 성적 욕망에 대한 거세를 의미한다. 한편 나에게는 남편이 떠난 후 "말뚝에 매인 염소"처럼 혹은 '신발'을 잃어버리고 우는 여자처럼 자신을 잃어버린 채 살아왔던 삶에서 벗어날 수 있게 해준다. 즉 자신을 버린 남편에 대한 미련과 배신감으로부터 벗어나 자유로워지고 탈출할 수 있는 계기를 만들어 준다. 특히 작품 속에서 보여주는 긴박한 구성과 예기치 못한 반전의 묘는 '눈'이 빚어내는 아련

46 장현숙은 황순원의 「두메」를 분석하면서 눈의 의미를 양가적이라 평가하고 있다. 여기서 '눈'은 진실을 은폐시키는 역할과 진실을 밝히는 역할을 동시에 담당한다.
장현숙, 『황순원문학연구』, 푸른사상사, 2005, 178쪽.

한 분위기와 함께 재미와 긴장감, 극적 리얼리티를 만드는 데 크게 기여한다.

4) 산업화 사회와 콤플렉스로서의 성

「불의 강」[47]은 재봉틀공으로 살아가는 주인공 부부의 삶과 돌이 지난 지 얼마 되지 않아 탈수증으로 죽은 아이를 통해 1970년대 도시 노동자 계층의 절망적인 삶의 모습을 형상화하고 있다.

> 그는 종일 간판만 내걸었을 뿐 내재봉소에 지나지 않는 구석방에서 끊임없는 재봉틀질로 나날이 하얗게 쇠고 겉늙어가고 나는 아파트의 6층 꼭대기에서 날지 못하는 학의 날개를 메우며 바깥 날씨가 어떤지도 모르고 지내기가 대부분인 이런 생활에서 태어나는 아이를 상상할 때마다 고미 다락방에서 창틀을 타고 올라가는 콩덩굴을 바라보며 나날이 죽어가는 병약한 소년의 이야기를 생각하게 된다.[48]

위 인용문은 부부의 각박한 삶의 모습을 압축적으로 제시한다. 부부는 '들들들 재봉틀 돌아가는 리듬'이 자신들의 삶을 돌리고 있다고 생각할 만큼 삭막하고 황폐한 삶을 살고 있다. 재봉틀공인 남편은 고된 작업에 시달리고 아내는 남편을 기다리며 온종일 수틀을 붙잡고 있지만 진척이 없다. 아내의 심리상황은 "날개가 부러진 듯한" '학'[49]의 모습으로 나타난다. 남편은 '잔뜩 웅크린 채 조심스럽게

---

47 「불의 강」은 『문학사상』(1977. 5)에 발표됨.

48 오정희, 『불의 강』, 앞의 책, 23쪽.

49 학은 그 색태와 자세의 고결함 때문에 동양과 한국 사람이 특별하게 애착하는 길조의 짐승이다. 장수의 새이며 단일과 조화의 새다. 고결과 장생, 그리고 초월적인 비상(飛翔)의

살아가고' 있는 주눅이 들고 힘없는 소시민의 모습이다. 또한 아내는 남편 몰래 담배를 피우고 밤 외출을 시도한다. 밤 외출을 통하여 무기력하고 억눌린 삶 속에서 탈출하고자 한다. 특히 이들 삶의 고통은 돌이 조금 지난 채 탈수증[50]으로 죽은 자식을 잃은 슬픔에서 기인한다. 물은 존재의 차원에서 볼 때 생명과 성장의 근원이면서 만물의 모태이며 그 안에서 모든 생명의 씨가 자라나고 있다고 볼 수 있다.[51] 따라서 아이가 탈수증[52]으로 죽었다는 것은 생명의 근원인 물이 소멸됨으로써 황폐화되는 산업화 사회의 한 반영이라 볼 수 있다. 아이의 죽음과 더불어 노동에 예속되어 피폐한 삶을 사는 남편과 이런 남편을 기다리며 날지 못하는 '학'을 수놓고 있는 아내 역시 불모화된 사막 즉, 산업화 사회 속에서 척박하고 황폐한 삶을 살아가고 있는 것이다. 또한 아이의 죽음을 통해 생존마저 위협하는 현실적 삶의 조건을 구체화한다. 아이의 죽음은 아내에게는 '가슴께의 생생한 통증'으로 세월을 뛰어넘어 지속적으로 현실화된다. 또한 남편에게는 "거미 새끼는 어미 등을 파먹으며 산다지, 그래서 껍질만 남으면 훅 불어버린대. 그러니까 거미는 눈에 띄는 대로 잡아 죽이렴"처럼 거미의 생리에 대한 거부로 나타난다. 여기서 창틀의 거

상징으로 원용된다.

이재선, 앞의 책, 405쪽.

50 죽은 자들은 목이 탄다고 믿고 있다. 물을 통한 '해갈'로 고통을 없애고 그들을 재생토록 해야 한다.

미르치아 엘리아데, 『종교형태론』, 앞의 책, 279쪽.

51 미르치아 엘리아데, 위의 책, 267~271쪽 참조.

52 오정희 작품에는 '탈수증'에 대한 언급이 자주 나오는데 이는 현실적 삶의 공간이 지닌 불모성과 황폐함, 삭막함을 상징적으로 드러낸다.

미를 보며 독백처럼 중얼거리는 남편의 말은 부모 등을 파먹는 거미 새끼에 대한 비아냥을 통해 이미 죽어버려서 자신들의 등도 파먹을 수 없는 죽은 아이를 잃은 분노와 상실감을 역설적으로 전가시키고 있다.

남편은 "아, 하동(河童)의 꿈은 어디로 갔는가."라는 탄식조의 시를 쓰면서 과거에 자신들이 누렸던 풍요로운 삶을 그리워한다. 부부가 살고 있는 아파트의 건너편에 위치한 강은 예전에는 풍요로움과 생명력을 간직한 공간이었다. 하지만 지금은 물이 말라버리고 비행장을 건설하고 있어 그곳에서 들리는 거대한 폭파음은 이들의 삶에 '본능적인 두려움'을 가지게 할 뿐이다. 특히 부부가 적의를 드러내는 화력발전소도 예전에는 생성과 창조, 생명력을 지니고 있었지만 이제는 불을 잃어버려 제 기능을 상실했다. 또한 그곳은 전쟁 때는 대량학살이 벌어지는 살의의 공간으로 변질되고 지금은 '잿빛의 우중충한 건물'로서 '갱 영화의 촬영현장'으로 폭력과 생명 말살의 현장으로 변모하였다. 이처럼 풍요로움을 상실한 강과 불을 잃어버린 채 파괴와 폭력의 공간으로 변질된 화력발전소는 부부의 내면세계, 내면적 삶의 공간을 상징한다. 또한 현실 속에서 부부가 살아가는 절망적인 삶의 공간이 구체적으로 형상화된 것이다. 그러한 삶의 공간이 지닌 불모성과 황폐함, 삭막함은 탈수증으로 죽은 아이로 비유된다.

사막의 한복판에 꽃을 든 그가 서 있다. 아랍식의 터번 아래 드러난 얼굴은 죽은 사람처럼 창백한 납빛이다. 왜 그러고 있는 거예요. 나는 그에게 외친다. 그는 꼼짝 않고 직립해 있을 뿐이다. 그의 손에서 진한 자줏빛 꽃이 뚝뚝 떨어져 내렸다. 내 목소리는 곳곳에 구릉지대를 이루고 겹쳐 있는 모래 언덕에 스며 되돌아오지 않는다. 해는 보이지 않는데 모래빛의 반사로 하늘과 땅은 붉은색의 셀로판지를 통해 보듯 온통 붉은빛이다. (중략)

금주(禁酒) 시대였는데 술집 주인은 먼 길을 가는 우리를 위해 술을 한 병 내주었다. 우리는 그것을 들고 사막을 건넜다. 사막은 여전히 불투명한 붉은빛이었고 그에 대한 기억은 확실치 않다. 함께 가고 있다는 느낌뿐 실체는 느껴지지 않았다. 사막을 다 건넌 후 마른 목을 축이고자 병을 땄을 때 술은 뜨거운 물이 되어 수증기로 피어올랐다. 마법의 병처럼 그곳에 갇힌 수증기는 좁은 아구리로 빠져나오려고 뒤엉겨 비비적대고 있었다. 그때 그가 말했다. 동남풍이야. 바람이 알맞게 부는군.[53)]

위 인용문은 아내의 꿈을 통해 남편의 방화를 암시하는 장면이다. 사막[54)]은 부부가 살고 있는 황폐하고 척박하고 생명력이 없는 공간을 표상한다. 꽃은 생명, 죽은 아이의 영혼 등을 의미하며 이 꽃이 '뚝뚝' 떨어지는 것은 생명의 소멸, 생명이 다하는 것, 죽음을 의미한다. 그것은 다시 모래빛의 반사로 온통 붉은빛을 만드는데 '붉은빛'은 삶에 대한 적의, 숨길 수 없는 파괴 본능, 열등감, 세상과 타인에 대한 복수심 등을 의미한다. 금주시대 역시 구속과 억압의 시대를 의미하고 이때 남편이 들고 있는 술은 그 구속과 억압에 대한 저항을 의미하며 불과 등가적 의미를 지닌다. 이때 바람은 큰 힘을 추동시키는 원동력이 된다.

그러므로 남편의 방화는 부부를 둘러싼 구속과 억압, 생명이 살아갈 수 없는 현실에 대한 분노와 증오의 상징적 행위이다. 여기서 불

53 오정희, 『불의 강』, 앞의 책, 25쪽.

54 사막 : 정신적 빈약 ; 죽음 ; 허무주의 ; 절망
이상우 · 이기한 · 김순식, 앞의 책, 246쪽.

은 파괴와 재생의 양가적 의미를 지닌다.[55] 곧 남편은 뜨거운 불을 통해 황폐한 삶을 정화시키고 소멸시킨 후 과거에 자신들이 자식과 누렸던 풍요로움과 생명력이 넘치는 삶의 재생을 시도하는 것이다. 특히 남편이 관심을 보이는 바람에 의해 저절로 불이 붙는 마찰발화법[56]은 성적(性的)인 의미가 부여된 것이다. 마찰을 통해 불을 일으키는 방법은 인간의 성행위를 의미하며 여기서 만들어진 불은 '나무의 아들'이면서 동시에 '인간의 아들'이 된다. 즉 이것은 아내와의 잃어버린 성적 행위를 되찾음으로써 죽은 아이를 살리고 풍요로운 삶을 회복하고 싶은 남편의 욕망을 드러낸다. 또한 죽은 아이의 영혼을 일으켜 세우고 자신의 성적인 에너지와 아내와의 성행위도 원만하게 이루어져서 죽은 아이를 대신할 수 있는 새로운 아이의 생성에 대한 욕망까지도 포함한다고 볼 수 있다.

---

55 김현은 '붉은 색'에 주목하면서 이것은 파괴본능이라고 해명한다. 파괴 본능을 완전히 잠재울 때 생활은 범속해지고 생산의 풍요성은 범속성 속에서 살의를 느낄 때 얻어진다고 한다.

김현, 앞의 글, 255~256쪽.

56 마찰이라는 것이 매우 성적(性的)인 의미가 부여된 설명이라는 점을 인정해야 한다. 프로메테우스는 현명한 철학자라기보다는 정력 넘치는 정부(情夫)이며, 신들의 복수는 질투심에 의한 복수다.(55쪽)

마찰되는 모든 것, 불타는 모든 것, 전기를 일으키는 모든 것은 곧바로 생식을 설명할 수 있는 것이 된다.(60쪽)

가스통 바슐라르, 『불의 정신분석』, 이학사, 2007.

마른 막대 두 개를 서로 문질러 불을 피우는 방식은 전 세계의 미개인들이 불을 피우기 위해 가장 흔히 의존하는 방식이다. 이러한 원시적인 방법으로 정화를 피우는 관습이 우리들의 미개인 선조가 그런 방식으로 모든 불을 피웠던 시대의 유물일 뿐이라는 것은 거의 의심할 나위가 없다. 이러한 과거의 유물에 신비한 효능과 신성한 분위기를 부여해 주는 종교적 · 주술적 제례만큼 옛날 관습에 보수적인 것은 없다.

제임스 조지 프레이저, 『황금가지』, 한겨레신문사, 2004, 833쪽.

단편 「불의 강」은 1970년대 산업화 사회에서 소외되고 억눌린 노동자의 삶을 환상적이고 추상적으로 또한 상징의 수법으로 처리함으로써 리얼리즘 계열의 소설과는 차별화된 방법으로 주제의식을 전달하고 있다.

「안개의 둑」[57]은 물질주의적 가치관이 팽배한 산업화 사회에서 물신화된 삶을 살고 있는 소시민을 주인공으로 내세워 예사롭지 않은 시각으로 우리 삶의 균열과 살의, 분노를 포착해서 형상화하고 있다.

화자인 남편은 결혼생활 5년 동안 '집'[58] 한 채를 마련하기 위해 '개미' 처럼 일만 했다. 남편은 자유로운 삶을 포기하고 혼전 임신을 한 아내와 결혼했다. 하지만 아내는 '셋방살이' 를 하면서는 아이를 낳을 수 없다는 이유로 세 번의 유산을 했다. 남편은 '집' 이라는 물질적 가치를 위해 자신의 젊음과 청춘을 다 바쳤다. 이러한 남편은 산업화 사회에서 정체성을 잃어가는 전형적인 소시민의 모습을 보여준다. 특히 '집' 을 마련하기 위해 아이를 세 번이나 유산시키는 것은 물질적 가치로 인해 인간의 존엄성이나 생명마저 소홀히 여기는 왜곡된 가치관의 심각성을 보여준다. 그러므로 올바른 가치관을 잃어버린 채 자본의 논리에 지배당하면서 살아 온 남편이 지난 시절에 대한 회한과 절망감을 느끼는 것은 어쩌면 당연한 귀결이다.

남편의 잃어버린 젊음과 지난 시절에 대한 회한은 젊은이에 대한

57 「안개의 둑」은 『뿌리깊은 나무』(1976. 10)에 발표됨.

58 현대의 유명한 건축가 르 코르뷔지에의 정의에 따르면, 집이란 '거주하는 기계' 에 불과하다. 따라서 그것은 산업 사회에서 대량 생산되는 수많은 기계 중 하나에 지나지 않는다. 현대의 이상적인 집이란 무엇보다 기능적이어야 한다. 즉 집은 인간에게 노동과 그 노동을 보장하기 위한 휴식을 주어야 한다.
미르치아 엘리아데, 이은봉 옮김, 『성(聖)과 속(俗)』, 한길사, 2006, 76쪽.

분노와 질투, 성에 대한 좌절과 콤플렉스로 나타난다. 여행지에서 아무 연관성도 없어 보이는 중국인과 한의사를 무의식적으로 떠올리는 것도 남편이 지닌 성에 대한 강박증과 콤플렉스 때문이다. 얼굴의 털구멍에 침을 꽂는 중국인이나 온몸에 침을 꽂고 잠이 들고 중년의 나이에도 갓난아이를 자식으로 둔 한의사는 남편과 달리 건강한 육체와 젊음, 정력을 표상하는 인물이다. 한편 남편은 여행지에서 자신을 둘러싼 구속과 억압으로부터 자유로워져 "오래 잊었던 욕정"이 끓어올랐지만 아내와의 관계가 실패로 끝난 후 나방을 불에 태워 죽임으로써 자신 안의 분노와 살기를 표출한다. 또한 아내를 만족시키지 못한 좌절감은 아내가 흠모와 선망의 눈길로 바라본 세탁소 사내를 향해 '맹렬한 살기와도 같은 정욕'으로 왜곡되어 나타난다.

하지만 정작 남편이 분노를 드러낸 대상은 장님 안마사이다. 남편은 길 안내를 요청하는 장님 안마사[59]의 청을 거절하고 그를 방치함으로써 바닷가에 빠져 죽게 한다. 남편은 삶에서 구속을 많이 느끼는 자신과 달리 안마사는 보이지 않음으로써 자유로울 수 있는 권리가 있을 것이라고 믿었다. 하지만 안마사 역시 술집에서 난동을 부리고

59 최윤정은 오정희 작품에 빈번히 드러나는 불구 모티프를 "불구는 몸의 불구이며, 몸의 불구는 정신과 육체의 조화를 이룰 수 없다. 뒤집어 말하면 조화를 이루지 않아도 좋다. 그것은 어떻게 보면 하나의 특권이다."고 말한다. 또한 "불구는 운명적 타의에 의해 불구가 되어 있는 인물에게 무한한 수동성의 자유, 활동하지 않음으로써 더 많이 바라볼 수 있는 그리고 그것이 「당연하고 자연스럽게」 되는 이유를 제공하는 훌륭한 장치였으리라."고 분석한다.
최윤정, 앞의 글.
황도경은 불구 모티프를 우리들 내부에 진행중인 부패와 죽음의 징후를 섬뜩하게 확인하는 것이라고 본다.
황도경, 「뒤틀린 성과 부서진 육체」, 앞의 글, 136쪽.

자신 안의 분노와 열등감을 드러낸다. 이에 대해 남편은 '참을 수 없는 배반감'과 '싫증'을 느끼게 된다. 이것은 자유롭게 살고자 했으나 여러 가지 구속과 억압으로 인해 주눅이 든 삶을 사는 자신의 초라한 모습을 장님 안마사를 통해 보았기 때문이다. 그러므로 남편은 자기 안의 열등감과 분노가 장님 안마사를 향해 '잔인한 충동' 즉, '살의의 한 변형'으로 나타나 그를 간접살해 하게 되는 것이다. 이때 안마사를 간접살해 하는 것은 자기 자신을 향한 환멸과 혐오, 분노와 증오의 표출이라고 볼 수 있다. 여기서 장님 안마사의 육체적 불구는 남편의 정신적 불구만큼이나 억압과 구속, 굴레로 작용하며 안마사의 육체적 불구와 남편의 정신적 불구는 동일시되고 있다. 남편이 안마사가 빠진 바닷가에 '마지막 한 방울까지' 방뇨행위를 하는 것은 그동안 억눌렸던 자신의 성욕과 욕정을 발산하는 것이다. 결국 장님 안마사에 대한 간접살인을 통해 자신 안의 분노와 증오를 일시적으로 해소하고 이는 바다를 향해 방뇨 행위를 하는 것으로 나타난다.

> 바다는 보이지 않고 바다로부터 몰려오는 안개만이 무서운 기세로 유리창에 비비대고 있었다. 그리고 그 너머 내가 버리고 온 사내가 한 마리의 거대한 게가 되어 이리로 어기적어기적 걸어오는 것이 보이는 듯하였다.[60]

바다에 가득 끼어 있는 '안개'는 삶의 진실을 은폐하고 불확실하고 부조리하고 불완전한 삶의 모습, 삶의 혼돈, 불투명한 미래와 현재적 삶에 대한 절망 등을 표상한다. 또한 소통을 가로막으며, 부당한 삶의 원리를 강요하는 산업화 사회의 부조리함과 위기의 삶을 표

60) 오정희, 『불의 강』, 앞의 책, 77쪽.

상한다. 여기서 장님 안마사를 나타내는 '게' 는 물질만능주의나 획일성을 강요하는 세계의 거대한 힘에 억압받는 왜소하고 연약하고 힘없는 소시민을 표상한다. 한편 '한 마리의 게' 가 '거대하게' 다가오는 것은 장님 안마사를 죽게 했다는 죄책감과 자괴감이 남편의 내면세계에 남아 또 다른 구속과 억압으로 남편의 삶을 덮칠 것이라는 비극적인 예감을 나타낸다.

「야곱의 꿈」[61]은 성경 속 인물인 야곱을 모티프로 하면서 실향민인 주인공의 귀향에 대한 의지와 소망을 다룬다. 또한 주인공이 1970년대 근대화된 도시에서 허무주의적이고 소극적인 삶의 자세를 극복하고 적극적으로 현실에 대한 응전력을 지니게 되는 과정을 묘파하고 있다. 이렇듯 「야곱의 꿈」은 분단[62]과 산업화시대라는 1970년대 시대상황을 복합적으로 포착하고 있다는 데 그 의미가 있다.

당시 우리 사회는 7 · 4 남북공동성명을 계기로 분단문제에 관심을 가지기 시작한 때이며 작가는 「야곱의 꿈」을 통해 분단과 실향민의 아픔을 드러낸다. 주인공인 술은 소학교 시절 '큰사람' 이 되라는 아버지의 뜻에 따라 남쪽으로 유학을 왔고 이듬해에 분단이 돼서 30년 동안 고향에 돌아가지 못하고 있다. "그러나 이듬해 철길이 끊겨 그

---

61) 「야곱의 꿈」은 『세대』(1976. 7)에 발표됨.
본문 인용은 오정희, 『우리시대 우리작가』 11, 동아출판사, 1987.

62 분단현실에 대한 적극적 인식이 민중적 삶을 들어 올리는데 착목할 수 있게끔 한 것은 1972년의 7 · 4남북공동성명과 유신정권의 억압적 정치의 가중이 큰 계기를 이루었다. 7 · 4공동성명은 그때까지 금기로 여겨지던 분단의 해소를 위한 노력에 조그만 활로를 마련한 셈이 되었고 유신정권의 비민주적 통치방식은 민주정치의 기반이 되는 민중의 존재에 한층 주목하게끔 작용했던 것이다.
김성열, 「1970년대 한국소설과 사회의식」, 『민족문화연구』 19호, 민족문화연구소, 1986, 234쪽.

가 고향으로 돌아갈 길은 막히었다. 그 후 삼십 년이 지났고 그는 그날 이래 기차가 시골 간이역을 버리고 들어섰던 최초의 터널 그 어둠 속을 달려온 셈이었다"에서 살펴볼 수 있듯이 고향을 떠난 후 술의 삶은 '어둠'과 '터널' 같은 것이었다. 그만큼 현실적 삶의 무게가 클 뿐만 아니라 고향과 어머니에 대한 그리움이 간절하다는 것을 알 수 있다. 이러한 술은 매일 아침 현실을 벗어나 고향으로 가고 싶은 마음에 신발 끈을 조이고 역 앞을 서성이지만 그것은 분단이라는 현실의 벽으로 인해 좌절될 수밖에 없다.

도시의 청소부로 일하는 술은 도시의 삶에 적응하지 못한다. "도시는 마치 거대한 덫과도 같다. 한번 치이면 마지막 한 방울의 피가 흘러나올 때까지 놓아주지 않는 덫. 그러기에 도시를 향해 진입하는 사람들의 발길이 그토록 죽으러 가는 자의 비장한 결의에 차 있는 것이 아닌지."에서 살펴볼 수 있듯이 술은 산업화 사회의 도시를 부정적으로 인식하고 있으며 일거리를 찾아 농촌 인구가 도시로 유입되는 세태를 비판적으로 바라보고 있다.[63] 또한 술은 청소부로 일하면서 산업화 사회의 도덕적 타락과 경제발전의 허구성을 목격한다. 술이 목격하는 도시의 밤 풍경은 여성의 성이 상품화되고 무절제한 욕

---

63 우리의 수많은 농민들은 더 이상 견디다 못해 도시로 몰려들었으나 마땅한 직장은 고사하고 찬이슬을 피할 집 한 채 없이 도시의 변두리 판자촌에 내동댕이쳐졌다. 그런데 이들이 움막을 짓고 목숨을 부지하고 있던 그곳마저도 돈벌이에 눈이 먼 정부 당국에 의해 다시 강탈당하고 말았다. 그 결과 14만 5,000여 명의 빈민들이 현재의 성남시에 해당하는 경기도 광주군에 새로운 정착지를 마련하게 되었는데 그곳마저도 높은 땅값에 의해 심각한 곤란이 제기되고 있었다. 결국 생존의 벼랑에 몰리게 된 이들 빈민들의 정부 당국의 야만적 처사에 대한 사무친 증오는 격렬한 투쟁으로 폭발하고 말았다.
박세길, 앞의 책, 225쪽.

망으로 흥청망청대는 타락하고 퇴폐적이다. 또한 '정관수술상담'의 에피소드를 통해 보여주듯 의도적으로 생명 창조를 억제하고 생명에 대한 경시 풍조가 만연해 있다. 고속도로, 화물열차, 도로확장공사 등의 산업화된 도시 풍경은 내실은 갖추지 못한 채 초고속 경제성장이라는 겉모습만 화려할 뿐이다. 술은 이러한 도시 풍경에 절망하면서 "달아나고 싶다는, 목마를 타고 이 끝없는 어둠의 도시로부터 달아나고 싶다는" 탈출 욕구를 지닌다.

하지만 술의 욕구는 현실의 벽에 부딪혀 좌절될 수밖에 없으며 다만 역 앞에서 노인이 팔고 있는 목마를 바라보는 것만으로 대리만족할 수밖에 없다. 술은 목마를 볼 때마다 '신선한 감동'과 '갈망'에 사로잡히고 자신의 내부에서 잠자고 있던 거역의 의지와 탈출의 욕망이 새삼 일깨워짐을 느낀다. 말을 파는 노인과 술은 같은 그림자를 지닌 인물이며 분신과 같은 존재이다. 술과 노인은 도시를 벗어나 어디론가 탈출하고 싶으나 현실의 질곡에 묶여 달릴 수 없을 때 일상 속에서 목마를 통하여 일탈을 시도한다. 달리고 싶으나 현실적 삶의 한계로 인해 '목마'를 통해 대리만족할 수밖에 없는 것은 그들 삶의 고뇌를 표상한다.

현실적인 한계로 인해 욕구를 실현시키지 못하고 허무주의에 사로잡혔던 술은 자신의 담당구역에서 미친 여자가 출산하는 장면을 본다. 처음에는 자신과 관계없는 일이라며 외면하려 했지만 결국 여자의 출산을 돕고 아이의 탯줄을 자신의 이로 직접 끊는 것은 소극적이고 절망적이었던 그의 의식에 전환이 일어났음을 의미한다. 술은 아이를 품에 안고 생명 탄생의 경이로움과 이상을 향한 열망을 지니게 되고 현실에 대한 적극적인 응전력을 회복한다. 이것은 한겨울 추위에도 불구하고 '온몸에 파릇파릇 열기'로 돋고 '붉은 꽃의 물결'처럼 생명력 있는 모습으로 나타난다. 이제는 술 자신이 한 마리 말이 되어 "갈기에 색동띠 매고 어디든 달릴 수 있는 준마가 되어 어둠 밖으로, 도시 밖으로 달려나가는 것"이다. 술이 달려가는 '어둠 밖'과 '도시 밖'은 분단의 현실을 극복하고 도시의 부정적인 현실을 넘어서서 '최초의 그날'처럼 생명력 넘치는 새로운 세상으로 나아감을 의미한다. 이제 술은 '이미 다른 시간 다른 날들' 즉, 이스라엘을 건설한 야곱처럼 '천년의 어둠'을 뚫고 새로운 날들을 건설하는 선각자처럼 나아가게 된다. 분단이라는 민족적 불행과 산업화된 도시의 부정적인 현실과 이에 대한 절망감과 허무의식을 극복하고 새로운 날들을 향한 의지와 열망을 회복하게 된다.

오정희는 「야곱의 꿈」을 통해 분단과 산업화 사회에 대한 허무의식과 부정의식을 드러내고 있지만 궁극에는 아무런 가식도 없이 순수한 어린아이를 매개로 하여 작중인물로 하여금 인간의 존엄성이나 생명에 대한 경외감을 지향해 나아가도록 한다.

이상으로 제1기의 문학을 통해 성담론의 양가적 의미와 산업화 사회의 부정적 현실인식을 살펴보았다. 작가는 제1기의 문학을 통해 일관되게 성의 문제를 천착하고 있다. 이를 통해 인간의 욕망에 꾸준히 관심을 가지고 있는 작가가 성을 인간이 가진 가장 원초적이면서도 본능적인 욕망으로 파악하고 있음을 고찰할 수 있다. 이때 성은 양가적 의미를 지닌다. 구체적으로 억압과 욕망, 불모와 생성, 유폐와 소통, 소멸과 생명, 결핍과 치유의 모습으로 나타난다. 한편 제1기의 작품에서 나타나던 작중인물의 극단적인 갈등과 파행적인 이상심리는 후반부에 갈수록 사라진다. 또한 성담론이 마무리되는 「동행」에 이르러 성에 대한 긍정적 인식과 수용이 나타나기도 한다. 또한 대부분의 작품에서 여성과 노년의 성에 주목하고 있는데 이것은 소외된 인물과 삶에 대한 관심의 연장선상에서 파악할 수 있다.

한편 제1기 문학 중 「불의 강」「안개의 둑」「야곱의 꿈」 등 후반에 갈수록 작가는 사회현실적 상황에 시선을 돌리기 시작한다. 특히 「불의 강」「안개의 둑」은 산업화 사회의 부정적인 면모를 「야곱의 꿈」은 분단과 산업화 사회의 모순을 다루고 있다. 이처럼 제1기 문학에서 보여준 현실적 상황에 대한 관심은 제2기 문학에서 심화되어 나타난다.

2. 현실인식의 중층구조

오정희 문학을 활동시기에 따라 나누어 보면, 제2기의 문학(1978년~1981년)은 오정희 문학이 사회현실적 상황에 대한 관심으로 확대되는 시기이다. 시대적으로는 유신시대의 몰락과 5공화국의 등장 시기에 걸쳐 창작된 작품들을 일컫는다. 제2기의 문학에는 단편집 『유년의 뜰』에 실린 전 작품이 해당된다. 작가 개인사의 변화로는 결혼과 함께 제2의 고향이라고 할 수 있는 춘천생활이 본격적으로 시작된 때이기도 하다.[64]

오정희 문학의 제2기에 해당하는 시기에 발표된 『유년의 뜰』은 그 전 시기에 발표된 『불의 강』과는 차별화된 모습을 보인다.[65] 제1기

64 오정희는 1978년 강원대학교 사회학과 전임강사로 임용된 남편을 따라 춘천으로 이주하였다.

65 김병익은 『유년의 뜰』 이후 오정희의 소설이 상당한 변모를 드러낸다고 분석한다. 대화

문학에서 두드러졌던 작중인물의 이상심리나 이상행동 그리고 불구 모티프나 비정상적인 성관계 등은 사라지고 그 자리에는 평범한 가정과 가정주부의 삶의 문제가 대두된다. 그러나 제2기 문학에서는 평범한 일상과 가정주부를 주인공으로 하면서도 그 내면에는 허무주의와 무기력증 그리고 '그'라는 대상을 향한 간절한 기다림이 나타난다. 기존 논의는 이 시기 문학을 중년여성의 삶에 대한 권태와 허무로 보고 있다. 하지만 본고에서는 제2기 오정희 문학의 특징을 현실인식의 확대로 파악한다.[66)]

제2기의 작품은 한국전쟁의 비극성과 참상, 80년대 사회현실에 대한 비극적 인식과 극복의지, 중년여성의 삶의 문제와 부정적인 현실에 대한 저항의지 등을 형상화하고 있다. 또한 가부장제 사회에서 여성의 성적 억압 문제를 본격적으로 모색하고 있다. 따라서 제2기의 문학을 통해서 오정희가 80년대의 사회현실을 어떻게 인식하고 있으며, 허무하고 부정적인 시대를 어떻게 극복하고자 했는지를 천착해 볼 수 있다.

는 직접화법으로 바뀌고 이미지의 문제로부터 통상적인 산문적 서술이 주조를 이루기 시작하며 이러한 외형상의 변화와 더불어, 비정상적인 성관계라든지 태아 유산, 육체의 불구와 같은 초기작의 모티프들은 말끔히 가시고 주인공들은 하나의 가족 단위의 인간관계를 형성하여 아이들은 자라고 남편과의 관계는 화해롭다고 말한다. 또한 『유년의 뜰』이 서정시의 세계로부터 소설의 세계로 옮겨 앉게 되었으며 직관과 추상의 세계로부터 역사와 현실의 세계로 시선을 돌리고 있다고 분석한다.

김병익, 앞의 글, 403~404쪽.

66 김병익은 오정희가 직관과 추상의 세계에서 역사와 현실의 세계로 눈을 돌리고 있다고 지적하면서 「별사」를 비롯한 몇몇 작품에서 정치상황이 엿보인다고 분석한다.

김병익, 위의 글, 404쪽.

1) 전후의 비극과 '노란색'의 양가성

전쟁은 기존의 관습체계를 파괴시켜 개인과 사회를 극심한 혼란 속에 몰아넣고 개인을 이전의 세계와 단절시키는 분기점이 된다. 또한 기존의 윤리와 도덕 가치관을 무너뜨리고 정신적·물질적 삶의 토대를 모두 빼앗아 사회 구성원으로 하여금 황폐함, 상실감, 절망감을 경험하게 한다. 대부분의 평자들이 연작으로 동의하고 있는 「유년의 뜰」과 「중국인 거리」는 전쟁 막바지부터 전후의 극심한 혼란기를 어린화자를 통해 묘파하고 있다. 「유년의 뜰」은 치열한 전장을 배경으로 하고 있지 않지만 노랑눈이 일가와 주변사람들의 삶을 통해 전쟁의 비극성과 극도의 혼란상을 실감나게 보여준다. 「중국인 거리」는 전쟁이 끝난 후 월남민인 화자의 가족이 중국인 거리에 새롭게 삶의 터전을 다지고 숨가쁘게 뿌리 내리기를 하는 과정을 담아내고 있다. 일부 평자들은 두 작품을 여성화자의 성장이야기로 분석하거나 가부장제 사회에서 여성이 겪는 억압과 구속이라고 분석하고 있으나, 이는 작품이 함의하고 있는 총체적 의미를 분석하는데 한계를 지닌다고 본다. 두 작품은 전쟁의 비극성과 황폐함, 절망감, 그리고 복구를 향한 의지를 보여줌으로써 그 어떤 작품보다 전후 현실을 날카롭게 드러낸다.

「유년의 뜰」[67]은 전쟁이 아직 진행 중인 상태에서 피난민 가족인 노랑눈이 일가가 새로운 삶의 터전에 적응하는 과정을 형상화한다. 하지만 이것은 전쟁 중이라는 현실적 조건과 한계 때문에 전쟁의 상

67 「유년의 뜰」은 『문학사상』(1980. 8)에 발표됨.

처에 압도된 모습으로 나타난다. 전후 복구를 향한 이성과 논리, 합리적인 의지와 노력보다는 생존본능과 이에 대한 실패와 좌절로 인한 타락과 변모의 가속화로 나타난다.

피난을 가던 중에 강제로 징집된 아버지는 2년이 지나도록 집에 돌아오지 못하고 생사조차 확인할 방법이 없다. 아버지가 부재한 틈에 대행가장의 역할을 하는 오빠는 영어교과서로 은유되는 새로운 가치와 질서에 순응하고자 한다. 하지만 이것이 끝내 좌절되고 결국 서분이와의 성적인 타락과 일탈적 행동으로 이어진다. 또한 집안 존재였던 어머니가 아버지를 대신해 생계를 이어가던 중 성적인 타락과 변모의 과정을 밟게 된다. 그리고 어머니를 대신해서 집안 살림을 하는 할머니는 아무 죄의식 없이 남의 닭을 훔치는 행동을 한다. 부모의 보호를 받지 못하는 일곱 살 노랑눈이는 도벽과 폭식증에 가까운 증세를 보인다. 이렇듯 전쟁으로 인한 생계의 궁핍함, 기존 도덕의 와해, 전쟁의 참혹함 등의 후유증과 부정적인 영향이 작중인물 대부분에게서 나타난다. 이러한 가족의 변모와 타락은 전쟁의 비극적 참상과 후유증을 여과없이 고스란히 보여줌으로써 전후의 무질서함과 극도의 혼란상을 드러낸다.

> 마을의 어귀엔 폭 넓은 개울이 흐르고 다리를 건너면 읍이었다. 교회와 대장간 · 술집 · 여인숙 · 미장원, 그리고 하루 두 번 지나가는 완행 버스의 차부가 있는 읍의 큰길에는 닷새에 한 번씩 장이 섰기 때문에 저자거리라고 불렀다.[68]

68 오정희, 『유년의 뜰』, 문학과지성사, 1994, 23쪽.

우리가 앉아 있는 곳에서 오빠의 모습은 환히 보였다. 어머니가 일하고 있는 밥집의 건너편, 하루살이떼가 빛을 따라 바람개비처럼 어지러이 들고 있는 전봇대에 비스듬히 기댄 자세로 서서 이 모든 거리의 풍경을 경멸하듯 바라보며 오빠는 붕대 감은 손에 하모니카를 들고 다만 외롭게 혀를 떨며 하모니카를 불었다.

언니도 멀지 않아 나이찬 처녀들처럼 엉덩이를 흔들며 이 거리를 지나게 될 것이다. 오빠가 아무리 무섭게 단속을 한다 해도, 그 무엇으로도 언니의 밤 외출을 막을 수는 없게 될 것이다. 나도 자라면 역시 그럴 것이다. 굵은 벨트로 배꼽이 튀어나올 때가지 허리를 죄고 천천히 이 거리를 배회하게 되리라.[69]

엄마, 오빠, 언니까지 온 식구가 밤이면 "음험하게 끓어오르는 알 수 없는 열기, 끈끈한 정념으로 가득찬 달착지근한 공기"를 찾아 헤매는 저자거리는 일탈과 무질서, 혼돈의 공간이다. 또한 미래에 대한 긍정적 인식이나 전망은 부재한 채 현실에 대한 불안, 절망, 부정적인 인식만 나타내는 공간이다. 저잣거리는 성적 본능과 욕구를 실현시키는 공간이면서 혼란과 방종의 내적 의미를 지닌다. 이때 전봇대에 '빛'을 따라 모여드는 "하루살이떼"는 밤이면 본능적 욕구에 의해 저자거리로 모여드는 작중인물들의 삶에 대한 허무주의적 인식을 표상한다. 즉, 전쟁으로 인한 극도의 혼란과 그로 인한 두려움, 상실감 등이 성적 욕망의 분출로 나타나는데 이는 작중인물 내면의 허무주의를 역설적으로 드러내는 것이다. 오정희 문학에 나타나는 삶에 대한 근원적인 허무주의나 불안의식 등은 유년시절에 작가가 겪은 전쟁체험이 내면 밑바닥에 지배적으로 작용했을 것이라고 유추

69 위의 책, 24쪽.

할 수 있다.

> 아버지가 돌아오셨다. 모시고 가거라.
>
> 교장 선생님의 말을 나는 아무 뜻없이 곱씹어 중얼거렸다.
>
> 내 눈길은 방금 손님이 앉았던 것인 듯 단 케익이 두어 조각 담긴 접시가 놓인 탁자에 박혀 떠나지 않았다. 그 주위로 파리가 끈끈히 날고 있었다. 교장 선생님, 곧 회의가……(중략)
>
> 나는 이러한 광경을 보며 주머니 속의 케익을 꺼내 베어 물었다. 그것을 다 먹고 났을 때 갑자기 욕지기가 치밀었다. 참을 수가 없었다. 나는 꾸역꾸역 토해냈다. 단 케익은 한없이한없이 목을 타고 넘어왔다. 까닭모를 서러움으로 눈물이 자꾸자꾸 흘러내렸다.
>
> 나는 다리 사이에 머리를 박고 구역질을 하며 똥통 속을 들여다보았다.
>
> 어두운 똥통 속으로 어디선가 한 줄기 햇빛이 스며들고 눈물이 어룽어룽 퍼져보이는 눈길에 부옇게 끓어오르는 것이 보였다. 무엇인가 빛 속에서 소리치며 일제히 끓어오르고 있었다.70)

위 인용문은 징집병으로 끌려가 생사조차 모르던 아버지의 귀환 장면이다. 스토리 전개상 행복한 결말인데 노랑눈이가 보이는 반응은 이상하다. 노랑눈이는 아버지가 돌아왔음에도 불구하고 반갑게 뛰어나가지 않고 "아버지가 돌아오셨다."라는 교장선생님의 말을 곱씹는다. 또한 노랑눈이는 교장실에 있는 케이크를 허겁지겁 먹어치우고 이것을 다시 토해내는 구토 증상을 보인다. 여기서 노랑눈이가 먹고 있는 '케이크'는 등장인물들이 집착하고 있는 성욕, 식욕, 도벽 등 본능적인 영역을 비유한다. 또한 케이크 주위를 날고 있는 '파리'는 본능에 대한 욕망과 집착을 드러냈던 작중인물 전부를 가리킨다.

70 위의 책, 54쪽.

한편 노랑눈이의 구토는 이전에 보였던 폭식증과 정반대의 의미를 지닌다. 폭식증[71)]이 엄마와 합일되고 싶은 소망을 나타낸다면 구토는 엄마와 분리되고 싶은 욕구를 드러내는 것이다. 즉, 아버지가 없는 사이 성적 일탈과 타락, 무분별한 욕구에 따라 행동한 가족들의 삶 전체에 대한 거부감이다. 이것은 뱉어내고 게워내서 새로워지기를 바라는 무의식적 욕망의 표출이다. 노랑눈이가 느끼는 '까닭모를 서러움'은 그동안 보호받지 못한 것에 대한 서러움과 외로움이 아버지의 귀환으로 인해 북받친 것이라고 볼 수 있다. 이때 '똥통'은 아버지의 부재라는 가부장제의 질서가 무너진 후의 가족들의 변모와 타락의 현실을 비유한다. 하지만 아버지가 돌아옴으로써 새시대를 향한 희망, 기쁨, 기대감을 지니게 되고 이것이 '빛' 속에서 "일제히 끓어오르고" 있는 것이다. 여기서 아버지는 가족들의 혼란과 무질서함을 바로잡아주고 새로운 희망을 줄 수 있는 존재이다. 「유년의 뜰」을 여성주의 시각으로 보고 있는 평자들[72)]은 위의 장면을 아버지로

71 정신분석적 입장에서는 폭식증이 부모에 대한 무의식적인 공격성의 표출과 관련되어 있다고 본다. 또한 폭식증 환자들은 타인으로부터 손상이나 처벌을 유발하는 방식의 대인관계를 나타낸다. 이런 처벌에 대한 욕구는 부모상에 대한 강렬한 무의식적 분노에 기인한 것인데, 이런 분노가 음식에로 대치되고 폭식을 통해 무참하게 음식을 먹어대는 것이다. 식욕 부진증 환자는 먹기를 거부함으로써 사람에 대한 공격적 감정을 통제하는 반면, 폭식증 환자자는 폭식을 함으로써 사람들을 상징적으로 파괴하고 자기 속에 통합시키려 한다. 대상관계이론에서는 폭식증 환자들이 어린 시절 부모와의 분리에 심한 어려움을 겪었을 것이라고 주장한다. 즉 음식을 섭취하는 것은 엄마와 합일되고 싶은 소망을 나타내고, 음식을 토해내는 것은 엄마와 분리하려는 노력을 나타낸다. 연구자들은 폭식이 엄마로부터 버려지는 것에 대한 무의식적 두려움에 대한 방어라는 점을 보여준다고 해석하였다.
권석만, 『현대 이상심리학』, 학지사, 2005, 484~485쪽 참조.

72 김경수는 노랑눈이의 행동을 아버지에 대한 거부의 몸짓으로 분석한다. 이는 다시 젠더-이데올로기의 증식체계가 가동될지 모른다는 위기감 때문이라고 설명한다.
김경수, 「여성 성장소설의 제의적 국면」, 앞의 책.

상징되는 가부장제 질서의 귀환에 대한 거부로 분석하고 있다. 하지만 필자가 보기에 위 장면은 아버지가 돌아온 것에 대한 거부가 아니라 아버지가 돌아옴으로써 새로운 질서가 잡히고 정체성을 찾아갈 것이라는 행복한 결말로 분석된다.

특히 위 인용문의 마지막 단락은 소설이 발표된 1980년대 상황과도 연결될 수 있다. 「유년의 뜰」이 발표된 80년은 그 전해에 벌어진 박정희 시해사건을 계기로 민주화에 대한 국민적 열망이 큰 때이다. 시민들의 기다림과 갈망이 '똥통' 속에 스미는 '한 줄기 햇빛'으로 구체화된다. '빛' 속에서 "소리치며 일제히 끓어오르"는 것은 새로운 시대를 향한 민중들의 외침과 함성으로 이해할 수 있다. 이렇게 전후와 80년대를 연결할 수 있는 것은 두 시대가 가지고 있는 비극적이고 절망적인 시대상황이라는 공통분모 때문이다. 전쟁이 끝난 후 30년 동안 많은 희생과 고통을 통해서 역사가 진보·발전한 것처럼 보이지만 80년대의 시대상황 역시 절망적이고 암담하기는 마찬가지이다. 어떤 면에서 현실적 삶에 대한 절망감과 부정의식이 작가로 하여금 30년 전으로 시간을 거슬러 올라가서 전후의 비참했던 상황에 관심을 가지게 했을 수도 있다.[73]

황도경은 "현실적인 행복의 결말구조에도 불구하고 작품이 이처럼 그로테스크한 상황으로 끝난다. 단 케이크와 더러운 냄새, 눈물과 환희, 빛과 어둠이 교차되고 있고, 그 안에서 케이크를 베어 먹고 구역질을 하는 상황으로의 이 회고의 끝은, 어두웠던 유년의 끝이 아니라 우리의 삶이 서 있는 존재론적 상황에의 마주침이다. 작가는 지나간 시절의 뜰을 거닐고 있는 것이 아니라, 거기에서 삶의 근원적 굴레, 존재의 닫혀진 틀을 보고 있는 것이다."라고 분석하고 있다.

황도경, 「「유년의 뜰」의 회상 형식 및 문체」, 앞의 책.

73 오정희는 「유년의 뜰」의 창작동기에 대해서 다음과 같이 고백한다.

내가 실제로 네 살 무렵부터 피난지인 시골에서 겪었던 허기와 횟배앓이로 늘 어지럽고

「중국인 거리」[74]는 월남민 가족이 고향을 잃고 중국인 거리로 이주하여 새로운 삶의 터전에 정착하고 뿌리 내리는 과정을 보여준다. 또한 중국인 거리에 살고 있는 다양한 인물들의 삶을 통해 전쟁으로 인한 비극의 부피와 상처 입은 존재들의 양태를 구체적으로 환기한다. 이때 매기언니, 어머니, 어린 화자, 치옥이 등 여성의 삶이 문제가 되는 것은 전쟁이라는 무차별적인 폭력과 억압 속에서 직접 전장에 나간 남성 못지않게 여성의 삶 역시 피폐하고 고통스러울 수밖에 없음을 천착한 결과이다.

> 해안촌(海岸村) 혹은 중국인 거리라고도 불리어지는 우리 동네는 겨우내 북풍이 실어나르는 탄가루로 그늘지고, 거무죽죽한 공기 속에 해는 낮달처럼 희미하게 걸려 있었다.
>
> 할머니는 언제나 짚수세미에 아궁이에서 긁어낸 고운 재를 묻혀 번쩍 광이 날 만큼 대야를 닦았다. 아버지의 와이셔츠만을 따로 빨기 위해서였다. 그러나 바람을 들이지 않는 차양 안쪽 깊숙이 넌 와이셔츠는 몇 번이고 다시 헹구어 푸새를 새로 하지 않으면 안 되었다.
>
> 망할 놈의 탄가루들. 못 살 동네야.
>
> 할머니가 혀를 차면 나는 으레 나올 뒤엣말을 받았다.
>
> 광석천이라는 냇물에서는 말이다. 물론 난리가 나기 전 이북에서지. 빨

이상하게도 쓸쓸하게만 기억되는 분위기를 형상화시킨 것이다. 이 소설을 쓰던 80년도의 여름은 얼마나 덥고 암울했던가. 이미 봄에 광주 사태를 겪은 전국은 집단적 히스테리, 공황 상태에 빠져 있었다. 남편은 골치 아픈 일들을 피해 낚시 짐을 꾸려 3, 4일씩 집을 비우기 일쑤여서 나는 어린아이들과 함께 집을 지키며 적막하고 불안한 심사로 서성이곤 하였다. 대체로 자신을 들여다보는, 혼자 있는 시간들과 현실에 대한 무력감, 외로움이 자신의 내면으로 시선을 향하게 하여 우연찮게 의식 밑바닥의 것들을 들춰내게 한 것인지도 모른다.

우찬제 엮음, 앞의 책, 513쪽.

74 「중국인 거리」는 『문학사상』(1979. 봄)에 발표됨.

래를 하면 희다 못해 시퍼랬지. 어느 독(毒)이 그렇게 퍼렇겠니.

겨울 방학이 끝나면 담임인 여선생은 중국인 거리에 사는 아이들을 불러 학교 숙직실로 데리고 갔다. 그리고 숙직실 부엌 바닥에 웃통을 벗겨 엎드리게 하고는 미지근한 물을 사정없이 끼얹었다. 귀 뒤, 목덜미, 발가락, 손톱 사이까지 탄가루가 없는 것을 확인하고서야 왕소름이 돋은 등어리를 찰싹찰싹 때리는 것으로 검사를 끝냈다. 우리는 킬킬대며 살비듬이 푸르르 떨어지는 내의를 머리부터 뒤집어 썼다.[75]

위의 인용문에서도 알 수 있듯이 중국인 거리의 빛깔은 탄가루로 얼룩진 검은색[76]이다. 여기서 검은색은 어른들이 인식하는 전후 현실에 대한 절망감과 황폐함을 상징한다. 전쟁으로 삶의 터전과 재산을 모두 잃고 빈손으로 월남한 화자의 가족에게 전후의 현실은 더욱더 절망적일 수밖에 없다. 이 과정에서 아버지와 어머니는 새로운 삶의 터전에 정착하기 위해서 처절하고 절박한 생존의 과정과 싸우게 된다. 이것은 아버지에게는 "피난 시절의 셋방살이 혹은 다리 밑이나 천막에서 아이들을 끌어안고 밤을 새우던 기억에 복수라도 하듯" 집[77]

---

75 오정희, 『유년의 뜰』, 앞의 책, 56쪽.

76 검정-노랑은 매우 부정적인 색조이다. 노랑은 부정적인 의미를 많이 가지며, 검정과 결합하면 그 부정적 의미가 더욱 짙어진다. 또한 부정적인 감정은 모두 검정과 관련된다. 에바 헬러, 『색의 유혹』 1, 앞의 책, 185쪽.
전후의 부정적인 현실을 나타내는 검은색이 화자가 인식하는 노랑색과 겹쳐짐으로써 그 부정적인 영향은 극대화된다고 볼 수 있다. 이는 사춘기 화자가 인식하는 전후 현실에 대한 비극적 경험이다.

77 집은 삶의 중심이며 공동체의 상징인 것이다. 집이 있음으로써 우리는 마침내 삶의 안락함과 평안함은 물론 행복을 누릴 수가 있으며 또 인간은 서로 서로가 더불어 사는 존재로서의 사랑의 공간을 넓혀 갈 수가 있는 것이다. 그래서 바슐라르는 그의 『공간의 시학』에서 집을 '행복한 공간'으로 규정하고 있으며, 볼노프는 '피호성'의 공간이라고 일컫는다. 이들은 모두 집이란 대상이 우리의 삶에 대해서 가지는 따뜻한 모성의 가치와 보호 내지 비호 기능을 지적하는 말인 것이다. 집은 사람을 유동의 삶으로부터 정주시키

에 대한 맹목적인 집착으로 나타난다. 이때 집은 생활의 안정된 구심점을 찾으려는 최소한의 근원적인 욕망[78]이라고 볼 수 있다. 또한 어머니는 끊임없는 출산을 하는데, 이는 전후의 폐허와 황폐함을 극복하기 위한 생존 본능이 곧 번식 본능으로 나타나는 것으로 볼 수 있다. 화자의 가족처럼 월남민인 경우에 새로운 곳에 정착하기 위해서는 번성한 일가를 만드는 일이 절박할 수밖에 없다. 또한 자식이 가장 믿을만한 노동력과 재산이라는 인식 때문이기도 하다. 전쟁을 겪으면서 인간의 목숨이 하찮게 여겨지는 현실을 목도한 후에 기대하고 의지할 것은 자식밖에는 없다는 자각에 의한 것이라고 볼 수 있다. 결국 아버지의 집에 대한 집착이나 어머니의 다산은 등가적 의미를 지닌다. 이것은 전후의 참담함을 극복하기 위한 생존 본능의 욕구에 다름없다. 화자는 어머니의 출산을 "동물적인 삶"이라고 인식하고 어머니가 더 이상 자식을 낳으면 죽게될 것이라고 생각한다. 이는 전쟁을 겪은 후 기성세대들의 생존 방식이 그만큼 처절하고 절박한 것을 역설적으로 드러내는 것이다.

> 공복감 때문일까, 산토닌을 먹었기 때문일까, 해인초 끓이는 냄새 때문일까, 햇빛도, 지나다니는 사람들의 얼굴도, 치마 밑으로 펄럭이며 기어드는 사나운 봄바람도 모두 노오랬다.
>
> 길의 양켠은 가건물인 상점들을 빼고는 거의 빈터였다. 드문드문 포격에 무너진 건물의 형해가 썩은 이빨처럼 서 있을 뿐이었다.

고 밤과 겨울 추위와 같은 외부 세계의 무서움과 협박으로부터 보호해 줄 뿐만 아니라, 남녀가 만나서 자식을 낳고 함께 사는 행복한 삶을 보장해 주고, 안식과 위안을 주는 체험적 생활 공간으로서의 기능을 가지는 것이다.
이재선, 앞의 책, 322쪽.

78 이재선, 위의 책, 323쪽.

제일 큰 극장이었대.

조명판처럼, 혹은 무대의 휘장처럼 희게 회칠이 된 한쪽 벽만 고스란히 남아 서 있는 건물을 가리키며 치옥이가 소곤거렸다. 그러나 그것도 곧 무너질 것이다. 나란히 늘어선 인부들이 곡괭이의 첫날을 댈 위치를 가늠하고 있었다. 어느 순간 희고 거대한 벽은 굉음으로 주저앉으리라.

한쪽에서는 이미 헐어 버린 벽에서 상하지 않은 벽돌과 철근을 발라내고 있는 중이었다.

아주 쑥밭을 만들어 버렸다니까.

치옥이는 어른들의 말투를 흉내내어 몇 번이고 쑥밭이라는 말을 되풀이 했다.

사람들은 개미처럼, 열심히 집을 지어 빈터를 다스렸다. 반 자른 드럼통마다 조개탄을 듬뿍 써서 해인초를 끓였다.

치옥이와 나는 자주 멈춰서서 찍찍 침을 뱉아냈다.

회충이 약을 먹고 지랄하나 봐.

아냐, 회충이 오줌을 싸는 거야.

그래도 메시꺼움은 가라앉지 않았다. 끓어오르는 해인초의 거품도, 조개탄에서 피어오르는 연기도, 해조(海藻)와 뒤섞이는 석회의 냄새도 온통 노란빛의 회오리였다.[79]

초등학교 3학년생인 화자가 바라보는 세상의 색채 이미지는 노란색[80]

---

79 오정희, 『유년의 뜰』, 앞의 책, 57쪽.

80 노랑만큼 불안정하게 보이는 색도 없다. 빨간 기운을 더하면 주황이 되고 파란 기운을 더하면 녹색이 되며 검정을 약간 섞으면 더럽고 둔탁하게 변한다. 노랑은 다른 어떤 색보다도 곁에 있는 색에 의존한다. 노랑은 곁에 흰색이 있으면 밝게 빛나고, 검정이 있으면 시끄럽게 추근댄다.(143쪽)
색채 상징에서 모든 종류의 죄, 모든 종류의 나쁜 특성은 검정에 속한다. 순색 노랑은 깨달음의 색이지만 검정과 결합하면 불순함을 나타내는 상징색이 된다. 이성의 노랑이 흐려지면서 비이성의 색이 되는 것이다.(150~151쪽)
노랑은 회색 다음으로 불안정한 색이다. 회색이 불안한 느낌을 주는 까닭은 흰색도 검정도 아니기 때문이다. 반면 노랑이 불안한 느낌을 주는 것은 다른 색의 영향을 너무 쉽게 받기 때문이다. 다른 색이 조금만 섞여도 노랑은 어찌해 볼 도리 없이 갈색, 주황, 녹색이다. 어린화자는 어른들처럼 전후의 비극적 상황에 압도되어 있거나 생존 자체에 대한 절박함이나 절실함이 강박적으로 작용하지 않는다. 다만 화자는 성장기를 보내고 사춘기를 겪으면서 직관과 감각에 의해 현실을 파악한다. 노란색을 대표하는 '산토닌'과 '해인초'는 당시 삶의 모습을 상징적 · 압축적으로 보여주는 중요한 모티프이다. 산토닌은 회충을 죽이기 위해 먹는 것이고 해인초는 어른들이 전쟁으로 폐허가 된 현실을 복구하기 위해서 생존의 가장 필수적인 조건인 집을 지을 때 쓰는 재료이다. 여기서 산토닌을 먹고 열심히 죽이는 해충은 구질서, 무질서, 폐허, 상실, 전쟁의 잔재와 부정적인 요소를 의미하고 해인초는 새로운 질서, 재건과 재생, 뿌리 내리기 등을 상징한다. 한편 산토닌을 복용한 후의 메스꺼움과 해인초 끓이는 냄새로 세상이 '노랗게' 보인다는 것은 구질서와 새로운 질서, 무질서와 질서, 폐허와 재건, 상실과 재생, 절망과 희망, 폐허와 복구, 뿌리 뽑힘과 뿌리 내리기가 혼재하는 복잡하고 어지러운 상황을 암시한다. 결국 '노란색'은 전후의 현실을 가장 적확하게 드러내는 색깔이라고 볼 수 있다. 왜냐하면 전후의 상처와 무질서와 혼돈은 여전하지만 그 속에는 복구와 회복을 향한 극복의지도 담겨 있기 때문이다. 「중국인 거리」의 작중 현실은 완전한 절망이나 상실이 아니라 암중

으로 변한다.(151쪽)

에바 헬러, 『색의 유혹』 1, 앞의 책.

「중국인 거리」에서 전후의 불안하고 불안정한 삶의 모습을 '노란색'으로 형상화하고 있다. 이는 전후의 혼란기에 인생의 중요한 시기인 사춘기를 보내고 있는 화자의 불안한 삶의 모습을 형상화하고 있는 것이다. 또한 주변색의 영향을 많이 받는 사춘기 화자의 미성숙함과 불완전함 등을 통해 현재적 삶의 불안과 이로 인한 미래에 대한 절망적 인식까지도 함께 드러내고 있다.

모색의 상태지만 생존을 위한 절박한 노력과 극복의지가 분명히 존재하고 있다.

이렇듯 혼란스러운 상태에서 아이들은 현재적 삶의 아픔을 내면화한 채 미래의 삶을 설계해야 할 중간자적 입장이다. 이러한 아이들에게 역할 모델이 되어줄 수 있는 대상이 필요하고 이에 따라서 아이들은 미래에 대한 전망을 세울 수 있다. 하지만 아이들이 목격하는 것은 집 짓기에만 몰두하는 아빠와 출산에만 집착하는 엄마의 삶이다. 모두들 전쟁으로 폐허가 된 상태를 극복하기 위해서 '동물적으로' 절박하게 매달려 있기 때문에 아이들은 제대로 된 보살핌을 받을 수가 없다.

이러한 아이들에게 "커서 양갈보가 되겠다"는 치옥이처럼 미국은 동경과 선망의 대상이었으며 미래를 향한 가장 확실한 약속이었다. 이때 화자와 치옥이가 나누어 마신 "초록색[81] 액체"는 당시 우리 사회의 동경, 선망, 환상의 대상인 미국문화를 표상한다. 미국에 대한 희망과 환상이 여자아이들에게는 양공주인 매기언니를 향해 구체화되었다면, 남자아이들에게는 미군부대인 지아이에 대한 동경과 선망으로 나타난다. 하지만 동거하고 있는 흑인병사에 의해 비참한 죽음을 당하는 매기언니를 통해서 미국의 제국주의적이고 폭력적인 문화의 실체가 드러난다. 또한 매기언니의 죽음을 통해 미국의 이중성은

81 색조에서 녹색은 파랑과 배색되는 경우가 많은데 녹색과 파랑의 색조는 언제나 긍정적인 영향을 나타낸다. 반면 검정, 보라와 배색된 녹색은 부정적이다.
에바 헬러, 『색의 유혹』 2, 앞의 책, 46쪽.
결국 녹색 자체가 지니는 긍정적인 영향이 검은색 즉 전후의 비극성과 겹쳐짐으로써 부정적인 의미를 지니게 된다.

폭로된다. 즉, 보호국이며 원조국이라는 미명 아래에 감추어진 폭력성과 잔인함을 간파함으로써 미국에 대한 작가의 비판적 인식이 드러난다. 특히 심한 장애와 성장발육에 문제를 보이는 제니가 매기언니가 죽은 후 고아원에 버려짐으로써 전쟁의 비극과 그 후유증은 당대에서 끝나는 것이 아니라 시대를 지나 면면히 이어질 것이라는 비극적 인식을 심화시킨다. 오정희는 전쟁의 후유증과 고통, 절망, 아픔이 그 세대에서 끝나는 것이 아니라 다음 세대에까지 이어질 수밖에 없음을 냉철하게 인식하고 있음을 알 수 있다.

「중국인 거리」는 전후 현실을 '노란색'이라는 색깔 이미지를 중심에 두고 검은색과 초록색이라는 절망과 희망의 빛깔을 양쪽에 배치하면서 전후의 극도의 혼란과 갈등을 포착한다. 「중국인 거리」는 전후의 폐허와 절망을 극복하고자 하는 기성세대의 노력과 제대로 된 교육을 받지 못하고 삶의 모델을 찾지 못한 사춘기 화자들의 혼란스러움 그리고 비극적인 여성의 삶을 다룸으로써 전후 현실의 절망감을 효과적으로 드러내고 있다.

2) '그'의 상징성과 극복의지

오정희의 작품이 다의적 해석이 가능한 텍스트라고 하지만 「비어 있는 들」과 「별사」 만큼 다양하고 상이한 해석을 유발하는 작품도 드물 것이다.[82] 특히 「비어 있는 들」의 '그'의 의미에 대한 평자들의

82 「별사」에서 남편의 죽음이 환상이냐 사실이냐의 문제와 「비어 있는 들」에서 '그'의 의미에 대해 많은 논란이 있다.

다양한 해석은 작품의 의미 파악에 영향을 미친다. 두 작품에 대한 정치하고 면밀한 접근을 통해 작품의 진정한 의미와 주제의식을 밝힐 수 있을 것이다.

「비어 있는 들」[83]은 우리 사회의 시대적 · 정치적 상황에 대한 비극적이고 허무적인 인식과 불안의식, 절망감을 형상화하고 있다. 그러나 이것은 불안의식과 비극적인 인식에 머물지 않고 기차를 타고 오는 '그' 라는 대상을 향한 기다림과 갈망으로 승화되어 나타난다.

단편 「비어 있는 들」의 겉으로 드러나는 서사는 단순하다. 폭우가 쏟아지는 새벽에 낚시를 떠나는 남편을 따라 화자인 나와 아들이 동행하는 과정을 보여준다. 평범해 보이는 남편의 낚시행은 그 행간을 살펴보면 비유적이고 암시적인 의미를 지니고 있음을 알 수 있다. 또한 이런 남편을 따라나서기 위해서 어린 아들까지 깨우는 나의 모습도 예사롭지 않다.

남편은 '첫차' 에도 태우기를 꺼리는 "안경 쓴 사람"이다. 이때 '안경 쓴 사람' 이라는 것은 '자의식' 이 강한 사람이라는 뜻이다. 또한 택시에도 태우지 않는다는 것은 사회에서 터부시하고 경계하는 사람임을 암시한다. 즉 남편은 시대현실에 저항하는 반체제적 인사라고 짐작할 수 있다. 이러한 남편이 폭우가 내리고 비바람이 치는 새벽에 낚시를 떠나는 것은 단순히 고기를 잡기 위한 것이 아니다. 이런 상황에서 낚시를 떠나는 것에 대해 남편 자신도 "글쎄요, 이렇게 물이 흐르고 물살이 사나와서야 어디서나 별 재미를 보겠습니까? 허탕칠게 뻔하지요. 허지만……"이라고 이야기한다. "별 재미"를 못 볼 것

83 「비어 있는 들」은 『문학사상』(1979. 11)에 발표됨.

을 뻔히 알면서도 남편이 의도적으로 낚시를 떠났음을 알 수 있다. 이때 말줄임표에 생략된 말은 '노력을 안 할 수는 없다.' 정도로 짐작할 수 있다. 폭우가 쏟아지는 날씨임에도 불구하고 가만히 있을 수만은 없다는 의지의 표현이다. 즉, 현실은 절망적이고 "허탕칠 게 뻔한" 상황이지만, 또한 자신은 나약하고 부족한 인간이지만 그래도 마음 이면에는 뭔가 달라지고 변화되기를 바라는 마음에서 낚시를 떠나는 것이다. 남편의 낚시행은 지식인으로서 어둡고 절망적인 시대에 대한 저항과 반항의 상징적 의미를 지닌다.

「비어 있는 들」이 발표된 1979년의 우리 사회는 유신체제의 모순과 부당함으로 인해 전국민이 극도의 혼란에 빠지고 분노를 느끼고 있을 때이다.[84] 또한 독재권력의 횡포에 대한 증오심이 더 이상 참을 수 없는 지경에 이르고 각계각층에서 이에 항거하는 대규모 농성도 빈번이 일어날 때이다. 하지만 이에 맞서는 유신독재의 야만적 폭거 역시 극에 달한 상태여서 우리 사회는 그야말로 극도의 긴장감과 급박함으로 숨 막힐 지경이었다. 이러한 부당하고 폭압적인 정치 현실은 작품에서 구명조끼와 구명튜브가 없는 선상에 비유된다. 화자의 가족이 탄 배에서 구명조끼와 구명튜브를 애초부터 찾을 수 없고,

---

84 1979년 당시 정세는 박정희 한 개인의 제거만으로는 결코 치유될 수 없을 만큼 사회 전반의 모순이 극도로 악화되어 있었다. 그에 따라 민중의 투쟁 열기는 잠시도 수그러들지 않은 채 도리어 통치력이 혼란에 빠져 있는 것을 기화로 더욱 맹렬한 기세로 치솟아 오르게 되었다. 반면 남한의 지배집단들은 불만에 가득찬 민중을 무마시킬 마땅한 수단을 갖고 있지 못했을 뿐만 아니라 촌각을 다투는 군사적 야망에 쫓기어 더욱더 강력한 억압통치를 요구하고 있었다. 이 모든 요인으로 하여 10 · 26 사태 이후 압제자와 민중은 보다 대규모적이고 치열한 대결을 향해 치닫게 되었다.
박세길, 『다시쓰는 한국현대사 · 2』, 돌베개, 2003, 286쪽.

그것의 사용설명서조차 아무리 읽어봐도 이해할 수 없다는 것은 그만큼 시대상황이 절망적이고 암담하고 비극적임을 암시한다.

내가 남편의 낚시터를 따라간 것은 '그'가 오리라는 '예감', '기대', '설렘' 때문이다. 나는 '그'가 올 것이라는 "약속보다 확실한 예감"으로 남편을 따라나섰다. 낚시터에서 나는 남편에게 "몇 시예요?"를 반복적으로 물으면서 기차를 타고 오는 '그'를 기다린다. 이때 내가 시간을 반복적으로 확인하는 것은 '그'에 대한 기다림이 절박하다는 것을 의미한다. '그'에 대한 기다림은 곧 미래에 대한 기다림이라고 볼 수 있다. 때문에 내가 시간을 묻고 '그'를 기다리는 것은 허무의식이나 절망의식이 아닌 생명의식과 미래의식이라고 볼 수 있다.

> 기차는 이십 분 연착인 것이다. 그 이십 분이 내게 구원으로 생각되었다. 그는 이십 분간의 유예를 갖는 것이다. 최소한 이십 분 가량은 헛되이 낯선 거리를 기웃거리며 방황하지 않을 유예. 열린 창마다 사람들이 고개를 내밀고 있었다. 선풍기는 뻑뻑히 목을 꺾으며 힘들게 돌아가고 있는 것이다. 그 끈끈한 바람에 함께 허덕이며 그는 아마 이쪽을 보고 있을까. 한유하게 낚싯대를 드리운 우리를 볼까. 아, 이십 분, 두 시간, 이틀이면 어떠랴, 나는 해(年)를 두고 그를 기다려 왔던 것을.
>
> 나는 줄곧 그를 기다려 왔다. 그 기다림은 하도 절박하면서도 만성적인 것이어서 나는 오히려 그것이 생리적, 원천적인 것이 아닐까 생각하고 있었다.[85]

작가는 끝내 그가 누구인지 정확히 밝히지 않고 그를 향한 나의 기다림과 갈망만을 보여준다. 우선 '그'는 미래에 대한 구원과 희망을 의미한다고 볼 수 있다. 특히 위의 인용문에서 '20분 연착'의 의미를

85 오정희, 『유년의 뜰』, 앞의 책, 144쪽.

해명하면 좀 더 구체적으로 그의 의미를 생각할 수 있다. 나는 줄곧 그를 기다려 왔고 그를 향한 기다림은 '절박하고' '만성적' 이었음을 고백한다. 하지만 그가 타고 있는 기차가 20분 연착임을 알았을 때 나는 그것을 '구원' 으로 느끼고 '그' 가 얻을 유예를 기뻐한다. 여기서 그가 오는 것이 나에게는 분명 '구원' 이지만 그에게는 고달프고 힘겨운 일이라는 것을 알 수 있다. 이를 통해서 '그' 가 구원을 가져다주는 절대자, 구체적으로 신이 아닐까 추정해 볼 수 있다. 왜냐하면 신의 경우 인간 세상에 내려올 경우 신 자체에게는 고통이요, 아픔을 수반하는 것이겠지만 우리 인간에게는 더할 나위 없는 구원과 기쁨이 되기 때문이다. 더군다나 기차를 타고 온다는 것은 천상의 세계에서 지상의 세계로의 공간 이동으로 이해할 수 있다. 또한 '그' 가 종교적인 구원을 의미하는 '절대자' 일 것이라는 해석은 나가 새벽녘에 목격한 장면을 통해서도 설득력을 더한다. 나는 새벽예배를 보러 가는 무리를 유심히 쳐다봤고 또한 그 곁에서 군복을 입은 두 사내가 '낮은 소리' 로 두런대며 지나가는 모습도 목격했다. 또한 이때 "갑자기 교회의 종이 울리고 이어 아우성치듯 높은 곳마다 낮은 곳마다 자리잡은 교회의 종들이 울리기 시작했다."는 지문을 통해 볼 때 '군복을 입은 두 사내' 는 유신시대의 폭력성을 상징하고 이때 울리는 교회 종소리는 각성과 변화를 촉구하는 신의 목소리로 이해할 수 있을 것이다.

한편 그를 남편이라고도 볼 수 있다.[86] 현실적 삶의 억압과 구속을 피해서 낚시터로 떠나는 남편이 아니라 일상적 삶으로 복귀하는

86 최윤정은 '그' 의 의미를 중의적으로 해석하면서 죽음일 수도 있으며, 혹은 '떠나는' 남편이 아니라 '나' 가 절박하고 은밀하게 기다리는 남편이라고 분석한다. 최윤정, 앞의 글, 72쪽.

남편을 기다리는 것이다. 결국 밝은 미래가 와야 남편도 일상적 삶으로 돌아올 수 있기 때문에 그를 남편으로 봐도 무방할 것이다. 여러 평자[87]들은 '그'를 죽음[88]이라고 보고 있는데 만일 그가 죽음이라면 이는 완전한 미래의 소멸이며 희망의 상실을 의미한다. 또한 그렇게 되면 내가 더 이상 "몇 시예요"를 물을 이유가 없다. 내가 계속해서 "몇 시예요?"를 묻는 것은 소멸된 현재를 되살리기 위한 것이며 미래에 대한 기다림을 의미하는 것이기 때문이다. 내가 시간을 확인하고 그를 기다리는 것은 부정적이고 비극적인 현실 속에서도 미래에 대한 희망이나 기대를 가지고 있음을 의미한다.

특히 대부분의 평자는 강가에서 발견된 익사체를 내가 그토록 기다리던 그의 실체라 하면서 이는 죽음을 확인하는 과정이라고 분석한다. 하지만 익사체를 대하는 사람들의 태도를 살펴보면 다른 의미를 발견할 수 있다. 사람들은 익사체를 보면서 "무언가 찾아내려는 듯 집요한 눈길을 거두지 않았다." 하지만 이내 익사체 운반 때문에 자신들이 탈 배를 한차례 더 기다려야 하는 상황에 투덜대기 시작한다. 또한 경찰 역시 "사람 죽은 게 시체이지 별건가", "염천에 시체 치우기 욕보네."라는 타성적인 반응을 보일 뿐 죽음에 대한 진실을

87 김병익, 하응백, 최윤정 등은 아내가 기다리는 '그'를 죽음으로 보고 있다.
김병익, 앞의 글.
하응백, 「자기 정체성의 확인과 모성적 지평」, 앞의 글.
최윤정, 앞의 글.

88 "얼마나 사람들은 서로의 죽음을 원하는 것일까. 나는 항상 사고(事故)의 불안에 시달려 왔으나 그것은 오히려 불의의 사태에 대한 기대, 우발적 죽음에 대한 기대가 아니었을까." 오정희, 『유년의 뜰』, 앞의 책, 140쪽. 평자들은 이 부분을 들어 '그'를 죽음이라고 보고 있으나 작가는 이것을 의식했음인지 개정판에서 이 부분을 의도적으로 삭제하였다.

밝히거나 원인을 규명하려고 하지 않는다. 이러한 모습은 당시 정치적 폭압성에 압도되어 진실을 외면하고 타성적으로 살아가는 사람들의 심리상황을 보여준다. 그들은 익사체의 죽음 앞에서 '외계인'을 대하듯 일시적인 호기심과 궁금증을 보이지만 이내 무관심해지면서 죽음에 대한 진실은 묻혀버리고 "그의 형태는 변형되고 무너지고 사라"지면서 오히려 왜곡, 은폐되는 것이다. 곧 익사체는 내가 기다리는 그가 아니라 사회현실적 폭력성 때문에 희생당한 인물이라고 볼 수 있다.

낚시에서 돌아가는 길에 남편은 "작고 비늘이 많이 떨어진 피라미 두 마리"를 놓아 준다. 비늘[89]은 생명력, 정의, 신념, 가치관 등을 의미한다. 비늘이 많이 떨어졌다는 것은 살아남기 위해 퍼득거렸다는 것이고 이는 곧 강한 저항의 흔적이다. 이처럼 "비늘이 많이 떨어진 피라미"는 엄청난 사회적 폭거와 억압 앞에서 저항하는 일반 시민들을 의미한다고 볼 수 있다. 남편이 물고기를 놓아 주는 것은 남편이 지닌 생명의식을 나타낸다. 남편은 현실을 절망적이고 부정적으로 인식하고 있지만 그 이면에는 생명의식과 휴머니즘을 간직하고 있는 인물이라고 볼 수 있다.

> 아이의 손목에는 상기도 시든 클로버의 꽃시계가 감겨져 있었다.
> "몇시예요?"
> 나는 아이의 섬세한 목에 팔을 두르고 절망적으로 물었다.

---

89 오정희는 수필집 『살아있음에 대한 노래를』에 실린 「가을 편지」를 통해 '내 눈에서 비늘이 벗겨지고…'라는 성서의 한 구절을 인용하면서 이 문장의 뜻은 "이제껏의 자신의 세계관, 가치관의 대전환이라는 뜻"이라고 밝히고 있다.
오정희, 『살아있음에 대한 노래를』, 창, 64쪽.

> 아이가 가벼운 손짓으로 나를 밀어내며 손목을 눈 가까이 들어 올렸다.
> "다섯시 십분."[90]

위의 인용문은 미래를 표상하는 '아이'를 매개로 하여 미래에 대한 기다림을 암시적으로 드러낸다. 나는 아이를 "본능적인 애정"으로 사랑하면서도 가끔씩 냉정하고 차가워지는 자신의 모습에 당황한다. 이는 아이가 미래를 짊어지고 가야 할 존재이기 때문이다. 그렇기 때문에 아이가 비틀거리고 나약한 모습을 보일 때면 미래 역시 절망적일 수밖에 없다는 인식 때문에 아이를 향한 나의 시선도 냉정해질 수밖에 없다. 아이가 차고 있는 '시든 클로버의 꽃시계'에서 '시든'은 절망을 나타내고 '클로버'는 희망을 나타냄으로써 절망과 희망을 동시에 드러낸다. 또한 나는 "절망적"으로 시간을 물었지만 아이는 "가벼운 손짓"으로 나의 절망과 불안을 밀어내며 "다섯시 십분"이라고 대답한다. 이때 "다섯시 십분"은 아이가 제일 좋아하는 '초능력 로봇 만화 영화'가 하는 시간이다. 여기서 '초능력을 지닌 로봇'은 우리의 절망적인 현실과 부정적인 현실을 구원해 줄 만한 능력을 지닌 구원자와 같다. 곧 내가 간절히 기다리는 '그'와 '초능력 로봇'은 등가적 의미를 지닌다고 볼 수 있다.[91]

한편 '다섯시 십분'이라는 숫자의 의미를 살펴볼 때, '5'는 '10'의 절반으로 현재의 불안, 절망, 좌절을 나타내고 '10'이 의미하는 전

90 오정희, 『유년의 뜰』, 앞의 책, 151~152쪽.

91 황도경은 '다섯시 십분'은 '나'에게 있어 '그'와의 거리감, 그리고 극복할 길 없는 단절감과 소외감을 확인하는 시간이라고 본다. 뿐만 아니라 저물어가는 일몰의 시간, 즉 소멸과 죽음을 마주하는 시간이라고 분석하고 있다.
황도경, 「어긋나는 말, 혹은 감추어진 말」, 앞의 글, 74~75쪽.

체, 완성, 달성을 향해 달려가는 것으로 분석할 수 있다. 이때 10은 부정적인 현실을 극복하고 찾아올 미래의 구원과 희망을 의미한다. 그리고 5에서 10이 되기까지의 간극은 미래의 구원과 희망을 의미하는 '그'를 향한 기다림의 과정이라고 볼 수 있다. 또한 '10'이라는 숫자를 구성하고 있는 두 요소 1[92]과 0[93]은 영원한 시작을 뜻하고 부활과 새로운 변화를 의미한다. 이는 곧 부정적인 현실을 극복하고 생명력 넘치고 자유롭게 부활하는 미래에 대한 기대와 기다림을 표상한다고 볼 수 있다.

「비어 있는 들」을 통해 작가는 절망적인 현실에 좌절하고 허무주의에 빠지기보다는 꿋꿋한 의지와 새로운 날들에 대한 기다림의 자세를 취하고 있다. 이것은 작가 오정희의 작가의식과 현실인식이 드러나는 부분이라고 할 수 있다. 특히 아이를 매개로 하여 미래에 대한 기다림을 구체화하는 것은 작가의 편에서 볼 때 자식을 가진 부모로서의 염려이며 밝은 미래가 펼쳐져야만 아이의 미래가 밝기 때문에 기성세대로서, 부모로서 마땅히 지니는 사명의식, 소명의식, 뜨거운 모성애일 것이다.

「별사」[94]는 「비어 있는 들」과는 창작시기상 대략 2년의 차이가 나는데 여러 가지로 유사한 부분을 지니고 있다. 우선 이 두 작품은 가족의 서사라는 공통점을 가지고 있으며 남편이 낚시여행을 떠났고

---

92 원초의 통일, 태초의 시작, 창조자, 정신적 본질, 중심, 나눌 수 없는 것을 상징한다.
이승훈, 앞의 책, 338쪽.

93 비본재, 무, 신비한 통일성의 세계를 상징한다. 0은 숨어 있는 잠재력을 상징하고, 영원을 상징하고 질이나 양을 초월한 것을 나타낸다.
위의 책, 338쪽.

94 「별사」는 『문학사상』(1981. 2)에 발표됨.

아내는 그런 남편을 기다리고 있다는 점에서도 유사하다. 「비어 있는 들」에서 '그'라는 막연한 대상에 대한 기다림은 「별사」에 와서 실종된 남편에 대한 기다림으로 구체화된다. 남편은 「비어 있는 들」에서는 '안경 쓴 사람'으로, 「별사」에 와서는 '금치산자'로 형상화되는데 이는 사회적인 억압과 구속을 암시한다. 또한 두 작품에서 전반적으로 드러나는 정치적 · 시대적 상황에 대한 절망과 불안의식, 허무의식이 「별사」에 오면서 '죽음'에 대한 서사로 구체화되어 나타난다. 전체적으로 살펴볼 때 「비어 있는 들」에서 암시적, 비유적으로 제시되던 시대적 정치적 상황이 「별사」에 와서는 구체화되었다고 볼 수 있다.

「별사」는 실존적이고 개인적인 삶의 문제와 사회적인 환경과 역사적인 인식이 혼재된 작품이다. 사회적 압력으로 인한 부부 사이의 균열과 갈등을 의식의 흐름 수법으로 형상화하고 있다. 「별사」를 제대로 이해하기 위해서는 사회적인 부분도 놓쳐서는 안 된다고 본다. 다만 많은 평자들이 지적하고 있듯이, 오정희 소설에서 시대상황을 구체적으로 처리하지 않고 많은 상징과 비유, 이미지, 인물의 내면의식의 묘사를 통해서 처리하는 것은 작가의 의도적인 서술방식[95]이다. 예를 들면 「비어 있는 들」에서 남편을 '안경 쓴 사람'이라고 한다든

95 오정희는 자신의 서술기법에 대해 다음과 같은 고백을 하고 있다.

직접적인 표현법이나 어떤 소재나 주제를 날것인 상태로 드러내는 것을 죄악시하게끔 만들지 않았나 싶다. 숨길 수 있는 데까지 숨길 것, 은유여야 한다는 것, 기존의 표현법과는 다른 방식을 시도해볼 것, 일상 언어와 문학 언어의 구분, 절제의 미학 등등이 이 소설을 쓸 때의 제 메모첩에 적힌 지침이었습니다. 어쩌면 소설이라기보다 독자를 상대로 고도의 퍼즐게임을 벌이고 싶었던 젊은 시절의 패기였을지도 모르겠습니다.

오정희, 『작가와 함께 대화로 읽는 소설 「별사」』, 앞의 책, 95쪽.

지 「비어 있는 들」과 「별사」에서 남편의 반체제적 행동이나 저항의식을 '낚시'라는 일상적인 행동으로 나타내고 있는 것들이다. 사회현실을 어떻게 구체화하고 형상화하느냐의 문제는 순전히 작가의 서술적 의도와 기법상의 문제일뿐 이것이 사회현실인식의 부재라는 부정적 평가의 소이가 될 수는 없다고 본다. 특히 「비어 있는 들」이나 「별사」는 중층구조를 지니면서 표면적으로 드러나는 것보다 감추어져 있는 것들이 더 많은 작품들이다. 따라서 「별사」를 통해 사회적·정치적 폭압이 개인의 생활과 내면을 어떻게 억압하고 구속하고 무너뜨리고 존재의 근간을 흔들리게 하는지를 밝히고자 한다.

「별사」는 평자들의 꾸준한 관심을 받아온 작품이며 작가의 대표작 중 하나로 손꼽히는 작품이다. 이는 작품의 미학적 완성도와 주제의식의 심화뿐 아니라 현실과 환상, 삶과 죽음, 과거와 현재의 경계를 무너뜨리는 서사기법상의 특이성[96]에 기인한다. 대체로 평자들은 「별사」에 나타나는 추상적이고 관념적인 대상인 죽음의 의미[97]를 규명하는데 초점을 맞추고 있다. 하지만 정옥의 의식을 사로잡고 있

96 권윤옥은 이를 두고 다음과 같이 해석한다.

작가가 혼란을 의도적으로 유도하는 '모호성 수법' 때문이다. 그것은 ① 산문장르의 구체적 묘사의 거부와 시적 이미지의 대치. ② 실제와 환상 간의 거리 제거 ③ 내면과 객관과의 구별 거부.

권윤옥, 「소설의 시간성 분석」, 『국어국문학논문요지집』 2, 동국대대학원, 1985, 277쪽.

97 정재림은 문체 분석을 중심으로 「별사」에 나타난 '죽음'의 의미를 고찰한다. 또한 「별사」에서 추적과 탐색의 대상은 죽음이라고 말한다. 하지만 그 죽음에 대한 논의가 죽음 그 자체에 대한 논의에 머무는 것은 작품의 의미를 축소하는 것이다. 묘지 나들이를 통해 죽음을 목격하고 간접 체험하는 정옥의 의식을 분석함으로써 남편의 실종과 '죽음'의 의미를 해명할 때 그 의미를 제대로 고찰할 수 있으리라고 본다.

정재림, 「「별사」에 나타난 '죽음'의 의미 연구」, 『현대소설연구』 33호, 한국현대소설학회, 2007, 195쪽.

는 것은 단순히 추상적이고 관념적인 '죽음'이 아니라 남편의 실종으로 인한 두려움과 죽음에 대한 강박증이다. 더군다나 남편은 정치적인 구속과 압력을 견디지 못하고 실종된 것이기에 더욱더 문제적이다. 「별사」에서 중요한 것은 묘지 나들이를 떠나는 정옥의 의식과 심리를 역추적함으로써 그 동기와 원인을 밝히는 것이다.

「별사」는 중첩적인 이야기 구성을 보인다. 하나는 아내 정옥의 묘지 나들이이고 또 하나는 "하늘재 신들내"를 향해 떠나간 남편의 서사이다. 논의의 시작은 정옥이 묘지 나들이를 떠나게 된 이유, 즉 "갑작스런 충동의 실체"는 무엇인가에 대한 대답을 찾는 것이다. 정옥은 어머니가 묘지 나들이를 제안했을 때 여러 가지 형편상 여의치 않음에도 불구하고 선뜻 동의하면서 스스로에게 "무엇이 자신으로 하여금 이곳으로 이끌었을까" 라는 질문을 던진다.

남편은 '하늘재 신들내'라는 지상에 없는 목적지를 댄 후 집을 떠났다. 남편은 대학 강사이고 현재 정부 조직[98]의 감시와 구속, 외압을 받고 있다. 이는 '금치산자'라는 말로 비유되는데 정당한 권리와 자유를 빼앗기고 마땅히 존중받아야 할 생명의 존엄성을 유린당하는 것을 의미한다. 남편이 찾아간 '하늘재 신들내'는 세상에 없는 이상향, 유토피아를 의미한다. 이는 남편이 바라는 바, 지향하는 세상을

98 박정희 정권 때까지만 해도 민중을 감시하고 연행 · 조사하는 것은 중앙정보부와 그 지휘 아래 있는 경찰기관의 고유 업무였다. 그러나 전두환 정권에 와서는 중앙정보부의 이름만을 바꾼 국가안전기획부(안기부)뿐만 아니라, 군부대 내의 사찰 업무를 관장하던 국군보안사령부(보안사)까지도 민중탄압에 동원되었다. 보안사는 민주인사들의 동태를 감시하고, 요원들을 대학가에 상주시키는 등, 그 활동면에서 오히려 안기부를 능가할 정도였다.
박세길, 『다시쓰는 한국현대사 · 3』, 돌베개, 83쪽.

의미하며 구체적으로 말하자면 남편이 원하는 '상식'이 통하는 세상을 의미한다. 남편이 '하눌재 신들내'를 향해 '신새벽'에 '의식'처럼 길을 떠나는 행위는 스스로를 정화하고 싶고 잃어버린 생명력과 자유를 되살리고 싶은 욕망의 표현이다. 또한 사람이 죽는 것은 '공포' 때문이 아니라 '허무' 때문이라는 남편의 말처럼, 자신 안의 죽음의 그림자인 '허무'를 극복하기 위해 떠나는 것이라 볼 수 있다. 대부분의 평자는 남편의 죽음을 기정사실화하고 있지만 남편이 길을 떠난 것은 죽음을 향해 가는 것이 아니라 자신을 정화하고 허무를 극복하고자 하는 긍정적 의미를 지닌다고 할 수 있다.

한편 묘지로 가는 중에 정옥은 불을 환하게 밝히고 질주하는 군용차량과 '죽은 녹빛의 행군'을 보면서 "순간 가슴이 걷잡을 수 없이 후드득 뛰고" "불투명한 막이 점차 두꺼워지며 뭔가 질리는 느낌으로 옥죄어 오는" 느낌을 받는다. 정옥이 어떤 대상에 대해 이토록 구체적으로 자신의 감정을 드러낸 부분은 드문데 유독 군대 행렬을 마주친 부분에서는 자신의 감정을 여과 없이 절박하게 토로하고 있다. 이는 정옥이 자신 안의 두려움의 실체를 실제로 목격했기 때문이다. 특히 군인들의 표정을 '죽은 녹빛'이라고 묘사한 것은 폭력적이고 억압적인 군사정권에 의해 인간성이나 생명력은 말살당한 채 군사도구로서의 역할만을 하는 그들의 표정에서 죽음의식, 공포 등을 읽었기 때문이다. 이는 곧 현실적 압력을 이기지 못하고 집을 나간 후 오랫동안 소식이 없는 남편에 대한 불길한 예감 때문이기도 하다. 또한 정옥은 버스 안내양의 불친절한 태도에 당황하고 분노하면서도 그 감정을 드러내지 못하는 자신에 대해 만성적인 피해의식에 사로잡힌다. 이는 남편의 삶을 구속, 억압하고 이로 인해 자신의 가정마저 깨뜨리는 사회에 분노하면서도 공포, 불안, 두려움으로 인해 그 분노를 표현하지 못하면서 야기되는 신경증적 증상이다. 이러한 정옥의 심리상황에는 시대적 광포함과 폭압성으로 인해 분노를 드러내지 못하고 침묵하는 시민들의 전형적인 모습이 반영되어 있다.

> 색종이 조각들이 눈보라처럼 날리고 오색 풍선이 하늘 가득 떠올랐다. 용머리 장식의 등을 들고 고깔모자를 쓴 사람들이 비누 거품처럼 웃음을 피워올리며 미친 듯 소리를 질렀다. 베란다마다 더러운 옷가지가 내걸린 빈민가의 거리에서 사람들에게 밀리지 않으려고 애쓰며 만삭의 임부가 힘들게 걷고 있는 장면에서 그는 불현듯 눈앞이 흐려 왔던 것이다. (중략)
>
> 그는 비로소 자신이 왜 울었던가를 알 것 같았다. 아들 때문이었다. 그가 희구하는 평화로운 삶, 아들이 살기를 바라는, 그러나 아들 역시 실패하고야 말 삶, 그럼에도 사람들이 살아가는 모습의 어쩔 수 없는 아름다움 때문이었다.[99]

남편이 "빈민가의 만삭의 임부"를 보며 눈물을 흘리는 것은 임부가 지니고 있는 생명력과 생의 의지, 생명에 대한 존엄성 때문이다. 뱃속의 아이를 위해 힘들게 걷고 있는 임부의 뜨거운 모성애와 생명력은 금치산자가 되어 자유와 생명력을 모두 잃어버린 남편과는 대조적이다. 한편 아들의 삶 역시 실패할 것이라는 절망적인 인식에도 불구하고 "그럼에도 사람들이 살아가는 모습의 어쩔 수 없는 아름다움"이라는 고백은 남편이 지니고 있는 생명의식과 생에 대한 아름다움을 드러낸다. 남편은 현실을 비극적이고 절망적으로 인식하고 있지만 끝내 삶에 대한 긍정적 인식을 나타내고 있다. 또한 아이가 살

99 오정희, 『유년의 뜰』, 앞의 책, 177쪽.

아가야 할 "평화로운 삶"에 대한 희구와 바람으로 눈물을 흘림으로써 뜨거운 부성애를 드러낸다. 이처럼 남편이 지닌 생에 대한 아름다움과 휴머니즘, 아이를 향한 사랑 등으로 미루어 볼 때 남편의 의식은 죽음[100]으로 향해가는 것이 아님을 알 수 있다. 즉, 남편은 죽음의식이나 절망의식을 희구하는 평화로운 삶을 위해서 생에 대한 의지로 긍정적으로 치환시킨다. 남편의 이런 모습은 오정희가 지니고 있는 작가의식을 대변한다고 볼 수 있다.

「별사」에서 남편의 죽음에 대해 평자들의 의견[101]이 분분하지만 정옥이 체험한 남편의 죽음은 '상상 속의 죽음'[102]이라고 볼 수 있다. 또한 정재림[103]은 "해가 퍽 많이 기울어 있다. 부지런히 걷는다면 저물 때까지는 저수지에 도착할 수 있을 것이다. 그리고 저수지를

---

100 정재림은 "정옥의 남편인 '그'가 죽었는지의 여부는 텍스트에서 모호하게 처리되어 있는 것이 사실이다. 그렇지만 '그'가 실종되어 연락이 두절된 상태이며, 현재 백중날의 시점에서 '죽음'의 길로 향하고 있다는 점은 분명하다"고 말한다.
정재림, 앞의 글, 206쪽.

101 대부분의 평자들은 남편의 죽음을 실제적이고 사실적인 것으로 받아들이고 있다. 김경수는 "남편의 실종사실을 전해들은 작중인물 정옥이, 어머니와 함께 공원묘지를 다녀온 경험 위에서(그리고 그로부터 비롯된 죽음에 대한 친화된 의식 위에서) 남편의 현실적인 죽음을 스스로 재구함으로써 완전한 이별의 의식을 치루는 제의적인 과정의 이야기"라고 해명하면서 남편의 죽음을 사실적인 사건으로 보고 있다. 김경수, 「소설의 인물지각과 서술태도」, 『현대소설 시점의 시학』, 한국소설학회, 1996, 508쪽.
신철하도 같은 주장을 한다. 또한 정재림은 남편의 죽음이 미래형으로 서술되고 있으며 이것은 죽음에 대한 암시일 뿐이라고 한다.

102 특히 백중날에 보타사 근처에서 남편은 국수를 먹고 정옥 일행은 보타사에 잠시 머문다는 점을 보아서도 남편은 분명히 살아 있는 것으로 볼 수 있다. 작가도 인정한대로 서술상의 모호한 점으로 인해 혼란을 주고 있기는 하지만 남편은 현재 살아 있는 상태이다. 작가 역시 남편의 죽음은 실제의 죽음이 아니라 '상상 속의 죽음'이라고 밝히고 있다.
오정희, 『작가와 함께 대화로 읽는 소설 「별사」』, 앞의 책, 86쪽.

103 정재림, 앞의 글.

찾아 줄곧 걷노라면 해가 거대한 불덩어리가 되어 지평선 아래로 거짓말처럼 떨어져 내리는 것을, 이슥고 밤이 오는 것을 보게 될 것이다."라는 지문을 통해 남편의 죽음을 설명한다. 하지만 여기서 '거짓말' 처럼 '해'[104]가 떨어지고 '이슥고' '밤' 이 올 것이라는 것은 지금은 기세를 떨치고 있는 부정한 정치세력이 마침내 물러나게 될 것임을 암시한다. 이때 '해' 는 독재권력을 표상한다고 볼 수 있다. 즉, 폭거와 폭압을 일삼던 독재세력이 마침내 '거짓말' 처럼 물러나게 될 것이라는 뜻이다. 결국 남편이 맞이하고자 하는 '밤' 은 죽음의식과 절망의식을 내포하는 것이 아니라 '달' 이 의미하는 환생과 재생과 희구의 의미를 함의한다고 볼 수 있다.

한편 정옥이 묘지 나들이를 마치고 P시의 집으로 돌아가는 모습에서 평자들은 허무주의를 발견하지만 필자는 이것이 남편을 향한 사랑과 기다림이며 희망을 담은 긍정적 모습이라고 파악한다. "사랑이었나? 빗속을 뚫고 더욱 낭랑히 들려오는 독경 소리와 징소리를 들으며 정옥은 멍하니 생각했다. 무엇이 자신으로 하여금 이곳으로 이끌었을까."에서 살펴볼 수 있듯이 정옥이 묘지를 찾고 보타사를 찾은 것은 남편을 향한 사랑 때문이었다. 여기서 또한 "사랑이었나?"라는 정옥의 느닷없는 독백은 남편을 향한 사랑이 각별하다고 느끼지 못했으나 남편을 사랑하고 있고 그에 대한 걱정 때문에 P시의 집으로 다시 돌아가고 있음을 깨닫는 것이다. 물론 "갈 땐 달을 보겠네"라며 오랜만에 친정나들이를 온 정옥을 서둘러 귀가시키려는 어

104 태양은 하늘의 중심, 나아가 우주의 중심에 있다는 점에서 우주의 지고한 힘, 만물을 꿰뚫어 보는 신, 우주의 심장, 존재의 중심을 상징한다. 한편 태양은 빛난다는 점에서 영광, 정의, 왕위를 상징한다. 이승훈, 앞의 책, 524쪽.

머니의 숨은 의도는 집으로 돌아가 남편을 기다리라는 의미로 해석할 수 있다. 이때 '달'은 사랑의 환생, 재생을 의미한다. 물론 정옥은 "달이 뜰까"라는 말로 남편의 귀가와 그들이 바라는 세상의 도래에 대해 부정하고 회의하고 있다. 하지만 이런 회의에도 불구하고 서둘러 집으로 돌아가는 정옥의 내면세계는 생을 향한 포기나 절망, 불안의식, 허무주의가 아니라 생에 대한 긍정정신에 기인하는 현실극복 의지와 생명주의가 내재되어 있다고 볼 수 있을 것이다.

특히 작가는 백중날, 묘지를 방문하는 정옥 일행과 남편의 사십구제를 하러 가는 모자를 나란히 배치함으로써 남편의 앞날을 암시한다. 산 자와 죽은 자의 축제일인 백중날[105]에 죽은 자에게 이별을 고하는 사십구제[106]를 겹치게 함으로써 죽음의식이나 허무의식에

---

105 명절의 하나로 음력 7월 보름날을 이르는 말. 고래도 이 날이 되면 남녀가 서로 모여 온갖 음식을 갖추어 놓고 노래하고 춤추며 즐겁게 놀았다. 지방에 따라서는 씨름대회 · 장치기 등의 놀이로 내기를 하기도 한다. 승려들은 이날 각 사원에서 재를 올린다. 신라와 고려시대에는 우란분회를 열어 속인들도 공양을 했으나 조선시대에 들어와서는 주로 승려들만의 행가가 되었다. 『우란분경』에는 다음과 같은 불교 설화가 있다. "목련이라는 착한 석가모니의 제자가 죽은 뒤 지옥에 떨어져 고통을 받고 있었다. 목련은 어머니를 구원하기 위하여 석가모니에게 간청하였다. 마침내 석가모니의 지시대로 7월 15일에 쟁반에 오미백과를 담아 시방대덕에게 공양하였더니 마침내 그 어머니의 영혼이 구제되었다"는 이야기이다. 민간에서는 이날 저녁 달밤에 채소 · 과일 · 술 · 밥 등을 차려놓고 죽은 어버이의 혼을 불러들여 제를 지낸다. 농촌에서는 백중날을 전후해서 시장이 섰는데 이를 백중장이라고 하였다. 머슴을 둔 집에서는 이날 하루를 쉬게 하며 취흥에 젖게 한다. 백중장에서는 여느 장과는 달리 씨름 · 농악경연 · 그네대회가 열리는 등 난장판이 벌어지고, 흥미있는 오락과 흥행이 있어 농사에 시달렸던 머슴들과 농사꾼들은 마냥 즐길 수 있었다. 이에 이날을 '머슴날' 또는 '머슴들의 생일'이라고도 한다.
한국민속사전 편찬위원회, 앞의 책, 631~632쪽 참조.

106 사후 49일이 되는 날에 올리는 재. 죽은 뒤 49일 동안을 중요 또는 중음이라 하는데 이 기간에는 다음에 생에 받을 연이 정해진다고 한다. 그래서 이 기간에 여러 가지 의례가 베풀어진다. 죽은 자를 극락정토에 왕생시키기 위한 이 신앙의례는 7일마다 7회의 경을 읽고 부처님께 예배하는 제의로 이루어진다. 매번 행하는 제의의 성격은 비슷하나 7

사로잡힌 남편은 죽고 희망과 재생, 생명의식을 지니는 남편으로 재탄생하게 되는 것으로 볼 수 있다. 죽은 자를 떠나보내는 사십구제라는 이별의식을 치른 후에 남편은 새롭게 태어나서 가족의 곁으로 돌아올 수 있을 것이다. 그리고 정옥과 남편이 백중날 보타사 근처에 있다는 것은 두 사람이 귀향해서 합일할 수 있는 가능성을 암시한다.[107]

「별사」는 사회적인 억압과 폭압성이 한 가정을 어떻게 황폐하게 만드는지를 보여준다. 또한 이러한 절망감과 부정의식을 극복하려는 의지와 함께 그것을 기다림의 과정으로 승화하는 부부의 사랑을 형상화하고 있다. 「별사」는 사회현실에 대한 생경하고 도식적인 형상화보다는 가정이라는 구체적인 공간을 통해 시대상황을 간접적으로 형상화했다는 점에서 오정희만의 접근법이 돋보인다. 인물의 내면에 대한 섬세한 묘사와 관념적이고 추상적인 대상인 죽음과의 긴밀한 서사적 접점을 통해 그 감동을 배가시키고 있다. 또한 딱딱하고 무거운 주제의식을 서정적이고 부드러운 문체와 서술방식으로 형상화하는 「별사」는 문제작이며 수작이라고 볼 수 있다. 또한 시대는 어둡고 절망적이지만 그 속에서도 생명주의와 긍정정신을 잃지 않는 정옥과

회 때인 49일에 죽은 자의 극락왕생이 결정된다고 믿어왔기에 본격적인 제의가 되는 것이다.

한국민속사전 편찬위원회, 위의 책, 738쪽 참조.

107 권오룡은 「별사」의 구조를 상승과 하강으로 설명하면서 상승의 끝에서 만난 죽음으로 인해 하강 후의 삶은 이미 실체로서의 성격을 상실하고 일상적 삶의 세계는 긍정적 의미를 부정당한다고 분석하고 있다. 권오룡, 앞의 글, 210쪽.

이러한 권오룡의 논의는 「별사」 연구자들의 대부분의 견해이며 오정희 작품의 한 특징을 허무주의와 죽음의식으로 보는 근거가 된다고 볼 수 있다.

남편, 임부, 아이 등의 작중인물을 통하여 미래에 대한 희망을 잃지 않으려는 작가의식을 읽을 수 있다.

「겨울 뜸부기」[108]는 무능력하고 무책임한 오빠로 인한 가정의 몰락과 남은 가족의 고통과 쓸쓸함이 서사의 주를 이룬다. 하지만 작품이 발표된 시기를 고려하고 각 인물들의 전형성과 상징성을 생각할 때 다양한 예술적 상상력을 떠올릴 수 있는 작품이다. 권영민[109]이 오정희 소설의 장점으로 "소설 속에 등장하는 인물들이 뚜렷한 윤곽을 지니고 있지 않다는 것은 소설적인 창조의 면에서 볼 때 많은 장점을 지닐 수 있다"고 했는데 이러한 면이 두드러진 작품이라고 볼 수 있다. 「겨울 뜸부기」는 지극히 현실적이고 책임감 있는 삶을 사는 화자와 허황되고 이상주의자인 오빠의 삶을 대비시킴으로써 우회적으로 현실을 비판, 풍자하고 있다.

오빠의 변모와 타락의 과정이 무능력하고 허황된 개인의 문제로만 보여질 수 있으나 그 이면을 들여다 보면 당시 사회의 모순과 부정적인 현실을 드러내기 위한 의도적인 장치임을 알 수 있다. 오빠의 삶을 통해 소설이 발표된 1980년대 우리 사회의 모습을 짐작할 수 있다. 당시 우리 사회는 정치적 상황은 물론이거니와 경제적으로도 혼란스러운 때이다. 가치관의 혼란과 부재, 도덕과 윤리의 타락 속에서 사람들도 타락하고 속물적이고 이기적으로 변모해가던 때이다. 이러한 시대 상황에서 나약하고 소심한 오빠가 세상에 적응하지 못하고 점점 더 망가져가고 타락해가는 것은 어쩌면 당연한 귀결이다.

108 「겨울 뜸부기」는 『문예중앙』(1980. 봄)에 발표됨.

109 권영민, 「현실적 상황과 소설적 상상력」, 『문학과지성』, 1978. 봄.

또한 누구 못지않게 성실하고 열심히 산 화자의 인생도 쓸쓸하고 경제적으로 곤궁할 수밖에 없다는 것은 그만큼 우리 사회가 안정되지 못했다는 것을 의미한다. 작가는 「겨울뜸부기」를 통해 오빠로 대표되는 낭만주의자나 이상주의자도 화자로 대표되는 지극히 현실적이고 성실한 사람도 쓸쓸하고 고독한 삶을 살 수밖에 없는 당대 사회에 대한 역설적인 비판과 야유, 조롱을 드러내는 것이라고 볼 수 있다.

한편 시대현실과 연관지어 확대해 볼 때 오빠는 화자가 바라보는 당시 우리 사회의 모습이라고 할 수 있다. 오빠를 향한 기대나 연민은 사회를 바라보는 일반 시민들의 마음이다. 우리 사회는 모순되고 부정적이고 시민들은 절망과 부정의식에 사로잡혀 있었지만 그럼에도 불구하고 시대에 대한 기다림과 희망은 버리지 않았다. 이는 작가 오정희가 지니고 있는 현실인식이라고 볼 수 있다. 절망적이고 부정적으로 현실을 인식하고 있으면서도 그것은 완전한 포기나 실패가 아니라 한가닥 연민과 긍정적인 기다림의 자세를 지니고 있는 것이다. 이러한 모습은 이미 「비어 있는 들」이나 「별사」를 통해서 '그'를 향한 기다림의 과정으로 형상화되었음을 확인할 수 있었다.

3) 시대의 공포와 저항의지

「어둠의 집」[110]은 평자들의 많은 관심을 받은 작품이다. 하지만 이들의 논의는 "존재의 진실의 추구", "중산층 여성의 정체성 탐구",

110 「어둠의 집」은 『뿌리깊은나무』(1980. 3)에 발표됨.

"중산층 여성의 과잉된 자의식의 소산" 등 중산층 여성의 정체성 찾기 과정이라는 똑같은 결론을 도출한다. 또한 작중인물이 느끼는 허무와 권태, 불안의식 등을 가부장제 사회에서 소극적이고 수동적인 삶을 사는 여성인물의 문제로만 분석하고 있다. 하지만 이러한 평가는 작품이 쓰여진 정치적 · 시대적 상황을 전혀 고려하지 않고 단지 가부장제 사회의 성차별적인 문제만을 논의의 중심에 두고 있어 작품의 총체적인 의미를 밝히는 데 미흡하다. 문학작품은 시대적 산물일 수밖에 없다. 작가는 자신이 살고 있는 사회현실로부터 자유로울 수 없으며 그가 창조하는 작중인물도 마찬가지이다. 「어둠의 집」의 주인공이 등화관제 훈련 중에 느끼는 불안, 공포 등의 의식은 중년여성의 삶의 문제도 물론 있지만 시대적 불안에서 야기되는 감정이라고 볼 수 있다. 왜냐하면 작중인물이 실존적 삶에서 느끼는 허무의식이나 불안의식, 공포와 긴장, 두려움 등의 감정은 비극적인 사회현실로 인해 더욱더 가중될 수밖에 없기 때문이다.

「어둠의 집」에 드러나는 현실인식은 '등화관제 훈련'이라는 충격적이고 비일상적인 경험에 대한 고찰을 통해 밝힐 수 있으리라고 본다. 또한 어둠 속에 남겨진 주인공의 심리상황을 살펴봄으로써 시대적 상황이나 조건이 인물의 내면에 어떻게 영향을 미치는지를 알 수 있을 것이다. 따라서 본 논의에서는 중년여성의 고독과 소외의 문제보다는 사회현실적 조건이 한 개인에게 어떠한 영향을 미치는가의 문제에 초점을 맞추어 「어둠의 집」에 대한 논의를 해나갈 것이다.

우선 '야간 등화관제 훈련'이 작품에서 어떻게 형상화되고 있는 것을 살피는 것이 중요하다.

짧고 날카로운 호각 소리, 성마른 외침, 골목을 뒤흔들며 튀어 오르는 발소리에 이어 느닷없이 공습 경보가 울렸다.

집과 골목의 사이사이에서 산발적으로 튀어 오르는 호각 소리―그것은 마치 평화로운 마을에 잠입한 비적떼들의 서로 부르고 응답하는 신호처럼 들렸다[111] (중략)

불을 꺼요.

필시 민방위 요원일 사내가 거칠게 구둣발로 대문을 차며 소리쳤다.[112] (중략)

갑자기 빛이 사라지면 포격과 살상이 무자비하게 행해지는 바깥 세상으로부터 안전하게 대피하고 있다는 것, 그들은 한동아리이며 둥지 속의 알처럼 안전하다는 사실을 어둠은 새삼 상기시켰고 설혹 생활 속에 느닷없이 뛰어든 고의적인 어둠의 또다른 면모에 남몰래 전율한다 해도 그것은 술래가 숨은 아이들을 찾아나설 때까지의, 열을 셀 동안의 순간에 불과한 짧은 시간일 뿐이었다.[113]

위에서 묘사된 '야간 등화관제 훈련' 의 모습은 굉장히 폭력적이고 급박하고 긴장감이 넘친다. 그 여자는 어둠 속의 공포를 "열을 셀 동안의 순간"에 불과할 뿐이라고 자위하지만 곧이어 자신이 혼자임을 깨닫는다. 그리고 "공포에 빠진 자의 불가항력, 불가사의한 힘에 대한 무력하고 무의한 저항"과도 같은 상태에 놓여진다. 여기서 그 여자가 떠올리는 강간의 경험은 "영원히 소멸되지 않고 떠다니는 고통에 가득찬 심장이 있을까. 육체가 소멸한 뒤에, 그것은 물과 불과 공기와 흙이 되어 떠돌 뿐 세상의 눈 밝은 자 뉘라서 그걸 알랴"에서

111 오정희, 『유년의 뜰』, 앞의 책, 194쪽.
112 위의 책, 195쪽.
113 위의 책, 195쪽.

살펴볼 수 있듯이 치명적으로 남아 있다. 결국 등화관제 훈련이라는 상징적 소재를 통해 그 여자가 가지고 있는 세상에 대한 '체념'과 '조소', '경멸' 따위를 드러내는 것으로 볼 수 있다.

여기서 등화관제 훈련이 상징하는 의미를 좀 더 자세히 살펴봐야 한다. 이것은 단순히 기존의 평자들이 지적하듯 작중인물이 자신의 삶을 성찰하게 만드는 계기로서만 작용하는 것은 아니다.[114] 구체적으로 '등화관제 훈련'은 우리들이 고통스럽게 겪는 질식 상태와 같은 위협과 공포와 폭력적 현실을 드러내는 것이다. 또한 우리를 절망과 고통, 분노와 공포에 빠뜨리는 사회적 외부적 현실에 대한 상징적 의미를 지닌다고 볼 수 있다. 구체적으로 그 대상은 일반 시민에게 그 실체를 드러내지 않은 채 공포와 두려움, 불안함만을 조성하는 당시의 정치적 상황을 의미한다고 볼 수 있다. 당시 우리 사회에서 많은 정치적 음모와 사건들은 은밀하고 비밀스럽게 진행이 되었고 일반 국민은 막연한 공포와 두려움으로만 그 대상을 인식했을 뿐 그 이상의 현실 비판이나 실천적인 행동은 불가능한 상태였다. 결국 등화관제 훈련은 시대의 폭력성, 광포함 등을 의미하고 전쟁이나 감옥살이와 같은, 인간의 삶을 억압하고 파괴하는 모든 종류의 강압과 폭력을 의미한다고 볼 수 있다.

그 여자가 살고 있는 집은 오래되고 낡아서 물이 새고 전류가 흐르고 벽이 갈라진다. 그럴 때마다 그 여자는 물이 새는 곳에 방수면을

---

114 정영자는 오정희 소설의 어둠인식이 비극적 비전에 안주하는 것으로 해석되어지는 획일성에서 벗어나야 한다고 주장한다. 동굴은 어둠을 수용하되 그 어둠 자체의 의미로 끝나는 것이 아니라는 것이다. 원초적인 동물의 어둠 이미지는 재생과 생명을 상징한다고 분석한다. 정영자, 앞의 글, 287쪽.

대고 갈라진 벽에 페인트칠을 하면서 집을 수리한다. 식구들은 모두들 쓸데없는 짓이라며 '어둠의 집'을 버리고 새 집으로 이사를 가자고 조르지만 그 여자는 묵묵히 집수리를 한다. "자신이 살아 있음으로 해서 싸워야 하는 알 수 없는 불안 따위에서 벗어나는 길은 노동에 매달리는 길뿐이라는 것"에서 살펴볼 수 있듯이 노동은 그 여자가 공포와 불안, 두려움과 긴장으로부터 벗어나기 위해 싸우는 방법이다. 여기서 '노동'은 절망적인 현실을 이겨내기 위한 몸부림이며 살아 있음으로 해서 견뎌야 하는 생의 의지이며 무의미한 삶을 벗어나고자 하는 저항이다.

> 가상 적기는 격추되었다. 등화 관제는 끝났다. 몇 개의 차량이 불타고 가옥이 파괴되었으나 훈련이 잘 된 시민들은 공습에 대비해 미리 지하도나 대피소로 피신해 인명 피해는 없었다. 야간 등화 관제 훈련은 성공적으로 완료되었다.[115]

훈련을 마친 후 '가상 적기'는 격추되었고 "훈련은 성공적으로 완료되었다"는 발표를 한다. 하지만 이것은 은폐되고 조작된 것에 불과하다. 차량이 불타고 가옥이 파괴되고 유사시에 지하도나 대피소로 피신해야 할 만큼 우리의 현실은 여전히 급박하고 절망적임을 알 수 있다. 즉, 격추해야할 '진짜 적기'는 여전히 남아 있는 셈이다. 그렇기 때문에 등화관제 훈련이 끝나고 어둠이 걷혀도 그 여자는 미래의 사람들의 얼굴까지도 "가면처럼 냉혹하고 창백한 얼굴"로 인식하는 것이다. 이는 왜곡된 현실에 대한 작가의 비판정신과 부정정신이

115 오정희, 『유년의 뜰』, 앞의 책, 210~211쪽.

반영된 것이라고 볼 수 있다.

「어둠의 집」은 당시 우리 사회의 정치적 시대적 상황을 등화관제 훈련이라는 상징적인 모티프를 통하여 드러내고 이를 대하는 인물의 심리와 의식을 통해 그 의미를 구체화한다. 부정적인 사회현실과 중년여성의 실존적인 삶의 문제를 복합적으로 형상화함으로써 미학적 형상화면에서도 성공을 거두고 있는 작품이다.

「꿈꾸는 새」[116)]는 작가의 자전적 요소[117)]가 많이 들어가 있는 작품이다. 작중화자의 의식을 분석함으로써 작가의 내면세계까지도 엿볼 수 있다. 「꿈꾸는 새」는 일상적 삶에 함몰되지 않고자 하는 여성의 심리 묘사가 탁월한 작품이다.

작품에 대한 기존의 평가는 집 안에 갇혀 지내는 주인공의 권태롭고 허무한 삶에 논의의 초점이 모아지고 있다. 하지만 과연 주인공의 허무의식과 불안의식의 원인이 가정주부로서 그녀가 겪는 개인적 조

---

116 하응백은 1978년에 발표된 「꿈꾸는 새」를 통하여 『불의 강』과는 상당히 다른 모습을 보인다고 한다. 이는 오정희 자신의 개인사적 변모, 즉 그 자신의 출산과 그녀의 가족이 중산층으로서의 안주에서 우선은 기인하는 것으로 추정할 수 있다. 1977년에 첫 창작집 『불의 강』이 나오고 그해 첫 아들을 낳았고 그 이듬해 오정희는 교수가 된 남편을 따라 춘천으로 이주한다. 이 개인사적 사실은 두 가지 측면에서 중요하다. 첫째는 오정희의 작품에서 낙태 모티프가 사라지는 것이 바로 이 시기와 일치한다는 점, 둘째는 생활의 안정과 함께 성숙한 중년여성의 일상적 권태와 단조로움이 소설의 표면에 등장한다는 점이다. 이 둘은 서로 등가관계를 이루면서 중산층 중년여성의 독특한 소외감이 그후 소설의 주요 테마가 된다고 지적한다.
하응백, 「자기정체성의 확인과 모성적 지평」, 앞의 책, 58쪽.

117 작품을 발표할 당시 작가는 결혼과 함께 춘천으로 이주한 후 아이를 낳고 가정주부로서의 삶을 살아가고 있을 때이다. 이때의 고독감과 글을 쓰지 못하는 것에 대한 자괴감은 「꿈꾸는 새」를 통해 형상화된다. 작가는 「꿈꾸는 새」에 대해서 "낯선 고장에서의 불안과 막막함, 생의 권태로움을 주제로 삼은 소설"이라고 밝히고 있다.
우찬제 엮음, 앞의 책, 511쪽.

건이 전부인가라는 문제를 제기할 수 있다. 인간은 누구나 자신의 환경에 지배를 받고 자신이 살고 있는 사회로부터 자유로울 수 없다. 「꿈꾸는 새」의 주인공이 느끼는 허무의식, 불안의식, 절망감 등은 시대와 정치적 상황과도 분명히 관련성이 있으리라고 본다. 특히 '꿈꾸는 새'가 되고자 하는 고양된 의식을 지닌 인물이라면 사회현실과 무관한 삶을 살 수는 없다.

화자는 교수 남편을 둬서 얼마나 좋겠느냐며 주위의 부러움을 사지만 온종일 아이와 갇혀서 지내는 일상은 권태롭고 무기력하다. 그녀는 삶에 대한 갈증으로 사이다를 마시고 채워지지 않는 욕구 때문에 찌꺼기가 반 이상 가라앉은 포도주를 마신다. 또한 하루의 대부분을 옥상에 올라가서 기차를 바라보고 있다. 기차는 그녀의 꿈과 그리움, 기다림을 나타낸다고 볼 수 있다. 하지만 그 기차를 바라보기만 할 뿐 실제로 탈 수는 없다는 것은 현실적 삶의 조건이 구속과 불안, 절망적 상황임을 알 수 있다.

그녀는 외출 후 여러 가지 장면을 목격한다. 그녀가 외출 후 목격하는 다양한 장면은 당시 사회현실을 압축적으로 보여준다. 산업화로 인한 무분별한 개발을 나타내는 공사현장, 국가권력을 강화하기 위해 실시하는 국기 게양식, 산업화 사회의 소비문화를 대표하는 백화점의 신장개업 등 다양한 풍경은 시대를 드러내기 위한 의도적인 장면이다.

> 국기 하기식이 있겠습니다.
>
> 키 높은 포플라의 어디쯤에 까치집처럼 높이 매달린 스피커에서 녹음 테이프에 입힌 애국가가 흘러 나오자 술이 달린 교모를 쓴 국민학생 두엇이 멈추어서서 오른손을 심장 부위에 대었다. 스름스름 펄럭이며 내려오고 있

을 국기를 찾아 두리번거리는 사이 합창은 끝이 나고 학생들은 약간 경직된 걸음걸이로 다시 걸어갔다.[118)]

산책 중에 그녀가 바라보는 국기 하기식 장면은 우리나라의 정치현실과 권력자에 대한 풍자와 비판을 드러내고 있다. 애국가가 끝나도록 국기를 찾을 수 없다는 것은 정치현실이 떳떳하지 못하고 자랑스럽지 못한 것을 의미한다. 하지만 국기도 찾지 못한 채 국기에 대한 경례를 할 수밖에 없는 것은 국가 권력의 강제성과 폭압성을 의미한다. 국가로부터 강요되는 애국심으로 인해 위축되고 주눅이 든 모습은 '경직된 걸음걸이' 로 비유된다. 곧 국기 하기식 앞에서 '두리번거리' 며 국기를 찾고 있는 국민학생은 일반 시민의 모습을 나타낸다고 볼 수 있다. 작가는 사회현실에 무관심하고 무지할 뿐 아니라 그 공포와 폭압성에 위축되어 꼼짝할 수 없는 미성숙하고 위축된 시민의 모습을 '국민학생' 으로 비유하고 있다.

신장개업하는 백화점에서 나누어준 '껌' 과 '풍선' 은 산업화 사회의 단면을 표상한다. 화자가 '껌' 을 씹는 것은 시대로부터 야기된 허무의식과 불안의식을 지우기 위한 상징적인 행위이다. 또한 "수소가 가득 들어간 풍선"은 환상과 허위, 위선과 가식으로 가득한 우리 사회의 모습을 나타낸다. 당시 우리 사회는 산업화의 후유증과 모순으로 혼란스러울 때이다. 사람들은 한탕주의나 배금주의에 빠져 흥청망청대고 허위의식과 속물근성에 사로잡혀 있었다. 이러한 현실은 "수소가 가득 들어간 풍선"에 불과하며 어느 순간 허무하게 터져버릴지 모르는

118 오정희, 『유년의 뜰』, 앞의 책, 125쪽.

환상과 허위와 허구의 덩어리일 뿐이다. 이처럼 부정적인 현실 때문에 화자는 아이를 향한 애정마저도 "사랑의 허구" "진실의 환상"으로 부정하고 "믿고 싶은 것 밖에는 믿을 수 없는" 회의와 반문을 하게 된다. 또한 시대상황이 불안하고 절망적이기 때문에 아이로 매개되는 미래 역시 부정적일 수밖에 없다는 절망적인 인식을 하게 된다.

그러한 부정적인 사회현실에 대한 저항과 반항적 태도는 "길들여지지 않겠다는 마음의 반작용"으로 나타난다. 그녀에게는 대학교수의 아내라는 사회적인 조건도 행복한 가정을 이루고 사는 개인적인 조건도 아름다운 자연조건도 우리를 둘러싼 사회현실적 삶의 조건이 개선되지 않는다면 "행복이나 불행에 대해서는 어느 정도 과장일 수밖에 없다"는 말처럼 무의미할 뿐이다. 또한 "길들여지지 않겠다는 마음의 반작용"은 '날벌레'가 표상하는 허무주의를 극복하고 '꿈꾸는 새'가 되고자 하는 의지의 표명이다. 이러한 의지는 외출[119)]과 산책이라는 실천적 행동을 통해 나타난다. 그녀의 외출은 일상적 삶에 함몰되지 않으려는 적극적이면서도 처절한 몸부림이며 욕망의 몸짓이며 저항과 반항의 의미를 지닌다.

> 앞으로의 모든 날들이 그러할 것이다.
> 바람이 내 앞에 놓인 끝없는 시간을, 전혀 믿지 않는 것을 믿는 체하며 행

---

119 김치수는 외출을 일상에 충실하려는 것이며 자신의 삶을 똑똑히 보고자 하는 의식의 투철한 관찰에 도달하고자 하는 것이라고 분석한다. 하지만 주인공의 외출은 완전한 탈출일 수 없으며 끊임없이 돌아와야 하기 때문에 더욱 비극적이며 전율을 느낀다고 말한다. 하지만 이러한 김치수의 의견은 외출의 의미를 너무 소극적으로만 밝히고 있을 뿐만 아니라 일상으로의 탈출과 복귀라는 단순논리로만 설명하고 있어 그것의 진정한 의미를 밝히는 데 미흡하다.
김치수, 「전율 그리고 사랑」, 앞의 책, 212쪽.

복하게 살아야 할 그 지루한 나날들이 함성이 되어 숲을 흔들었다. 나는 문득 죽은 사람을 생각하듯 아이와 남편을 먼 눈으로 바라보는 자신에 공포를 느꼈다. 아이의 팔목에 매달린 풍성이 둥실 떠서 흔들렸다. 나는 갑작스런 두려움으로 아이의 팔에서 풍선을 떼어내었다. 그것은 춤추듯 흔들리며 날아가 이내 어둠에 묻혀 보이지 않았다.[120]

그녀는 "전혀 믿지 않는 것을 믿는 체" 하며 살아가게 될 것이라는 삶에 대한 비극적 인식으로 인해 아이와 남편마저도 죽은 사람 바라보듯이 본다. 하지만 이에 '공포'를 느낀다는 것은 의식의 전환과 각성을 의미한다. 이로써 그녀는 삶에 대한 허무주의와 부정정신을 극복하게 된다. 그녀가 아이에게서 풍선을 서둘러 떼내는 것은 거짓과 환상, 허위와 같은 현재적 삶이 아이가 살게 될 미래까지 이어져서는 안된다는 인식 때문이다. 또한 아이가 살 미래의 삶에 대해 어머니로서 느끼는 두려움을 떨치기 위한 것이다. 결국 그녀는 절망적이고도 비극적인 인식에도 불구하고 그 내면에는 미래에 대한 희망이나 기대는 저버리지 않고 있는 것으로 볼 수 있다.

「꿈꾸는 새」를 단순히 중년여성의 삶의 문제로만 제한할 때 작품이 드러내는 다양한 층위를 읽어낼 수 없을 것이다. 그리고 아무리 개인적 삶의 조건이 가치 있거나 화려하다고 해도 자신을 둘러싼 가장 큰 표피인 사회현실이 부당하고 모순된다면 자신의 삶조차도 무의미하게 느껴질 수밖에 없다. 또한 작중화자는 오정희 작가의 분신이라고 볼 수 있으며 이것은 작가가 결혼 후 한 아이의 엄마로 남편의 직장을 따라 춘천으로 이주한 후 그가 느끼는 현실에 대한 부정의

120 오정희, 『유년의 뜰』, 앞의 책, 134쪽.

식과 허무의식, 이로 인한 삶에 대한 무의미함과 부정정신을 형상화한 것이라고 볼 수 있다.

살펴본 바와 같이 여성의 삶에 대해 꾸준히 관심을 드러내는 오정희의 작품은 단순히 박완서류로 대표되는 산업화, 근대화 과정에서 파생된 속물적인 모습, 즉 물질주의, 이기주의, 출세지상주의, 권력만능주의 등이 덧씌워진 1970년대 중산층 전업주부의 삶의 모습과는 차별화된 모습을 보인다. 또한 오정희 소설은 여성적 삶에 대한 담론화 방식에서 한걸음 더 나아가서 시대에 대한 관심과 인식을 드러내고 있다.

4) 욕망의 좌절과 유폐된 삶

「저녁의 게임」[121)]은 죽음의식, 생명의식, 성적 욕망의 문제를 복합적으로 형상화하고 있는 작품이다. 아버지와 단 둘이 살고 있는 서른 살 여자의 삶에 대한 슬픔과 절망을 형상화하고 있다. 화자인 '나'의 심리와 내면 세계를 통해 가족의 붕괴, 아버지와의 갈등, 어머니에 대한 죄책감과 그리움 등의 복합적인 정서를 드러내고 있다.

화자는 현재 아버지와 단 둘이 살고 있다. 하지만 부녀의 모습은 평범한 가족의 모습이라고 볼 수 없다. 서로에 대한 원망과 갈등을 '화투놀이'라는 유희로 숨기고 외면하지만 둘 사이의 갈등의 골은 깊다. 부녀의 갈등은 어머니의 죽음, 오빠의 가출로 이어지는 가족의 해체와 붕괴 때문이다.

121 「저녁의 게임」은 『문학사상』(1979. 1)에 발표됨.

아버지는 권위적이고 이기적인 가부장제 사회의 전형적인 모습을 가지고 있다. 함께 살고 있는 그녀를 걱정하기보다는 자신의 까다로운 식사준비와 의미 없는 잔소리로 아버지로서의 권위를 세우고자 한다. "저물었대로 끝난 건 아니잖느냐."는 말처럼 아버지는 삶에 대한 미련이 많고 욕망이 강한 인물이다. 그녀는 건강을 위해 '비단개구리'를 넣은 고유의 비약을 스스로 끓이는 아버지를 "중세의 연금술사"라는 말로 비꼬고 야유한다.

아버지와 그녀는 화투장의 앞면보다 "뒷면에 익숙해"진 사이로 서로의 진실이나 부녀간의 애정보다는 이기적이고 배타적이며 늘 "서로에 대한 배반감"에 익숙하다. 아버지는 자신의 권위와 폭력성으로 어머니가 죽고 가정이 파괴된 것에 대한 책임을 전가하고 회피하려고만 한다. 그녀는 어머니의 죽음과 가정의 해체에 대해 아버지를 원망하고 미워한다. 하지만 그녀가 아버지에게 할 수 있는 저항이나 반항은 기껏해야 렌즈를 끼고도 빼버렸다고 말하고 아버지의 말도 안 되는 억지 소리에 침묵 내지는 작은 항변으로 분을 삭이는 정도이다. 그녀는 아버지에 대한 미움과 원망, 적대감으로 집을 벗어나고 싶지만 한 가닥의 연민과 책임감 때문에 아버지 곁을 떠나지 못한다. 아버지와 단 둘이 살고 있는 '집'은 그녀에게 유폐와 소외, 고립과 절망의 공간일 뿐이다.

아버지와 그녀가 하는 '저녁의 게임' 즉, 화투[122]는 진실과 상처

---

122 병적 도박자들은 도박을 하면서 엄청난 스트레스를 받기 때문에 스트레스로 인한 고혈압이나 소화성 궤양, 편두통과 같은 질병을 나타내기도 한다. 이들 중에는 기분 장애, 알코올 남용이나 마약 남용, 반사회성 성격장애, 자기애성 성격장애, 경계선 성격장애의 비율이 높다. 도박을 즐기는 사람들은 경쟁적이고 독립적이며 자만심이 강하여 권위

를 감추고 서로를 향한 원망과 비난을 숨기고 위장하기 위한 놀이이다. 화투장의 뒷면만 보고도 상대가 어떤 패를 가졌는지 알고 있으니 더 이상 게임으로서의 의미는 지니지 못한다. 아버지는 '저녁의 게임'을 통해 육체의 병약함과 노년의 고독과 쓸쓸함을 잊으려 한다. 그녀는 아버지에 대한 적대감과 원망을 감출 뿐만 아니라 그녀 안의 욕망과 엄마에 대한 죄책감과 그리움을 억누르고 있다. 이처럼 '저녁의 게임'은 아버지에게는 노년의 고독과 소외감을 심화시키는 역할을 하고 그녀에게는 인생의 좌절과 실패, 소외와 고립을 상징적으로 드러내는 장치이다.

그녀는 유폐되고 고립된 집 안에 갇혀 지내면서도 사랑에 대한 욕망이 강하다. 흐르지 못하고 막혀 있는 개수대의 물은 그녀가 지닌 욕망의 억압과 좌절을 보여준다. 개수대의 구멍이 시원하게 뚫렸을 때 그녀도 자신 안의 성적 흥분과 충동에 사로잡힌다. '휘파람 소리'

적인 사람의 간섭을 받기 싫어한다. 여자일 경우 우울하거나 도피의 수단으로 도박을 하는 경향이 강하다. 여성의 경우 인생의 후기에 시작되는 경향이 있다.

정신역동적 입장에서는 오이디푸스 갈등과 관련된 무의식적 동기로 병적 도박증을 설명하고 있는데 공격적이거나 성적인 에너지를 방출하려는 욕구가 무의식적으로 대치되어 도박행동으로 나타난다고 본다. Bergler(1958)는 '자신이 반드시 돈을 딸 것'이라는 불합리한 확신의 기원을 어린 시절에 지니고 있던 전지전능감에서 찾고 있다. 성장하면서 이러한 유아적 전지전능감에 상처를 입게 되고 무의식적 공격성이 증가하게 되면, 자신을 처벌하고자 하는 무의식적 욕구가 도박행동에 빠져들게 한다는 것이다. Fenichel(1947)은 도박의 본질이 운명을 받아들이지 않으려는 운명에 대한 도전이라고 보았다. 병적 도박증은 우울증이 변형된 상태라는 주장도 제기되고 있다. 병적 도박자 중에는 우울증을 지닌 사람들이 많을 뿐만 아니라 도박을 그만두게 하면 우울 증상을 나타내는 경우가 흔하다. 이들은 우울하고 불쾌한 내면적 정서상태를 변화시키려는 시도로서 도박을 하게 된다는 것이다. 도박을 하면 마치 암페타민이나 아편을 복용한 것과 유사하게 교감신경계가 활성화되고 주관적 흥분감이 증가하여 기분이 좋아지고 피로감이 줄어들게 되므로 자신을 괴롭히는 고통스런 부정적 정서상태에서 벗어날 수 있다.

권석만, 앞의 책.

로 표상되는 사랑에 대한 갈망과 '마른 꽃냄새'로 비유되는 어머니에 대한 그리움은 그녀 안의 결핍과 욕구를 드러낸다. 그녀가 앓고 있는 '만성 빈혈증'과 '구역질'은 채워지지 않는 욕구와 이에 대한 불만족과 심한 스트레스로 인한 것이다. 역설적으로 그녀 안의 성적 욕망과 자유롭고자 하는 욕구를 드러낸다고 볼 수 있다.

그녀의 어머니는 아버지에 의해 정신병원에 갇히고 결국 그곳에서 죽음을 당했다. "퇘년들보다 더 더러웠지. 죽자고 목욕을 안 해도 향수는 꼭 뿌리곤 했어. 워낙 사치하고 허영심이 많았거든."에서 알 수 있듯이 어머니의 죽음 앞에서도 아버지는 어머니를 '사치'가 심하고 '허영기' 많은 여자로 전락시키고 비난한다. 특히 기형아 출산에 대해서 "네 엄마에게 다산(多産)은 무리였다"는 아버지의 말도 어머니의 성적 문란함과 성적 욕망에 대한 야유와 비난으로 짐작할 수 있다. 아버지의 문란한 생활 때문에 기형아를 낳고 그 충격으로 어머니가 정신병에 걸렸는데 아버지는 그 책임을 어머니에게 전가시키고 있는 것이다. 결국 어머니는 아버지에 의해 가부장제 사회의 규범과 질서 때문에 정신병원에 갇히고 죽게된 것이라고 볼 수 있다.

우리 사회는 특히 여성에게 성적 욕구나 행동을 함부로 나타내지 않도록 요구하는 경향이 있다. 더구나 가부장적이고 봉건적인 가정 분위기에서 자란 여성에게는 더더욱 이러한 가치가 강제되었다. 이러한 분위기에서 성장한 여성은 자신의 행동과 욕구를 잘 통제해야 하며 그렇지 못하면 매우 천박한 사람으로 비난받을 수 있다. 「저녁의 게임」의 화자 역시 가부장적이고 봉건적인 아버지에 의해 강요된 성에 대한 왜곡된 가치관을 내면화했기 때문에 그녀의 성적 가치관도 왜곡되고 굴절될 수밖에 없을 것이다. 결국 이것은 공사장 인부와의 비정상적인 성행위로 나타난다. 실상 그녀가 꿈꾸는 것은 '휘파람소리'와 '붉은 리본', '꽃' 등으로 상징되는 낭만적이고 열정적인 사랑이다. 하지만 가부장제 사회에서 여성의 성적 욕망과 자유로운 실현은 '미친여자'나 '창녀'가 아니면 인정받을 수 없다.[123] 그녀가 공사장 인부와의 성행위 후에 돈을 요구하는 것은 스스로 자신을 창녀로 위장함으로써 그녀의 성적 욕망과 충동, 쾌감을 위장하고 성행위에 대한 두려움과 죄책감, 성행위시의 불안과 긴장, 상대에 대한 긴장감과 적개심을 왜곡하는 것이다. 어떤 의미에서 성행위 후에 돈을 요구하는 것은 성적 욕망과 실천을 남성들의 전유물이라 여기는 잘못되고 일방적인 가치관에 대한 조롱과 비웃음의 역설적 행위라고도 볼 수 있다.

> 나는 찬 방바닥에 몸을 뉘었다. 아버지가 아직 방에 들어가는 기척이 없다는 걸 떠올리며 나는 빈 집에서처럼 스커트를 끌어 올리고 스웨터도 겨드랑이까지 걷어 올렸다. 자박자박 여전히 아이를 재우는 여자의 발소리는 머리 위에서 들려 왔다. 금자동아 은자동아 세상에서 귀한 아기. 나는 누운 채

---

123 김경수는 "사내와 성관계를 맺고 돈을 요구하는 것은 그녀의 아버지로 대표되는 가부장제에 대한 노골적인 반감의 표현, 즉 그녀는 자신의 어머니를 정신이상으로 몰고 간 가부장제이데올로기의 허위와 폭력성을, 자기 스스로가 가부장제의 시각에서 정상적이라고 규정되는 여성의 삶을 던져버리고 창부의 제스처를 취함으로써 야유하고 조소하는 것이다. 자위행위는 어머니와의 정신적 연대를 통해 나름대로 아버지의 질서에 맞서고자 하는 자위행위. 다시 말해 자위행위는 가부장적인 사회질서의 규범의 간섭으로부터 스스로를 구원해내는 필사적인 행동"이라고 밝히고 있다.

김경수, 「가부장제와 여성의 섹슈얼리티」, 『현대소설연구』 22, 한국현대소설학회, 2004, 7쪽.

하응백도 김경수와 비슷한 의견을 내면서 매춘의 흉내를 내는 것은 남녀의 성관계를 돈으로 환치시킴으로써 애정의 차단을 시도하는 것이라고 본다.

하응백, 「여성의식의 응축과 확산」, 『문학정신』, 1992. 5.

손을 뻗어 스위치를 내렸다. 방은 조용한 어둠 속에 가라앉기 시작했다. 이윽고 집 전체가 수렁 같은 어둠 속으로 삐거덕거리며 서서히 잠겨들기 시작했다. 여자는 침몰하는 배의 마스트에 꽂힌, 구조를 청하는 낡은 헝겊 쪼가리처럼 밤새 헛되고헛되이 펄럭일 것이다. 나는 내리누르는 수압으로 자신이 산산이 해체되어 가는 절박감에 입을 벌리고 가쁜 숨을 내쉬며 문득 사내의 성냥 불빛에서처럼 입을 길게 벌리고 희미하게 웃어 보였다.[124)]

그녀는 '마른꽃 냄새'로 표상되는 어머니와의 연대감 회복을 위해 자위행위를 한다. 이것은 성적 욕구와 모성에 대한 갈망이 복합적으로 내재된 것이라고 볼 수 있다.[125)] 자위행위는 그녀의 억압, 소외, 상처를 치유하기 위한 것이면서 동시에 어머니와의 합일을 위한 것이다. "여자는 침몰하는 배의 마스트에 꽂힌, 구조를 청하는 낡은 헝겊 쪼가리처럼 밤새 헛되이헛되이 펄럭일 것이다."에서 '여자'는 아이를 재우고 있는 윗집 여자를 나타내고 이는 어머니의 분신과도 같은 존재라고 볼 수 있다. 결국 그녀는 윗집 여자의 자장가를 어머니의 그것으로 생각하면서 "문득 사내의 성냥 불빛에서처럼 입을 길게 벌리고 희미하게 웃어 보"임으로써 성희를 드러낸다. 하지만 이 역시 좌절과 고통, 유폐일 수밖에 없다. 상대가 없는 자위행위를 통해 그녀가 얻을 수 있는 것은 성희나 쾌락적 즐거움이 아니라 다시 한번 자신의 고독과 소외를 처절하게 자각하게 될 뿐이다. 애초부터 이것

124 오정희, 『유년의 뜰』, 앞의 책, 120쪽.

125 장현숙은 위의 장면을 "작중인물이 고립과 소외 속에서 느끼는 죽음의식을 성희의 불꽃과 교묘하게 접맥시킴으로써 리비도와 에로스와 타나토스의 한 정점을 형상화하고 있다."고 본다.
장현숙, 「리비도와 에로스와 타나토스의 꽃」, 『한국현대소설의 숨결』, 푸른사상, 2007, 340쪽.

은 진정한 의미의 성적 욕망 추구라고 볼 수 없을 것이다.

「저녁의 게임」은 가부장제 사회에서 강요하는 성 도덕과 가치관으로 인해 희생당하고 좌절하는 여성의 삶을 묘사하고 있다. 또한 두 사람이 살고 있는 '집'이라는 공간을 통해 노년의 고독과 쓸쓸함을 젊은 여자의 소외와 단절을 실감나게 형상화하고 있다. 「저녁의 게임」은 '게임'이라는 유희적 장치로 인물 간의 대립과 갈등을 드러내고 있다는 점과 인물의 내면심리나 의식에 대한 묘사가 뛰어나다는 면에서 우수작으로 평가할 수 있다.

이로써 제2기의 문학에서는 단편집 『유년의 뜰』을 중심으로 하여 작가의 현실인식이 확대되고 있음을 살펴보았다. 「유년의 뜰」과 「중국인 거리」를 통해서는 한국전쟁의 비극성과 참상을 그리고 있다. 또한 이 시기의 대표작이라 할 수 있는 「비어 있는 들」과 「별사」 「겨울 뜸부기」를 통해서는 시대현실에 대한 절망감과 극복의지를 형상화하고 있다. 세 작품을 통해 볼 때 작가는 현실적 삶의 조건을 부정적으로 인식하고 절망하지만 그 내면에는 이에 대한 극복의지와 생명주의, 미래의식 등이 내재되어 있음을 확인할 수 있었다. 본격적으로 중년여성을 작중인물로 내세우기 시작한 「어둠의 집」과 「꿈꾸는 새」는 존재론적 삶의 문제와 현실인식이 중층적으로 나타나고 있다. 마지막으로 「저녁의 게임」은 가부장제 사회에서 여성의 자유로운 성적 욕망에 대한 억압과 작중인물의 유폐된 삶의 모습을 형상화하고 있다.

한편 서술기법의 측면에서는, 작중인물의 내면심리와 의식의 흐름에 대한 묘사, 다양한 상징과 은유, 이미지를 통해 차별화된 방법으로 사회적 상황을 드러내는 작가만의 독특한 서술전략을 확인할 수 있었다. 이 시기 문학에서 여성의 성적 욕망에 대한 관심은 제1기 문학에 이어 지속적으로 나타난다. 또한 본격적으로 쟁점화되기 시작한 현실인식은 제3기의 문학과도 접점을 이룬다.

3. 현실과 욕망의 균열

오정희 문학을 활동시기에 따라 살펴볼 때, 제3기는(1981~1984) 오정희 문학이 다양성과 깊이를 더한 시기로 작가의 나이 30대 중후반에 창작한 작품들을 일컫는다. 이 시기의 작품으로는 작품집 『바람의 넋』에 수록된 작품과 같은 시기에 발표된 「집」, 「불망비」, 「멀고 먼 저 북방에」를 들 수 있다. 제3기 문학의 형식적인 특징은 성민엽[126]의 지적처럼 시적 이미지 위주에서 산문적 서술성의 강화라는 문체상의 변화가 이루어진다는 점이다. 또한 1인칭 시점을 주로 사용하던 이전 시기의 작품들과 달리 두드러지게 3인칭 관찰자 시점으로 변화를 보인다는 점이다.[127] 이러한 시점의 변화는 거리 두기를 통해 현실을 객관적이고 냉정하게 파악하고자 하는 작가의 의지라고 볼 수 있을 것이다.

제3기 문학의 특징은 내용적인 면에서는 주제의 깊이와 다양성이라고 볼 수 있다. 전 시기 작품이 현실의 폭압성이나 절망감에 압도된 문학이라면 제3기의 문학에 와서는 시대인식이 좀 더 객관적으로

126 성민엽, 앞의 글.

127 제1기 작품 중 「야곱의 꿈」 한 작품만 3인칭 시점으로 서술되었다. 제2기 작품은 8작품 중 3작품이 3인칭으로 진행되었다. 제3기 작품은 총 13편 중 「인어」를 제외한 12작품이 3인칭으로 서술되었다.

형상화될 뿐 아니라 인생에 대한 깊이 있는 탐구가 진전되고 있음을 알 수 있다.[128] 제3기 문학의 가장 큰 특징은 현실과의 갈등과 대립 속에서 억눌리고 내면화됐던 작중인물의 다양한 욕망이 발현되고 있다는 점이다.

1) 진실의 은폐와 욕망의 감금

「夜會」[129]는 『바람의 넋』 중 창작시기상 첫 번째 작품에 해당한다. 여기서 작가는 정치적으로 야심이 큰 김원장이 여는 저녁 파티를 배경으로 하여, 우리 사회의 부정적인 권력과 이에 야합하고 동조하는 중산층의 무책임함과 허위의식 그리고 속물근성을 형상화한다.

> "이 시대의 전형적인 인물을 그리려고 해요. 그는 신중성에 있어서는 자벌레와 같고 판단력에 있어서는 적에게 다리를 잘라주고 달아나는 절족 동물과 같으며 치유력 또한 불가사리와도 같지요. 물론 높은 풍자성과……"[130]

위의 인용문은 한때 소설가를 꿈꾸던 작중화자인 명혜가 다루고 싶은 작중인물에 대한 설명이다. 김원장은 지역에서 누구나 알고 있는 외과의사로, 자신이 누리고 있는 부와 명예를 이용해서 정치적인

128 오생근은 이 시기에 들어 작가의 비관적 인식 혹은 세계관이 점차 감소하고 있다고 분석한다. 하지만 작가의 인식이 세계와의 화해를 반영하는 낙관적 세계관으로 이동한 것은 아니라고 밝히고 있다.
오생근, 앞의 글, 412쪽.

129 「야회」는 『세계의 문학』(1981. 가을)에 발표됨.

130 오정희, 『바람의 넋』, 문학과지성사, 1998, 29쪽.

권력까지도 손에 넣고 싶어하는 야심가이다. 특히 소설이 발표된 1981년은 부정한 정치세력에 많은 시민들이 저항하고 분노하던 때이다. 이러한 정치현실에서 정치적 야심을 이루기 위해 철저한 계산과 계획 속에서 일을 추진하는 김원장은 명혜가 그리고자 했던 '이 시대의 전형적인 인물'이라고 할 수 있다. 이 점은 김원장의 주변을 점검함으로써 극명하게 드러난다.

명혜는 "등나무 이파리에 뒤덮여 단단히 은폐되어 있는 전면(前面)과는 달리" 어둠 속에 잠겨서 "은성한 파티와는 무관하게 홀로 켜져 있는 불빛에 정다움을 느"낀다. 환하게 불이 켜진 2층 방에는 김원장의 아들이 있을 것으로 짐작할 수 있다. 단 한 번도 사람들 앞에 공개된 적이 없지만 소문에 의하면 아들은 정신병과 거식증을 앓고 있다. 여기서 아들이 앓고 있는 거식증은 김원장의 세속적이고 타락한 욕망에 대한 거부와 혐오감 때문이라고 볼 수 있다. 또한 뒤뜰에는 입구까지 막힌 채 끈에 묶여 있는 개[131]가 한 마리 있는데 '낮게 으르렁거리는' 소리만을 낼 뿐, 파티가 끝날 때까지 얌전히 있으라는 주인의 명령에 따라서 그 이상의 소란을 피우지도 못한다. 아들과 개는 김원장의 폭력과 억압에 의해 구속되고 감금된 것으로 등가적 의미를 지닌다. 김원장은 자신의 정치적 야심과 욕망을 채우는 데 방해가 되는 것은 모두 감금하고 은폐하고 있다.

이러한 상황을 확대해서 살펴보면 우리의 정치현실과 유사함을 알

131 개는 충성을 상징한다. 중세의 무덤에 새겨진 조각에 개가 연인의 발치에 서 있는 것은 이런 사정 때문이다.
이승훈, 앞의 책, 20쪽.

수 있다. 12 · 12 이후 부당한 방법으로 정권을 잡은 군부세력은 폭력적이고 억압적인 통치로 국민들의 자유와 분노를 강압적으로 눌렀다. 이때 "얌전히 있으라는 주인의 명령에 익숙"해서 "낮게 으르렁거리는 이상의 소란"을 피우지 못하는 개는 폭압적인 정치현실 속에서 저항조차 하지 못하는 시민들의 알레고리로 볼 수 있다. 또한 자신의 야심과 탐욕을 위해 아들을 가두는 김원장의 폭력성과 잔인함은 당시 우리 사회의 권력층에 팽배해 있는 폭압적인 정치권력의 전형적인 모습을 비유한다. 오정희는 「야회」를 통해서 우리 사회에 만연하고 있는 정치권력에 대한 풍자와 현실에 대한 시대인식과 비판정신을 드러낸다.

또한 정치적 · 사회적으로 어수선하고 혼란스러운 시대에 정치적 야심을 드러내는 김원장뿐 아니라, 이에 동조하고 현실적 이익을 챙기려는 야회의 참석자들도 비판과 조소, 풍자의 대상이다. 특히 소신 있는 말을 해서 학교 측으로부터 부당한 해고를 당한 송교수를 다같이 비웃고 조롱하는 부분에서는 중산층의 사회현실에 대한 무관심과 무책임함에 대한 작가의 비판의식이 두드러진다.

> 여러 개의 크고 흰 접시 위에 역시 엄청나게 큰 게가 엎혀 있었던 것이다.
> "우리집의 특별 요리랍니다. 이걸 안 잡수시면 우리집에 오셨었다는 말씀을 할 수 없지요."
> 놀라는 사람들을 향해 안주인이 자랑스럽게 말했다. 그동안 일보는 여자들은 탁자마다 게접시를 나누어 얹었고 김원장은 빈 잔들을 찾아 새로이 술을 채웠다. 살아 있었을 때 그대로의 모습으로 통째 익혀진 붉은 게는 아스파라거스에 둘러싸여 어리둥절한 표정으로 겹눈을 길게 뽑고 있었다. 다리가 하나씩 뜯기기 시작하고 게는 순식간에 몸통만 남았다. 그래도 여전히 영문을 모르겠다는 표정이었다. 안주인이 익숙한 솜씨로 등껍질을 벗겨 눈

부시게 흰 살과 내장을 드러내 놓았다.

점점 작아지고 추악해진 게의 잔해가 탁자마다 수북이 쌓일 무렵 누군가 축배의 노래를 부르기 시작하고 주인은 전축을 껐다.[132)]

위의 인용문은 참석자들이 야회의 하이라이트로 게요리를 먹는 장면이다. 작중화자는 사람들에 의해 순식간에 뜯겨지는 게를 의인화한다. 이때 게는 "어리둥절한 표정으로 겹눈을 길게 뽑고 있"고 "여전히 영문을 모르겠다는" 표정이다. 여기서 게는 힘 있는 자에 의해 짓밟히고 멸시당하고 모욕당하는 대상을 표상한다. 구체적으로 작품 속에서 찾아보자면 학교로부터 일방적으로 해고당한 송교수, 감금되어 있는 개, 이층방에 갇혀 있는 아들을 가리킨다. 여기서 주목해야 할 것은 이들은 영문도 모른 채 감금되고 억압되어 있다는 점이다. 오히려 선량하고 성실하게 소신대로 살아왔을 뿐인데 힘 있는 자들의 일방적인 폭력과 억압에 의해서 억울하게 갇혀 있는 것이다. 특히 게의 잔해가 탁자에 수북하게 쌓일 때쯤 누군가 축배의 노래를 부르는 부분에서는 힘 있고 가진 자의 횡포와 강압, 이기심이 극명하게 드러난다.

"괜찮아. 곧 집에 갈 수 있을 거야, 보잘것없는 사람들의 더러운 모임이야. 조금만 쉬었다가 가자. 이상하지? 난 어릴 때는 어른들은 아무것도 모르는게 없을 거라고 생각했는데 이렇게 어른이 되었어도 밤이 되면 가끔 집에 가는 길도 잃어버리다니."

명혜는 윤재를 안심시키기 위해 상냥하게 웃었다. 그러나 눈은 윤재의 조그만 어깨 너머 어둠 속에서 점차 커다랗게 흔들리며 다가오는 언덕 위의

---

132 오정희, 『바람의 넋』, 앞의 책, 31쪽.

집을 바라보고 있었다. 명혜는 참을 수 없는 두려움으로 눈을 감았다. 비늘을 털며 다가오는 거대한 동물에 대한 두려움보다 더 확실한, 겁에 질린 어린 아들을 상대로 술주정을 하고 있는 자신을 보는 무서움에서 도망치고자 있는 힘을 다해 눈을 감았다.[133]

명혜는 야회에 대해 "더러운 모임"이라는 결론을 내린다. 이는 김원장의 야욕, 탐욕스러움, 권력을 이용한 폭력과 억압, 진실의 은폐, 참석자들의 허위의식과 속물근성에 대한 비판이다. 한편 파티에 참석한 명혜도 자괴감을 느낄 수밖에 없다. 부모가 되었을 때 가장 두려운 것은 사회적인 시선이나 주변의 이목이 아니다. 바로 자식이다. 그렇기 때문에 명혜는 허위와 가식, 위선과 음모에 감염되어 어린 아들을 상대로 술주정을 하고 있는 자신의 모습이 더 두려울 수밖에 없다. 명혜가 "자신을 보는 무서움에서 도망치고자 있는 힘을 다해 눈을 감"는 것은 혼돈과 혼란스러움을 떨치고 냉철한 이성과 날카로운 비판정신으로 현실을 직시하고자 함이다. 다시 말하면 그것은 어둡고 혼란스러운 시대에 올곧게 자신의 가치관과 냉철한 비판정신을 지키고자 하는 노력이다. 이러한 명혜의 의식은 바로 작가 오정희가 지향하는 바라고 볼 수 있다. 이 점에서 오정희는 불합리하고 모순되고 부정적인 사회현실에 대해 지속적으로 관심을 가지면서 삶의 허구와 위선적인 면모를 꿰뚫어 보고자 하는 냉철한 비판의식과 풍자정신을 잃지 않고 있다고 볼 수 있다.

「야회」는 정치적 야심가인 김원장이 주최하는 야회를 배경으로 우리 사회의 정치현실의 폭력성과 억압, 부정적인 면모를 알레고리로

133 오정희, 『바람의 넋』, 위의 책, 34쪽.

보여준다. 동시에 인간이 지닌 허위의식과 위선, 가식적인 면모를 꼬집고 있다. 특히 작품의 제목인 '야회'는 밤에 열리는 파티만을 의미하는 것이 아니라 인간의 어둡고 부정적이고 은폐된 모습을 비판하는 비유적인 표현이다.

단편 「밤비」[134]는 소문의 부정적인 속성을 다루고 있는 작품이다. 사람들이 무책임하게 퍼트린 소문으로 인해 그 소문의 당사자는 인생 전체를 망칠 수 있는 치명적인 상처와 고통을 받게 된다. 오정희는 이러한 소문의 잔인함과 무서움, 파괴적 속성을 「밤비」에 형상화하고 있다. 작품의 지배적인 분위기는 억압과 공포, 감금과 구속이며 이는 당시 우리 사회의 경직되고 공포스러운 시대현실을 반영하고 있는 것으로 볼 수 있다.

「밤비」의 주인공인 민자는 터미널 약국에서 약을 파는 약사이다. 민자는 온종일 약국 안에 갇혀 뜨내기 손님을 상대로 소화제, 감기약, 멀미약 등을 판매하면서 권태롭고 무기력한 삶을 산다. 여기서 작품의 주요 배경이 되는 터미널은 약국에 갇혀 지내는 민자의 삶과는 대조적인 공간이다. 터미널은 수없이 많은 사람이 그만큼 많은 사연과 인연으로 떠나고 돌아오는 곳이다. 그래서 민자의 유폐와 구속을 더욱더 절망적으로 드러낸다고 볼 수 있다.

민자는 7년 전에 이곳으로 이주해 왔다. 이주 이유는 민자에게 약을 지어 먹은 소녀가 그 약 때문에 죽었다는 소문과 누명 때문이다. 소녀는 특이체질이고 임신 중이었으나, 이러한 진실은 묻힌 채 소문이 지니고 있는 무책임함과 익명성, 확산력 때문에 민자는 '공포' 속

---

134 「밤비」는 『문학사상』(1981. 10)에 발표됨.

에서 마을을 떠나야만 했다. 그 후로 민자는 세상에 대한 환멸과 멸시를 지닌 채 감금, 구속, 억압된 삶을 살고 있다. 하지만 민자의 내면에는 자유와 생명력, 삶에 대한 욕망이 간절하다.

한편 민자의 약국을 찾은 그는 민자와 같은 상처를 지니고 있는 분신과 같은 인물이다. 민자가 그를 처음 봤을 때 "의식이나 욕망이 모두 빠져나간, 완전히 절망한 얼굴의 낯익음"은 그를 통해서 민자 자신의 모습을 보았기 때문이다.

> "당신도 내가 금이를 일부러 찾지 않았다고 생각하십니까. 이복누이를 범하고 팽개쳐 버렸다고 생각하십니까."
> 그가 고집스레 항의했다.
> "그건 작은 사건이었어요. 그 작은 읍에서는 소문이 놀랄 만큼 빨리 퍼져요. 어느날 저녁 사람들은 약국 앞에 몰려왔어요. 죽은 소녀를 떼메구요. 그 소녀가 약을 지어간 건 사흘 전 일이었는데요. 당신도 내가 잘못 조제해 준 약을 먹고 그 애가 죽었다고 생각하세요?"
> "나는 소문이 무서웠습니다. 그 일이 있은 이후 금이는 입버릇처럼 죽겠다고 말했죠. 허지만 금이는 죽는 대신 다방에 일자리를 얻어 집을 나갔지요. 금이는 예뻤기 때문에 일자리를 얻는 것은 쉬웠습니다."[135]

그는 민자와 마찬가지로 잘못된 소문과 오해 때문에 이복누이를 범한 파렴치범이 되었다. 그 후 그는 구속력이 강한 군대로 도망치게 되고 그의 이복누이인 금이는 다방 종업원이 된 후 종적을 감추어서 생사조차 확인할 수가 없다. 이와 같이 민자, 그, 금이는 끔찍한 '소문' 때문에 상처를 받고 이후의 삶마저도 모두 망가지게 된다. 한편

135 오정희, 『바람의 넋』, 앞의 책, 50~51쪽.

처음 만난 민자와 그는 조급하게 자신의 얘기를 털어놓는데 이는 민자와 그가 당한 억압과 구속을 반증한다. 두 사람은 진실과는 상관없는 소문에 시달리면서 진실을 밝히고 공포로부터 벗어나고 싶었지만 어느 누구도 두 사람의 말에 귀를 기울이지 않았다.

한편 민자는 "잡념 없이 모든 괴로움을 잊고 편안히 잠들 수 있게 할 뿐이에요."라면서 그에게 독약을 권한다. 여기서 민자가 그에게 독약을 권하는 것은 자유를 억압당하고 생명력을 잃어버린 채로 살면서도 여전히 밑바닥에 지니고 있는 삶에 대한 열정과 의지, 생명력과 자유를 향한 욕구를 잠재우기 위한 반어적 행위이다. 이는 삶에 대한 '불투명한 열망'을 여전히 지니고 있는 민자 자신을 향한 것이기도 하다. 결국 독약은 민자와 그가 처한 절망과 구속, 또한 가슴 깊이 내재된 삶에 대한 열망과 자유, 생명력에 대한 욕망을 역설적으로 드러낸다.

> "만약, 정말 지진이나 해일이 온다면, 그래서 이 도시가 고스란히 묻혀 구전(口傳)의 전설로만 남고 또 오랜 세월이 지나 이 위에 새로운 도시가 생긴다면—우리들이 무덤 위에 집을 짓듯 또 그 어느날 고대의 전설을 믿는 환상적인 청년이 이 도시를 발굴하게 된다면 그는 이대로 화석으로 남아 있는 우리를 보고 무슨 생각을 하게 될까요."[136]

약국 안에 있는 두 사람이 만일의 사태에 의해 갇혔을 때, 나중에 두 사람을 발견한 사람들이 어떤 말을 할지에 대한 위의 인용문은 소문의 부정적 속성을 단적으로 나타낸다. 그것은 확인되지 않은 말들

---

136 위의 책, 48쪽.

이 왜곡된 채 부풀려지고 무차별적으로 확산되어 진실조차 압도해버리는 소문의 부정적인 면모를 지적한다. 제목 '밤비' 도 소문의 속성을 비유한 것이다. '밤비' 는 사람들이 잠든 사이에 소리도 없이 내려서 어느새 온 세상을 적시는 그것처럼 흔적도 없이 조용히 퍼져서, 어느 순간 진실을 규명할 수 없는 상황에까지 이르는 소문의 속성을 은유적으로 표현한다. 「밤비」는 우리 사회의 폭력적이고 억압적인 현실을 등장인물이 처한 작중상황과 군인이라는 등장인물의 신분 등을 통해 묘파하고 있는 작품이다.

소설이 발표된 80년대 초반은 우리 사회가 폭압적인 군사정권으로 인해 어둡고 절망적인 때이다. 또한 진실을 확인할 수 없는 끔찍한 소문과 이에 대한 공포가 만연하던 때이다. 작가는 '소문' 의 부정적 면모를 알레고리 수법으로 형상화함으로써 우리 사회의 분위기를 드러내고 있다. 그동안 평자들에 의해 별다른 관심을 끌지 못했던 「밤비」는 오정희의 필력을 다시 한번 느낄 수 있게 해주는 작품으로 이후 많은 연구자들에 의해 다각도로 논의될 수 있는 작품이라고 생각한다.

「지금은 고요할 때」[137]는 오정희 특유의 상징과 비유의 서술기법이 두드러진 작품이다. 작품은 억압된 인간의 욕망과 생명력의 문제를 통해 우리 사회의 불모성과 황폐함을 역설적으로 드러낸다.

작품의 서사구조는 비교적 단순하다. 자폐아인 기주가 출입이 금지된 공사현장에 혼자 나갔다가 실종된 것이 중심사건에 해당한다. 기주의 엄마인 연희는 아이가 실종된 것을 알면서도 성적 욕망을 조

137 「지금은 고요할 때」는 『세계의 문학』(1983. 가을)에 발표됨.

급하게 드러내는 남편의 요구를 들어주면서 '지금은 고요할 때' 라는 독백을 남기고 작품은 마무리된다.

연희의 남편인 한수는 해외근무를 마치고 돌아와서 두달 간의 휴가를 얻었다. 하지만 해외근무에서 얻은 병 때문에 두달 간 꼼짝도 못하고 무면허 침술사에게 치료를 받고 있다. 한수는 휴가가 끝나가지만 회사로부터 복직하라는 연락을 받지 못하고 초조하고 무기력한 시간을 보내고 있다. 두달 간의 휴가는 사실상 해직통보를 의미하고 한수는 회사를 위해서 최선을 다했지만 결국 버림받게 된다.

연희의 딸 기주는 "세상을 거절한, 세상을 향한 문을 닫아 버린 아이" 즉, 자폐아이다. 기주는 여덟 살이 되도록 말을 하지 않고 또래 아이들처럼 학교에도 다니지 못한다. 여기서 기주의 자폐증은 황폐하고 메마르고 생명이 말살된 부정적이고 모순된 현실을 드러내기 위한 의도적인 설정으로 볼 수 있다. 한편 연희는 평범한 아이처럼 키우고 싶지만 늘 그녀의 기대만큼 따라주지 않는 기주로 인해 괴로워한다. "네 힘을 믿지 마라, 네 사랑의 힘을 믿지 마라."라는 연희의 독백은 기주를 향한 사랑에 확신이 없음을 의미한다. 여기에는 기주를 향한 사랑과 책임, 어쩔 수 없이 포기하고 싶은 내적 갈등이 드러난다. 이렇듯 아픈 남편과 자폐증을 앓고 있는 딸로 인해 억눌린 연희의 억압된 욕망은 남편을 치료하러 온, 부인을 셋이나 둔 무면허 침술사를 향한 성적 욕망으로 나타난다. 연희의 일탈적인 욕망은 그녀의 삶이 얼마나 구속되고 억압되어 있는지 역설적으로 보여준다.

연희 가족이 살고 있는 아파트 주변은 밤낮으로 공사가 진행 중이다. 공사는 산[138]을 깎아 골짜기를 메우고 건물을 세우기 위한 것이다. 온종일 포크레인과 불도저 소리로 시끄럽고 하룻밤이 지날 때마다 풍경은 달라진다. 이러한 공사현장은 인간의 자유와 존엄성, 생명력을 말살하는 척박하고 황량하고 황폐한 삶의 공간을 상징한다. 하지만 엄청난 파괴와 불모성의 현실은 밤사이 흘러내리는 모래에 덮여 "두려움, 고통, 불안"의 흔적을 없애고 그 자리에는 "완벽한 함몰, 천연한, 고요함" 등의 위장된 모습만이 나타날 뿐이다. 이러한 부정적인 현실은 기주뿐 아니라 등장인물 전부의 삶을 억압하고 구속한다. 그들 삶의 표정은 두통과 무기력, 권태와 일탈적 욕망, 강요된 침묵과 발화의 욕구로 부자연스럽게 일그러져 있다. 이렇듯 오정희는 우리 사회에 만연한 허위성과 허구성을 꿰뚫어 보면서 그 안에 내재해 있는 고통과 절망, 환부를 환기시킨다고 볼 수 있다.

기주는 실종되기 하루 전날 신발[139] 한 짝을 잃어버려서 회초리까지 맞았지만 끝내 개구멍을 통해서 외출을 감행한다. 여기서 봉쇄된 출입문 대신 뚫어 놓은 개구멍은 자유의 억압, 사회적 구속과 감금 등을 상징적으로 나타낸다. 기주는 혼자서 집을 나섰다가 길을 잃을 수도 있고 공사현장에 매몰될 수 있는데도 자유를 향한 기주의 욕망

---

138 산은 정신의 내적인 고양을 상징한다. 또한 천상, 신과 만나는 신성한 곳, 낙원을 상징한다. 또한 산은 하늘과의 교통, 신과의 교통을 상징하고 성스러운 산을 오르는 것은 세속의 욕망을 버리고 신성한 곳에 오르는 여행을 상징한다. 또한 위대성과 관용, 신성함, 생명력을 상징한다.
이승훈, 앞의 책, 296~297쪽 참조.

139 오정희 작품에서 신발을 잃어버리는 상황은 여러 번 나타나는데 이는 신발 주인의 죽음을 암시한다. 결국 기주가 신발을 한 짝 잃어버렸다는 것은 기주의 실종 내지는 죽음의 결말을 암시하는 것이다.

은 막을 수 없다. 기주가 민들레 홀씨를 불어서 '먼 곳에서' 자유롭게 뿌리를 내리게 해주려는 것이나 비눗방울을 하늘로 불어 비상하게 하는 행동은 기주의 욕망을 간접적으로 드러내는 것으로 볼 수 있다.

연희의 만류에도 불구하고 기주가 늘 찾아가는 연못집에는 노인과 거세된 말[140]이 함께 살고 있다. 늙고 거세된 말은 뱀 문신을 하고 있는 노인의 분신이라고 볼 수 있다. 한편 기주가 실종된 날, 늙은 말도 어디론가 사라짐으로써 기주와 말의 동반 실종을 암시한다. 세상을 향한 거부로 말문조차 열지 않던 기주가 늙고 거세된 말과 함께 떠난 것은 잃어버린 자유와 생명력을 찾고 싶은 욕망 때문이다. 즉 유폐되고 감금된 삶으로부터 벗어나서 자유롭고자 하는 기주의 열망이 자신과 닮은꼴인 거세된 말과 함께 떠남으로써 실현된다. 기주와 말이 함께 사라지던 날, 연못집마저 흙더미에 묻힘으로써 비장미를 더한다.

> 어두운 벌판 저쪽, 희미하게 어른대는 것은 빈 관을 지키고 섰는 사람들일 것이다. 아무도 이제 사라진 산에 대해 이야기하지 않는다. 흙더미에 거꾸로 박힌 아이, 그리고 저물도록 돌아오지 않는 아이에 대해 이야기하지 않는다. 그들에게 책임 없는, 그들과는 무관한, 다만 침묵뿐인, 티끌 가득한 빈 관에 대해 이야기할 뿐이다. 어두워 가는 벌판의 한 점을 뚫어지게 응시하며 연희는 열심히 생각해 본다. 무엇이 있었던가. 오랜 시간에 걸쳐 서서히 사라진, 그러나 결국 한순간에 눈에서 사라진 산의 모습은 아무리 애를

---

140 말은 원초적 혼돈의 맹목적 힘, 집중적인 욕망과 본능, 활기찬 생명력을 상징한다. 또한 말은 고귀, 남성적 활력, 정력, 민첩함, 지성, 정신, 이성을 상징하고 고대인들에게 말은 신성한 힘을 상징한다. 우화와 설화 속에서 말은 천리안을 지닌 존재로 나타나며, 이때 말은 주인에게 순간적인 경고를 준다.
이승훈, 앞의 책, 177~180쪽 참조.

써도 기억에 떠오르지 않는다.

비를 품은 눅눅한 바람이 벌판으로부터 갑자기 불어온다. 곧 우기가 올 것이다. 그러나 지금은 침묵할 때, 다만 고요할 때.[141)]

사라진 '산'은 우리 삶의 비옥함, 풍요로움, 생명력, 자유로움 등을 의미한다. 여기서 먼지 가득한 '빈 관'은 아무것도 남은 것이 없는 텅빈 공허와 허무, 욕망마저 모두 빠져나가 버린 황폐하고 적막하고 황량한 시대현실을 의미한다. 하지만 사람들은 공사현장에서 거꾸로 매장된 어린아이나 실종된 기주 등 책임져야 할 것에 대해서는 침묵하고 빈 관만 '무책임하게' 바라볼 뿐이다. 그러나 "비를 품은 눅눅한 바람[142)]"이 불어온다는 것은 봄부터 계속된 오랜 가뭄이 끝나리라는 기대이며 이는 곧 변화에 대한 기대를 암시한다. 한편 "그러나 지금은 침묵할 때, 지금은 고요할 때"라는 연희의 독백은 '침묵'과 '고요'가 스스로의 의지에 의한 것이 아니라 모순되고 불합리한 현실로 인해 강요된 침묵과 고요임을 알 수 있다.

「지금은 고요할 때」는 1980년대 우리 사회의 불모성과 황폐함, 파괴와 폭력적 현실을 반영하면서 그 속에서 억압되고 억눌린 채 살아가는 사람들의 채워지지 않은 욕구와 욕망을 형상화한다. 직장에서

---

141 오정희, 『바람의 넋』, 앞의 책, 140쪽.

142 바람은 능동적이고 격렬한 상태에 있는 공기로 영(靈), 우주의 호흡, 창조적 숨결을 상징하고 우주를 지배하는 1차적 요소가 된다. 고도의 활동 단계에 들어갈 때 바람은 태풍이 되며 태풍은 회오리바람과 함께 파괴, 폭력, 황폐를 상징한다. 바람은 무형이라는 점에서 손에 잡히지 않는 것, 옮겨가는 것, 실체가 없는 것을 상징한다. 한편 역동적인 바람은 삶의 역동성, 야성적이고 충동적인 힘을 상징한다. 또한 바람은 죽음을 극복하는 생명, 혹은 사랑을 상징한다.
이승훈, 앞의 책, 211~213쪽 참조.

사실상의 권고해직 상태인 한수, 채워지지 않는 욕구로 갈등하는 연희, 생명력을 잃어버린 세상에서 차라리 침묵하고 있는 기주, 세 사람 모두 시대의 황폐함과 불모성을 전형적으로 드러낸다.

「동경」[143]은 표면적으로는 죽음의 그림자가 짙게 드리워진 평범한 노부부의 삶을 형상화한 듯 보인다. 하지만 심층적으로는 이십 년 전에 민주화운동을 하다가 죽은 아들을 잃은 상실감과 슬픔, 상처가 더 문제시되는 작품이다.

「동경」의 작중 화자인 그는 대략 60대 중후반의 인물로 볼 수 있다. 그와 아내는 매일을 무기력하고 지루하고 외롭게 보내고 있다. 이들의 무기력함은 단순히 노화 때문만은 아니다. "청대처럼 자라던 아들을 죽이고 머리가 온통 세어 버렸다오."라는 아내의 고백에서도 알 수 있듯이, 아들이 죽고 난 후 급격히 머리가 세고 노화가 진행되었다. 아내는 아들을 잃은 상실감과 고통 때문에 사이비종교를 믿기도 하고 매일밤 꾸는 악몽 때문에 잠을 이루지 못한다. 이러한 아내의 슬픔은 수도계량기의 동파를 막기 위해 덮어 둔 지푸라기에 생긴 귀뚜라미[144]에 비유된다. 짚과 지푸라기 속에 숨은 채 가을밤에 청승맞게 울어대는 귀뚜라미는 아들을 잃은 아내의 내면의식을 표상한다.

---

143 「동경」은 『현대문학』(1982. 4)에 발표됨.

144 8~10월에 나타나 정원이나 초원, 부엌 등에 살면서 가을을 알리며 밤에 우는 귀뚜라미는 고대부터 현재에 이르기까지 많은 문인들이 즐겨 다룬 소재로 인간의 슬픈 감정과 원망을 상징한다. 고독, 소외, 버려짐, 애상을 상징하고 특히 여인의 외로움을 상징하는 것은 쓸쓸한 가을밤에 숨은 듯이 우는 소리를 동기로 한다. 가을이 상징하는 비창, 고독, 죽음과도 관계된다.
이승훈, 앞의 책, 74~75쪽.

"겨우 스무 살이었어요. 스무 살에 뭘 안다고. 여드름이나 짤 나이에 세상을 뒤바꾸어 놓을 수 있다고 생각하다니요. 그 애가 죽었어도 우린 여전히 이렇게 살고 있잖아요."

영로는 어느 봄날 바람개비처럼 달려나갔다. 채 자라지 않은 머리칼을 성난 듯 불불이 세우고.

늙은이는 반성하지 않는다. 반성을 요구하는 어떤 새로운 삶을 기다리고 있지 않기 때문이다.[145]

영로를 묻었을 때 그는 그가 묻고 돌아선 것은, 미쳐 가는 봄빛을 이기지 못해 성급히 부패하기 시작한 시체가 아니라 한 조각 거울이었다고 생각했었다.[146]

작품이 발표된 1982년부터 대략 20년 전에 죽었다는 것으로 보아서 아들은 4 · 19혁명 때 스무 살의 나이로 민주화운동에 뛰어들었다가 희생을 당한 것으로 짐작할 수 있다. "미쳐 가는 봄빛"은 60년대 당시의 모순적이고 부정적인 정치현실과 시대상황을 비유한다. 또한 민주화를 위해 스무 살 청춘을 바친 아들의 죽음은 '한 조각 거울[147]'로 기억된다. 이때 거울은 아들의 죽음이 숭고하고 아름다운 희생이었음을 의미한다. 또한 영로를 비롯한 많은 사람들의 희생과 살신성인의 정신이 그대로 퇴색되어서는 안 되고 후세 사람들에게 귀감이 되고 모범이 되어야함을 뜻한다. 한편 아들의 죽음이 그에게는 자신

145 오정희, 『바람의 넋』, 앞의 책, 178쪽.

146 위의 책, 173쪽.

147 거울은 세계를 반영한다는 점에서 의식, 사고, 상상력을 상징한다. 인간의 사고는 세계를 반영하면서 동시에 자아를 성찰하기 때문이다. 한편 역사의 경우 거울은 후대의 교훈, 본보기를 상징한다. 또한 거울은 이별을 상징하기도 한다.
이승훈, 앞의 책, 32~34쪽 참조.

의 삶을 비추고 반성하고 성찰하게 하는 의미를 지닌다고 볼 수 있다. "늙은이는 반성하지 않는다. 반성을 요구하는 어떤 새로운 삶을 기다리고 있지 않기 때문이다"라는 그의 반어적인 고백은 지난 삶에 대한 짙은 회한과 후회를 암시한다. 그것은 "그 애가 죽었어도 우린 여전히 이렇게 살고 있잖아요."라는 아내의 말을 통해서도 알 수 있듯이 아들을 비롯한 많은 사람들의 희생이 있었지만 우리의 정치현실은 크게 달라진 것이 없기 때문이다. 「동경」이 발표된 80년대 초반의 우리 정치현실은 민주주의에 대한 시민들의 열망과 염원을 외면한 채 여전히 부정적이고 권위적이고 폭압적이었다.

시청의 하급관리로 정년퇴직을 한 그는 서기일을 하면서 '오자' 나 '약자' 를 쓰지 않고 원칙대로만 평생을 살아왔다. 하지만 이러한 그의 삶은 원칙에서 벗어나지는 않으나 철저히 수동적이고 순종적인 삶이었음을 알 수 있다. 더구나 공무원 일을 하는 그로서는 알게 모르게 부당하고 부정한 정치세력을 위해 봉사하고 동조한 셈이 된다. 점점 나이가 들면서 아들의 죽음에 대한 부채감이 더욱더 짙게 그의 삶을 구속하는 것은 이 때문이다. 결국 부정적인 현실에 대한 저항과 반항은 그에게 '틀니' 에 대한 거부감과 이물감으로 나타난다.

> 어느 날 갑자기 이빨들이 들뜨기 시작하고 잇몸이 퍼렇게 부풀어 이빨 뿌리가 드러났을 때, 결국 모조리 빼고 틀니를 해야 된다는 것을 알았을 때 그는 낭패감보다 심한 배반감과 노여움을 느꼈다. 그리고 이어 위장을 비롯한 몸의 모든 기관들이 무기력해지는 증상이 나타났다. 의사는 말했다. 정년퇴직 후에 흔히 오는 증상입니다. 갑자기 일손을 놓게 된 데서 오는 허탈감으로 육체도 긴장과 균형을 잃게 되는 겁니다. 말하자면 정년병(停年病)이라고나 할까요.
>
> 누구에게나 찾아오는 일반적 현상이라는 의사의 말이 조금도 위안을 주

지 못했다. 하긴 시말서 한 번 쓰지 않은 그도 정년이 되자 시간과 자리를 적당히 메꾸고 빈둥빈둥 보낸 사람들과 똑같이 궁둥이를 차밀리지 않았던가. 오래된 청사의 어둡고 환기 안되는 방에서 몇 십 년을 불평 없이 순응하며 살아 온 그도 틀니에만은 익숙해지기 어려웠다. 단단하고 차가운 이물질이 연한 잇몸을 옥물고 조이는 느낌에 대한 저항감은 언제까지고 지울 수 없었다.[148)]

그는 누구보다 성실하게 일했지만 이에 대한 정당한 평가를 받지 못한 채 '평생을 시청의 하급관리'로만 살아왔다. 또한 정년퇴직의 순간이 왔을 때 게으르고 성실하지 못했던 사람들과 마찬가지로 "궁둥이를 차밀"리는 모순적인 현실에서 자신이 믿었던 삶에 대한 가치에 회의와 절망이 밀려온다. 그가 틀니에 대해 느끼는 이물감과 저항감은 어찌 보면 평생을 믿고 살아온 세상에 대한 배반감과 노여움 때문이다. 그는 틀니를 함으로써 "자신이 하는 말조차도 틀니가 하고 있는 듯"한 착각에 빠지기도 한다. 특히 입은 진실을 말할 수 있는 기관인데 틀니를 함으로써 이제는 더 이상 진실을 말할 수 없는 구속과 굴레 속에 살게 되는 것이다.

그는 칠흑처럼 검은 머리를 하고 이제는 더 이상 말할 수 없는 무너진 입을 반쯤 벌린 채 누워 있었다.

거울 빛의 반사가 잠시, 천장으로 벽으로 재빠르게 움직이다가 마침내 유리컵에 머물고 밖의 빛으로 어둑신하게 가라앉은 정적 속에서, 물속에 담긴 틀니만이 홀로 무언가 말하려는 듯 밝고 명석하게 반짝거렸다.[149)]

148 오정희, 『바람의 넋』, 앞의 책, 164~165쪽.

149 위의 책, 180쪽.

그는 머리가 세기 시작하면서부터 염색을 열심히 했다. 점점 쇠약해지는 육체와 전혀 어울리지 않는 검은 머리의 조화는 그로테스크한 느낌마저 준다. 이때 검은 머리[150]는 여러 가지 의미로 해석될 수 있는데, 우선 아들의 죽음에 대한 애도의 의미일 수 있다. 또한 늙어가는 육체와 달리 머리색만이라도 젊음을 유지해서 아들을 죽음으로 몰고 간 부정적인 현실에 저항하고자 함이다. 한편 그와 아내는 아이의 거울 장난에 공포를 느낀다. 이때 느끼는 공포는 자신들의 노화, 삶에 대한 부끄러움, 죽음에 대한 두려움 때문이다. 하지만 마침내 거울은 그 빛을 잃고 '밝고 명석한' 틀니만이 반짝거릴 뿐이다. 이것은 생명력, 젊음, 희망, 그리고 민주화에 대한 열망과 저항의지는 사라지고, 부정적이고 모순적이고 불합리한 현실만이 그 위세와 위용을 떨치고 있음을 의미하는 것으로 볼 수 있다. 틀니는 거짓되고 불합리하고 정당하지 못한 부정적인 현실을 상징한다. 구체적으로 그것은 아들을 비롯해 많은 젊은이들의 피와 눈물이 헛된 채 여전히 군사정권에 의해 지배되고 있는 어두운 정치현실을 가리킨다. 영로처럼 이 땅의 민주화를 위해 많은 사람이 피와 눈물을 흘렸지만 '여전히' 군부독재가 판을 치고 있는 부정적인 현실에 대한 날카로운 비판적 인식이 드러난다.

150 세계 어디에서나 슬픔에 잠긴 사람은 외모에 신경을 쓰지 않는다. 화려한 색의 옷을 입지 않고 장신구도 달지 않는다. 예전에는 슬픔의 표시로 머리카락과 수염을 자르기도 했다. 또 다른 문화권에서는 머리카락과 손톱을 자르지 않는 것으로 슬픔을 표현하기도 했다. 문화권마다 풍습은 다르지만 한 가지 공통점이 있다. 죽은 자를 애도하는 사람은 삶의 즐거움을 잊는다. 여기에도 같은 것은 같은 것으로 치료하거나 쫓아버린다는 '이열치열'의 미신이 작용하고 있다. 검은 상복으로 검은 악령을 쫓아 상복을 입은 사람을 데려가지 못하도록 한다는 것이다. 이승훈, 앞의 책, 182쪽

「동경」에서 다양하게 사용되는 거울[151] 이미지는 이 땅의 민주화를 위해 희생한 많은 사람들의 희생과 살신성인의 정신을 표상한다. 뿐만 아니라 그들이 지니고 있던 긍정적인 에너지와 염원, 저항의지, 민주화에 대한 열망까지도 포함한다. 「동경」은 현실인식과 노년의 삶과 죽음의식 등을 씨실과 날실로 교직하면서 상징과 비유의 적절한 사용으로 미학적 형상화까지 획득하고 있는 작품이다.

지금까지 살펴본 「야회」 「밤비」 「지금은 고요할 때」 「동경」은 80년대 초반 우리 사회의 불합리하고 부정적이고 모순적인 현실을 반영하면서 작중인물들의 욕망의 좌절과 억압, 유폐를 묘파한다. 오정희는 사회현실을 직접적으로 선명하게 드러내기보다는 인물의 내면심리 묘사와 상징과 비유를 통해 간접적으로 묘사하면서 또 다른 이야기 구성과 중첩적인 의미망을 형성한다. 오정희는 제2기의 문학에서 지속적으로 보이던 사회현실에 대한 관심을 제3기 작품에 와서 좀 더 객관화하면서 포괄적으로 다루고 있다. 이것은 단순히 부정적인 정치현실뿐만 아니라 당시 사회의 복합적이면서도 총체적인 문제점과 모순, 불합리함을 드러내는 것으로 볼 수 있다.

151 이재선은 유년이 만화경으로 비유되고 있는 반면에, 죽음이나 죽음의 기억은 동경과 연결되어 나타나고 있다고 보면서 「동경」은 유리 거울과 구리 거울의 상상력이 통합된 작품이라고 한다. 또한 유리 거울과 구리 거울의 빛 반사와 조응에 의해서 어둠과 망각에 싸였던 시간과 의식이 투시될 뿐 아니라, 틈니로 표상되는 현실이 반사되고 있다고 본다. 빛과 거울의 투영법을 이용해서 단절의 시간의 원근을 잇는 현상의 그물을 짜고 있는 것이 「동경」의 특징이라고 분석한다. 이재선, 앞의 책, 94~96쪽

2) '하지'의 상징성과 욕망의 갈등

『바람의 넋』에 와서 오정희는 평범한 부부를 등장인물로 하여 부부간의 갈등과 인생의 의미에 대해 탐구하기 시작한다. 주인공의 의식의 흐름으로 전개되던 서사는 인물들 간의 대화와 갈등 양상을 통해 구체화되고 그들의 삶은 평범한 일상의 모습과 많이 닮아 있다. 이때 작중인물들이 느끼는 권태로움, 무기력증, 초조함 등은 부부 사이의 뚜렷한 갈등과 대립에 그 원인이 있다기보다는 중년의 나이에 새롭게 느끼는 삶에 대한 자각과 회의 때문이다.

본 장에서 다루게 될 「하지」「전갈」「새벽별」은 사회현실에 대한 두드러진 묘사나 특별한 사건을 다루기보다는 작중인물이 겪는 갈등과 권태, 자아와 세계 간의 갈등과 대립, 욕망의 문제를 보여준다. 이때 특징적인 것은 주인공의 내면의식을 구체화하는 매개적인 인물이 등장한다는 점이다.

「夏至」[152]는 중년여성인 혜순을 내세워 부부간의 권태와 갈등, 개인의 억압된 욕망의 문제를 다루고 있다. 이 작품은 1차선 국도에 갇혀서 꼼짝도 할 수 없는 작중상황과 혜순과 그가 나누는 대화를 통하여 작중인물의 내면의식을 형상화한다. 대부분의 평자는 중년여성을 작중화자로 내세우는 작품을 여성인물의 삶의 문제로만 한정시키고 있다. 하지만 작가는 단순히 여성의 삶을 다루기보다는 남녀의 구분을 넘어서는 삶의 문제와 인생에 대한 성찰을 보여준다.

「하지」의 주인공인 혜순은 사십대 전후의 여성이다. 혜순은 일주

---

152 「하지」는 『월간조선』(1982. 10)에 발표됨.

일에 한 번씩 신문사에서 하는 교양강좌를 듣기 위해 서울로 향한다. 작중상황은 혜순이 교양수업을 듣고 집으로 돌아가는 길에 차가 1차선 도로에 갇혀 한 시간째 꼼짝도 하지 않는 상태이다. 혜순은 차 안에 갇혀서 불안과 초조, 극도의 긴장을 드러낸다. 최근 들어 남편과 혜순 사이에는 보이지 않는 균열과 틈이 생기고 이윽고 혜순은 자신의 인생에 대해서 다시 한번 생각하게 된다. 혜순이 고고학과 미래학이라는 교양강좌를 듣겠다고 했을 때 남편은 "아내의 때늦은 향학열이란, 꽃꽂이나 바가지 공예, 에어로빅 댄스나 수영 따위의 취미생활과 마찬가지이며 1주일에 한 번쯤 명분 서는 외출을 하겠노라는 선언"쯤으로 들었다. 하지만 혜순에게는 "인생에 대해서 생각"하게 되었기 때문에 선택한 절실하고 절박한 문제였다.

> 인생을 모르는 채 흘려버리고 있다는, 자신의 의지와는 무관하게 흘러가는 생을 속수무책으로 마냥 보고만 있다는 막연한 자각, 안타까움에서 비롯된 것일까. 옛날과 훗날에 대한 추측과 상상, 보잘것 없는 지식으로 완강히 닫힌 생의 열쇠를 풀어 보고자 하는 바람이었을까.[153]

인용문을 통해 알 수 있듯이 남편과의 균열과 부부생활에 대한 회의와 권태는 혜순으로 하여금 자신의 인생에 대해 생각하게 하는 계기를 만든다. 혜순은 인생에 대해 허무함과 허전함을 느끼는 중년의 위기에 빠진다. 또 한편으로는 지금과는 다른 삶에 대한 욕망과 갈망으로 갈등한다. 여기서 혜순이 고고학과 미래학을 선택한 것은 과거와 미래에 대한 통시적인 성찰을 통해 삶의 의미를 재정립하고자 함

153 오정희, 『바람의 넋』, 앞의 책, 75쪽.

이다. 즉, 혜순은 "인간을 발굴하는" 고고학과 미래학에 대한 공부를 통해, 그녀의 삶을 되돌아 보고 현재의 삶에 충실하며 삶에 대한 해답의 열쇠를 찾고자 하는 것이다.

차 안에서 혜순의 옆자리에 앉은 그는 혜순의 불안과 초조, 조바심의 이유를 밝히는 매개자의 역할을 할 뿐만 아니라 혜순의 내면을 비추는 거울과 같은 의미를 지닌다. 그는 13년 간의 군생활을 정리하고 얼마 전 전역하여 토건회사에 입사했다. 하지만 그곳은 파벌주의와 엘리트 중심의 조직사회이기 때문에 빽도 없고 학벌도 없는 그로서는 견디기 힘든 곳이다. 그는 조직에서 살아 남기 위해서 6시간의 통근시간을 감수해야 했고 하루에도 몇 번씩 화장실에 가서 울음을 삼켜야 했다. 그는 현실적 삶의 조건으로 인해 좌절하고 상처받는 전형적 인물에 해당한다고 볼 수 있다. 이러한 그는 "항상 체기처럼 얹혀 있는 말들을 배알아 버리고 싶은 미치광이 같은 욕망"에 사로잡힌 듯 혜순에게 수다를 떤다. 이것은 그가 당하고 있는 억압과 긴장, 억눌림과 주눅, 이로 인한 스트레스와 긴장을 역설적으로 드러낸다. 혜순은 차 안에 갇혀 자신의 분신과 같은 그의 이야기를 들으면서 내면의 "불안과 욕망"에 대해 고민한다.

한편 1차선 국도에 갇혀서 전진도 후진도 할 수 없는 작중상황은 종종 우리가 겪게 되는 생의 모습일 수 있다. 살다보면 예기치 못했던 시련과 위기에 맞닥뜨릴 때가 있고 이러지도 저러지도 못하는 위기의 상황이 오기 마련이다. 다리가 무너져서 더 이상 전진을 하지 못하고 다시 후진을 하고 구도로로 돌아가야 하는 지루한 여정은 때로는 삶의 고비나 위기가 왔을 때 계획했던 대로 가지 못하고 우회와 지연을 통해서 원하는 목적지에 다다르는 과정에 비유될 수 있다. 이것은 완전한 실패나 절망을 의미하지는 않는다. "뒤로 뒤로 움직이는 버스는 마치 거꾸로 돌리는 시계 바늘 같다고 혜순은 생각했다. 이대로 한없이 간다면 머나먼 옛날에 이를 수 있을까."에서 살펴볼 수 있듯이 오히려 자신의 삶을 천천히 되돌아보면서 현재와 미래의 시간을 정리할 수 있다. 여기서 "이대로 한없이 간다면 머나먼 옛날"에 이를 수 있을까라고 혜순은 스스로에게 묻고 있는데 '머나먼 옛날'이 의미하는 것은 남편과 화해롭고, 인생에 대한 투명한 욕망과 그리움, 성공에 대한 예감 등이 있었을 때이다. 다시 말해서 시간을 되돌려서 생에 대한 열정과 의지가 충만했던 때로 되돌아가고 싶은 욕망을 의미한다. 이러한 여정이야말로 위기가 왔을 때 파괴와 건설을 반복한다는 로마인의 삶의 지혜에 대한 실천이 아닐까 싶다. 또한 고고학과 미래학을 통해 혜순이 깨닫고자 했던 인생의 의미일 수도 있다.

혜순은 사내의 빈 자리에 놓인, 녹음기에 연결된 채로인 이어폰을 귀에 꽂았다. 모기처럼 앵앵거리는 소리가 귀의 얇은 떨림막을 통해 울렸다. 여기는 어디입니까. 따라 하세요. 아이나 나흐누 알안. 이 거리의 이름은 무엇입니까. 마쓰무 하닷 쇠리이…… 전혀 알아들을 수 없는 말들이, 이미 오래 전에 소멸된 고대의 방언처럼, 주술처럼 생경하게 흘러 나왔다.

하늘은 이제 한 귀퉁이만 허옇게 박명을 남긴 채 완전히 어두워졌다. 어쩌면 시드는 꽃의 향기 한 줌, 잔양으로 남아 떠돌며 하냥 히끄무레 빛날지도 모를 일이었다.[154]

테이프에서 나오는 "여기는 어디입니까." "이 거리의 이름은 무엇

154 오정희, 『바람의 넋』, 위의 책, 85쪽.

입니까."라는 질문을 "전혀 알아들을 수 없는 말"로 혜순이 인식하는 것은 그와 혜순이 경험하는 현재적 삶의 절망감과 실패감을 의미한다. 또한 "시드는 꽃의 향기"는 혜순이 인식하는 초라하고 남루한 자기 자신의 모습이며 "잔양으로 남아 하냥 히끄무레 빛날지도 모를 일"이라는 것은 미래의 삶에 대한 두려움과 실패에 대한 불안을 나타낸다. 한편 그는 간질발작의 징후 때문에 차에서 내렸다가 다시 오르지 못함으로써 끝내 사회적 긴장감과 구속으로 인해 삶에서 낙오된다. 마치 그는 동화 '날아다니는 가방' 속의 주인공처럼 인생에 큰 행운을 가져다 줄 마지막 순간에 모든 것을 놓쳐 버리는 불운한 사내가 되는 것이다. 그는 이라크 파견근무를 인생의 새로운 기회로 여겼지만 버스에 끝내 오르지 못함으로써 좌절과 실패를 드러낸다.

작품의 제목이면서 시간적 배경이 되는 '하지'는 중년의 삶을 표상한다.[155] 구체적으로 중년의 위기감, 절망감, 실패감, 초조함뿐만 아니라 그렇기 때문에 더욱더 간절할 수밖에 없는 생에 대한 의지와 욕망 등을 나타낸다. '하지'는 일년 중에 낮이 제일 긴 날이다. 하지가 지나고 나면 일년은 어떤 의미에서 저물어가기 시작한다고 볼 수 있다. 이처럼 '하지'는 인생의 곡선에서 중년이라는 시간에 비유될 수 있다. 중년의 삶이라는 것이 경제적 안정과 사회적 지위, 가정의 안정 등 겉으로 드러나는 모습은 인생의 정점을 찍은 듯 화려하고 견

---

155 '하지'는 일 년 중 해가 가장 긴 날로, 오정희 소설의 인물들에겐 일상의 무게가 가장 무겁게 그리고 오랜 시간 동안 짓누르는 하루를 의미한다. 그것은 벗어날 수 없는 일상의 현실과 그 속에서 점점 커지는 일탈의 꿈을 강하게 확인하게 하는 날이다. 그리고 어쩌면 그런 꿈과 좌절 사이를 오가는 오정희의 인물들에겐 모든 날들이 '하지'일 수도 있을 것이다.
황도경, 「어긋나는 말, 혹은 감추어진 말」, 앞의 글, 81쪽.

고하지만 이제 남은 것은 기울어가는 시간을 무력하게 지켜볼 수밖에 없는 것이다. 특히 혜순이 차 안에 갇혀 있는 시간은 해질 무렵, 정확하게 저녁 8시 무렵부터 한 시간 가량이다. 이 시간은 "줄곧 중천에 머무는 듯 강하고 뜨겁던 햇발은 이미 희미한 조락의 기미를 엿보이며 풀기 없이 엷어져 가고 있"는 시간이다. 이것은 현재 혜순이 서 있는 인생의 시간이라고 볼 수 있다.

「전갈」[156]은 결혼 10년째를 맞은 중년부부의 위기와 삶에 대한 욕망을 형상화하고 있다. 전갈 이미지를 통해 작중인물이 지니고 있는 욕망의 성격을 구체화한다.

작중화자인 '그 여자'는 1년 간의 해외근무를 마치고 돌아오는 남편을 위해 풋사과를 사고 집안 대청소를 하면서 분주한 시간을 보낸다. 하지만 그 이면에는 초조와 불안, 안타까움을 숨기지 못한다. 그 여자는 바람이 몹시 부는 저녁인데도 아이들을 데리고 저녁 산책을 나서면서 "겨울이 오기 전 햇빛을 많이 쬐어 두어야만 해. 겨울은 어둡고 길단다."라고 말한다. 그 여자의 말은 남편이 돌아온 후 다시 반복될 시간에 대한 두려움과 긴장을 간접적으로 나타낸다.

그 여자는 남편과 뚜렷한 갈등이 있거나 부부관계에 문제가 있는 것은 아니다. "마흔 살이란, 자기의 시절이 지나고 있다는 초조감과 함께 인생이 그에게 새로운 계기와 자극을 요구하는 나이였지만 또한 무엇을 새로이 시작하기에는 늦은 나이라는 것을 알고 있었다." 에서도 살펴볼 수 있듯이 그 여자는 자신의 시절이 다 끝나가고 있다는 중년의 위기의식과 내면에 잠재되어 있는 변화에 대한 욕망과 갈

156 「전갈」은 『문학사상』(1983. 1)에 발표됨.

증에 목말라하고 있는 것이다. 이러한 변화에 대한 욕구는 남편에게도 예외는 아니다. 아프리카로 떠나는 남편도 그곳의 순수한 생명력과 때묻지 않은 야생에 대한 동경을 지니고 있음을 알 수 있다.

한편 남편이 떠나는 날 그의 방에서 발견된 '전갈'은 그 여자와 남편의 숨겨진 욕망을 표상한다. 그 여자는 전갈에 대해 강렬한 끌림의 동일시와 거부와 두려움이라는 이중적인 모습을 보인다. 이것은 지루하고 권태롭고 무기력한 일상과는 다른 삶에 대한 욕구를 지니면서도 또 한편으로는 지금까지 지켜온 삶의 질서나 안정, 견고함을 깨뜨리는 것에 대한 두려움 때문이다.

한편 바이올린 켜는 사내는 그 여자의 분신과 같은 존재이다. 사내는 현재 술집에서 취객을 상대로 바이올린을 켜고 있으나 한때는 바이올린 연주자로서의 삶을 꿈꿨었다. 이와 같이 현실적인 삶의 문제 때문에 꿈을 접어야 했지만 그 내면에는 숨길 수 없는 욕망을 지니고 있는 사내는 그 여자의 내면을 드러내는 매개자 역할을 한다. 한편 사내는 생활고 때문에 아내와 다툰 후 잠귀가 어두운 아내를 깨우지 못하고 베란다를 통해 집으로 들어오려다가 추락사한다. 여기서 아내와의 소통의 단절은 사내가 겪는 현실의 벽과 좌절을 나타내는 것이라고 볼 수 있다. 또한 사내의 죽음은 세상의 비정함과 냉혹함, 견고함을 드러내면서 동시에 인간의 순수한 욕망이 현실과 타협하며 숨죽이며 살아야 하는 생존의 현장에서 얼마나 부질없고 무의미한 것인지를 여실히 보여준다.

그리고 사내를 향해 연민과 동일시의 감정을 느끼던 그 여자는 결국 사내의 죽음을 통해 현실적 삶의 공간에서 꿈과 그리움, 열정, 욕망 등을 이룬다는 것이 얼마나 요원한 일인가를 확인하게 된다. 사내가 죽던 날, 그 여자는 "먼지와 머리칼 따위를 풀솜처럼 뒤집어쓰고" "이미 오래 전에 죽은" 전갈을 발견한다. 여기서 죽어버린 전갈은 그 여자의 욕망과 열정의 좌절과 실패를 의미한다. 또한 전갈을 뒤덮고 있는 먼지와 머리칼은 그 여자의 삶을 무기력하게 만드는 권태로운 현실을 표상한다. 전갈이 지닌 독성마저도 무기력하게 만드는 지루하고 반복적이고 무기력하고 권태로운 일상의 파괴력을 실감하게 된다. 이처럼 그 여자의 분신과 같았던 사내와 욕망을 상징하는 전갈의 죽음이 겹쳐지면서 그 비극성은 더해진다. 하지만 그 여자가 "모든 것이 잘 될 것"이라 스스로를 위로하면서도 끝내 전갈의 자취를 찾으려 하는 것은 살아 있는 동안 길들여지지 않을, 지금과는 다른 삶에 대한 욕망과 환상에 대한 유혹과 그리움을 나타낸다.

「새벽별」[157]은 어린 시절 소풍이나 운동회 전날 새벽별을 확인하고야 안심을 하던 것처럼, 중년의 작중인물이 현실적 삶의 요건과 한계로 좌절하고 실패하지만 그 내면에는 새벽별이 표상하는 삶에 대한 동경과 욕망을 간직하고 있는 모습을 형상화한다.

「새벽별」에는 대학 때 학보사 동료였던 다섯 명의 등장인물이 나온다. 어려운 시절에 대학을 다닌 이들은 각각의 상황과 형편은 다르지만 젊음과 청춘, 꿈과 이상이라는 포부가 있었다. 졸업 후 십오 년 만에 다시 만난 이들은 늦은 새벽까지 회포를 풀면서 지난 추억을 회상하지만 결국 남는 것은 현재의 삶에 대한 좌절감과 낭패감, 서로를 통해서 확인하게 되는 쓸쓸한 중년의 모습일 뿐이다.

3인칭으로 서술되는 이 작품은 등장인물 다섯 명에게 고르게 초점

157 「새벽별」은 『학원』(1984. 5)에 발표됨.

을 맞추고 있다. 이들은 좌절하고 절망한 초라하다면 초라하다고 할 수 있는 중년의 삶을 살고 있다. 오정희는 남성보다는 여성인물에 초점을 맞추어 작품을 많이 쓰고 있다. 하지만 「새벽별」은 작중인물 모두에게 고르게 초점을 맞추면서 다른 작품에서 간단한 언급 정도로만 지나쳤던, 남성이 겪는 중년의 문제도 함께 다루고 있다. 이런 점에서 「새벽별」은 오정희가 중년여성의 삶에만 관심을 보인다는 일부의 논의를 재고할 수 있는 작품이라고 할 수 있다. 물론 「새벽별」 한 작품만으로 오정희 작품세계의 전반에 대해서 이야기할 수는 없겠지만 인간의 보편적 삶에 대한 작가의 관심과 애정을 이해하는 기회가 되리라고 본다.

작품의 화자인 정애는 전형적인 전업주부이다. 중년의 나이가 된 지금에 와서야 정애는 자신이 풍랑이 이는 바다에 비유되는 인생을 홀로 헤쳐 나갈 자신이 없어서 일찌감치 남편의 힘에 의지해서 피신해 버린 것이 아닐까라는 회의를 한다.

정애에게 늘 동경의 대상이었던 경해는 현재 여성지 기자로 일하고 있고 독신녀이다. 경해는 이웃집 여자와 동성애 관계를 맺고 있다. 이것은 남성중심의 사회에서 여성이 느끼는 남성에 대한 환멸이나 부정적인 이미지가 결국 동성애라는 왜곡된 애정관계를 형성하게 한 것으로 볼 수 있다. 또한 동성애 상대와 살림을 합치지 않는 이유에 대해서 "시작도 하기 전에 끝을 보아 버린 느낌"이라는 것은 중년의 나이에 이미 깨달아버린 삶에 대한 허무주의와 냉소주의가 짙게 배어 있다.

남성인물인 인수와 문일, 희서도 젊은 시절 꿈꾸었던 삶의 모습과는 전혀 다르게 살아가고 있다. 그때 그들이 간직했던 삶에 대한 무모할 만큼의 열정과 도전, 의욕과 욕망, 환상은 사라지고 그 자리에는 적당히 속물적이고 초라하게 변모한 중년의 모습이 있을 뿐이다. 시인을 꿈꾸던 인수는 결혼도 하지 못한 채 동가식서가숙하면서 남루한 삶을 산다. 또한 의사가 되기를 강요하면서 등록금마저 주지 않던 아버지의 뜻을 꺾고 시인이 되기를 원했던 문일은 "술 먹는 게 일"인 영업맨이 되어 "중년의 바람둥이"처럼 보인다. 한편 희서의 아내는 경제적 안정을 이유로 세 번이나 유산을 했고 이것이 문제가 되어 자궁암 수술을 받았다. 다시는 아이를 낳을 수 없는 아내의 절망감과 희서의 좌절과 실패감이 형상화되어 나타난다.

> 새벽별 같은 보배. 유년 주일 학교 시절이었던가, 처음으로 그 노래를 불렀을 때는 정말 맑고 환한 별 하나가 가슴에 내려앉는 것 같았었다. 그런데 그것은 어느 결에 차고 녹슨 파편 조각으로 가슴 깊이 박혀 있을 뿐이다. 전에는 사는 일이 두려움뿐이더니 이제는 부끄러움뿐이다.[158]

어느덧 중년이 된 작중인물이 느끼는 삶에 대한 허무와 좌절, 냉소주의와 절망감은 빛이 바랜 새벽별 즉, '차고 녹슨 파편 조각'에 비유된다. 보배처럼 빛나던 새벽별이 이제는 '차고 녹슨 파편'처럼 무뎌지고 망가졌지만 그 빛에 대한 향수와 동경만은 잊을 수 없다. 또한 두려움뿐이었던 현실이 부끄러움으로 변해간 것은 무모하지만 용기, 패기, 열정이 있던 젊은 시절에 대한 아련한 향수와 함께 현재의 삶에 대한 자괴감과 회한을 나타낸다.

「새벽별」은 중년의 위기의식을 다양한 인물을 통해 형상화하면서

---

158 오정희, 『바람의 넋』, 앞의 책, 158쪽.

그럼에도 불구하고 여전히 포기할 수 없는 삶에 대한 동경과 욕망을 묘파한다. 정애가 집에 돌아와서 초인종을 눌렀을 때 귀가 멀어 어떤 소리도 듣지 못하는 어머니는 더 큰 나락 속으로 추락할 수밖에 없는 인생의 절망을 표상한다. 하지만 끊임없이 초인종을 누르는 정애처럼, 등장인물들은 중년의 한복판에서 힘겨운 삶을 살지만 결코 지울 수 없는 새벽별에 대한 동경과 선망, 그리움을 여전히 간직하고 있다고 할 수 있다. 어쩌면 그 빛이 희미해지고 있기 때문에 선명하고 환한 빛을 보기 위한 욕망과 갈망, 그리움은 더욱 클 수밖에 없다.

오정희는 「하지」 「전갈」 「새벽별」을 통해서 중년여성의 문제뿐 아니라 남녀의 구분을 뛰어넘는 인간의 보편적 삶의 문제 즉, 중년의 문제를 다루고 있다. 또한 세 작품을 통해서 오정희는 삶을 향한 어떤 환상과 가식, 감상벽도 없이 오로지 생에 대한 냉철한 감각과 시선을 유지하고 있다.

3) 폭력적 현실과 '순례자'의 길

중앙일보에 석 달간 연재한 「바람의 넋」[159]은 단편작품 위주의 창작활동을 하는 오정희가 처음으로 쓴 중편소설이다. 「바람의 넋」은 전쟁의 공포, 남성중심사회의 폭력성, 이 모든 것을 아우르는 자아와 세계간의 갈등과 대립 속에서 자아의 정체성을 찾아가는 과정을 보여준다.

159 「바람의 넋」은 『중앙일보』(1982. 4~6)에 발표됨.

「바람의 넋」은 표면적으로 부부간의 갈등을 작품의 주요 서사로 설정하면서 주인공 은수가 진정한 자아를 발견하고 정체성을 찾아가는 과정을 역추적하고 있는 작품이다. 일부 평자[160]는 「바람의 넋」을 여성주의 시각으로 분석하면서 작품의 의미를 남편 세중과 은수와의 갈등으로 요약하고 그 근원적 이유를 전쟁으로 인한 은수의 트라우마에 의한 것이라고 분석한다.[161] 하지만 이러한 부분적인 논의보다는 은수를 둘러싼 폭력적 현실의 양상을 살피며 그 의미를 구체화하는 것이 작품의 의미를 총체적으로 해명하는 데 기여할 것이라고 본다.

주인공 은수는 어린시절 자신의 부모가 친부모가 아니라는 사실을 알게 된 후 "이집은 내 집이 아니라는 느낌"에 사로잡힌다. 그래서 결혼을 통해 바람처럼 떠돌던 삶을 정리하고 온전한 자신의 집을 가지고 정착하고 싶었다. 하지만 은수의 절실하고 절박한 생각과 달리 남편 세중에게 결혼은 '구색맞추기' 이며 '살림해주고 애를 낳아주는' 마치 '부리는 사람' 을 구하는 것과 같은 것이었다. 은수는 결혼을 통해 존재론적 불안이나 고아의식을 극복하고 새로운 안식처를 꿈꾸었지만 이는 결혼 6개월 만에 이루어진 은수의 가출로 어긋난다.

은수의 가출은 언제나 "자신도 모를, 이성적으로 제어할 수 없는 힘에 이끌려 집을 나선 후에 문득 돌아보면 낯선 장소에 자신이 와 있음"을 알게 되는 것이었다. 은수는 아들 승일을 자신의 인생에 '완전한 닻' 이라 믿을 만큼 강한 모성을 가지고 있지만 "그러나 이상한

160 김영미 · 김은하, 앞의 글.

161 이재선, 「재난과 트로마의 시학」, 『소설과 사상』, 1998. 가을.

일이었다. 무심히 나선 걸음이 집에서 멀어질수록 마치 한없이 풀리는 연줄처럼, 바닥모를 깊이로 소리없이 떨어져내리는 추처럼 점차 무게 없이 가볍게 등을 밀어내는 것이었다."에서 살펴볼 수 있듯이 은수에게 가출은 불가항력적인 것이었다. 이는 대부분의 평자가 동의하고 있듯이 이기적이고 폭력적인 남편 세중과의 결혼생활이 은수에게 '완전한 닻' 이 될 수 없음을 보여준다.

은수는 친정집으로 가던 중 봄볕이 좋아 우연히 오른 산에서 '예비군복' 을 입은 세 남자로부터 강간을 당한다. 이때 은수는 비참한 경험을 하면서 마침내 기억의 심연에 가라앉아 있던 "햇볕 속에 놓여진 작은 검정 고무신"을 떠올린다. 은수가 끔찍한 경험을 하면서 "햇볕 속에 놓여진 작은 검정 고무신"이라는 과거의 기억을 찾을 수 있는 단서를 떠올릴 수 있었던 것은 무엇 때문일까. 그것은 강간의 무게와 자신의 눈 앞에서 가족의 몰살 현장을 지켜봐야 했던 고통의 무게가 같기 때문으로 짐작할 수 있다. 은수가 당하는 강간을 정체성을 찾기 위한 통과의례의 과정으로 분석하는 김경수[162]의 논의는 설득력이 있다. 하지만 강간이 가지고 있는 폭력적인 의미는 간과되어서는 안 된다. 공교롭게도 은수가 세 남자로부터 끔찍한 일을 당하던 날, 세중은 '오랫동안 준비한 일' 을 치르듯 은수를 내쫓았다. 세중은 "집 한 채를 헐었다. 흉가더군."이라는 지극히 사무적이고 이성적인 말로 은수와의 관계를 정리한다. 이처럼 남편의 일방적인 이별 통보와 세 남자로부터의 강간 그리고 은수가 어린시절 전쟁 중에 겪은 가족의 죽음 등 폭력적인 상황이 겹쳐지면서 은수를 둘러싼 현실의 실

162 김경수, 「여성 성장소설의 제의적 국면」, 앞의 글.

체가 드러난다.

은수는 전쟁고아이다. 다섯 살 때 쌍둥이 동생과 함께 개미[163)]를 잡으며 놀다가 식량을 빼앗으러 침입한 남자들에 의해 가족은 모두 죽음을 당했고 화장실에 숨어 있던 은수만 살아남았다. 은수의 기억 속에 남아 있는 '검정 고무신'은 개미를 잡아서 넣기 위해 동생이 벗어둔 것이다. 여기서 개미는 삶의 허무, 죽음, 덧없음, 전쟁의 폭력성 등을 표상한다고 볼 수 있다.

한편 가족의 죽음을 목격하고 포격으로 무너진 거리를 걸어서 양부모의 집에 도착했을 때 은수도 신발을 잃어버린 채 맨발이었다. 여기서 신발을 잃어버렸다는 것은 자아, 본질, 정체성의 상실을 의미한다. 살펴본 바와 같이 은수는 전쟁이라는 폭력적이고 비인간적인 경험을 통해서 그녀 자신을 잃어버린 것이다. 결국 은수는 '검정 고무신'이 표상하는 본질적인 자아와 정체성을 잃었기 때문에 '바람의 넋'처럼 떠도는 삶을 산 것이라고 볼 수 있다.

하지만 은수의 모든 상처와 방황의 원인을 전쟁의 잔인함과 폭력성, 비참한 기억으로만 환원시킬 수는 없다. 이는 현재적인 의미를 지닌다. 전쟁의 상처, 남편의 이기심과 가부장적인 권위 그리고 강간은 은수를 둘러싼 비인간적이고 파괴적이고 폭력적인 현실이라는 공통점을 지닌다. 은수는 어린시절 자신의 부모가 친부모가 아닌 것을 알면서도 그 비밀을 확인하는 것을 두려워하고 지연시켰다. 또한 은수는 너무 먼 길을 돌아오면서 말할 수 없을 만큼의 시련과 고통을

---

163 개미는 미미한 존재, 삶의 덧없음, 고독, 죽음, 정지, 적막을 상징한다. 이승훈, 앞의 책, 26쪽.

겪었다. 하지만 이제 '검정 고무신'이 표상하는 본질적인 자아와 정체성을 확인함으로써 그녀의 삶의 주인이 되어 세상과 맞서게 된다. "오라, 나의 어린 넋이여, 바람 되어 떠도는 넋이여, 하염없는 그리움 잠재우고 이제는 돌아오라."는 은수의 절규도 어떤 시련과 절망 속에서도 당당히 맞서며 그녀의 삶을 살겠다는 의지의 표현으로 볼 수 있다.

> 깜깜한 길 모퉁이를 돌아서면 아, 불현듯 햇볕 쨍쨍하게 밝은 대낮이고, 낯익은 거리의 끝에서부터 조그만 계집애 하나가 걸어오고 있다. 어느 먼길로부터 오는 것일까. 신은 어디에 벗어둔 걸까. 한발짝씩 타박타박 내딛는 것은 바알간 맨발이다.
>
> 알아볼 수 없이 무너진 거리, 전쟁의 포격으로 인적 하나 없이 텅 비고 죽어 버린 거리를 아이는 무심한 얼굴로 걷는다. 아이는 걷다가 가끔 무언가 뒤를 끌어당기는 것, 안타깝게 부르는 소리를 들은 듯 뒤돌아보지만 역시 아무도 없다. 아이는 자기가 가야 할 곳을 알지 못하는 것처럼 떠나온 곳도 기억하지 못한다. 다만 가냘픈 생명 속에 깃들인 무서운 본능이 이끄는 대로, 끊일 듯 끊일 듯 한 가닥 희미하게 남아 있는 기억의 끈을 찾아 한 걸음씩 옮겨놓는 것이다. 하얗고 뜨겁게 내리쬐는 햇볕 아래 줄곧 땀이 흘러내리는데도 자꾸만 춥다는 느낌이 드는 이유를 아이는 알지 못한다. 다만 길을 자꾸자꾸 걷노라면 기억의 끝머리쯤에서 작은 목조 이층집이 나타나더랬다는 것을 알고 있을 뿐이다. 사람들이 돌아오지 않은 빈집의 무성히 자란 잡초 속에서 날아오는 흰나비 한 마리 팔랑이며 앞서 날고 아이는 그것을 잡으려는 손짓으로 두 팔을 내젓다가 다시 걷는다.
>
> 오라, 나의 넋이며, 바람되어 떠도는 넋이여, 하염없는 그리움 잠재우고 이제는 돌아오라.[164]

위의 인용문에서 다섯 살 꼬마아이인 은수가 포격으로 모든 것이

164 오정희, 『바람의 넋』, 앞의 책, 275쪽.

무너진 거리를 '흰나비 한 마리의 팔랑거림' 을 좇으며 '목조 이층집' 을 찾아가는 것은 우리 인생의 한 모습이 아닐까 싶다. 이와 같이 인생은 폭력적이고도 잔인한 현실 속에서도 사라질 듯 다시 나타나는 희망과 환상을 좇아 걷는 길일 것이다. 또한 이것은 작가 오정희가 파악하고 있는 인생의 한 부분으로, 절망한 듯 보이지만 또 거기에는 작지만 희망의 불씨가 있어 그것을 보며 절뚝거리며 걸어가게 되는, 이해할 수 없는 아이러니와 비극의 연속이 바로 우리들의 삶인 것이다.

「바람의 넋」은 폭력적이고 잔인한 현실 속에서 자신의 자아와 정체성을 찾기 위해 생의 가장 본질적인 물음에 답하는 작품이다. 또한 폭력적이고 훼손된 현실 속에서 진정한 자아를 찾아가는 길이 얼마나 요원한 길인가를 보여주는 삶에 대한 성찰이 돋보이는 작품이다.

「집」[165]은 작중화자인 명화 부부가 '볕이 잘 드는 남향집' 을 한 채 가지기까지의 애환과 고충을 형상화하고 있다. 또한 이를 통해서 산업화 사회에서 '집' 의 의미를 다시 한번 생각하게 하는 작품이다.

고전적인 의미에서의 집[166]은 지친 심신을 달래주는 안식처와 같은 곳이었다. 하지만 우리 사회가 도시화 · 산업화되면서 집의 의미는 변모하였다. 집은 우리에게 거주개념이 아닌 소유개념으로 바뀌고 물질적 가치의 척도가 되었다. 또한 인간을 위한 집이 아니라 오

165 「집」은 『소설문학』(1982. 10)에 발표됨.

166 현대의 유명한 건축가 르 코르뷔지에의 정의에 따르면, 집이란 '거주하는 기계' 에 불과하다. 따라서 그것은 산업 사회에서 대량 생산되는 수많은 기계 중 하나에 지나지 않는다. 현대의 이상적인 집이란 무엇보다 기능적이어야 한다. 즉 집은 인간에게 노동과 그 노동을 보장하기 위한 휴식을 주어야 한다.
미르치아 엘리아데, 이은봉 옮김, 『성(聖)과 속(俗)』, 앞의 책, 76쪽.

히려 집을 한 채 마련하기 위해 인간이 많은 시간을 감내하고 고통을 참아야 하는 가치전도의 심각한 부작용까지 만들었다. 특히 「집」이 발표된 1982년도는 우리 사회에 도시화와 개발화가 한참 진행되면서 도시 곳곳이 개발되고 집에 대한 투기열풍까지 불기 시작한 때이다. 그러한 사회 분위기 속에서 집은 본래의 의미를 잃고 투기의 대상이나 재산증식의 소득원으로 변질되었다.

명화는 어린시절 집이 가난해서 소금 한 가지만 놓고 밥을 먹어도 그것이 오히려 '마지막 힘, 도덕적 보루'는 됐을지언정 이것이 자존심이나 정신마저도 남루하고 초라하게 만들지는 않았다. 그것은 물질보다는 정신적 가치와 자존심과 신념과 사상을 지키며 살 수 있으리라는 믿음 때문이었다. 하지만 명화는 산업화 사회에서 집을 마련하기 위해 육체적 · 정신적으로 피폐해지면서 '마지막 힘'인 '도덕적 보루'마저 깨진 듯한 느낌을 받는다. 또한 집이 소유와 투기의 대상으로 변질되면서, 그 틈바구니에서 살아남기 위해 아둥바둥 살아야 했던 시간에 대해 회한의 감정을 느낀다. "집이 없으면 사상도 신념도 흔들리"니 어렵더라고 집을 먼저 구입하라는 누군가의 조언처럼 각박하고 삭막한 물질만능주의, 인간과 물질의 전도된 가치관의 시대에 살고 있는 명화 부부도 어쩔 수 없이 소중한 것을 잃어버리고 살게 된다. 이는 곧 집이라는 물질적 가치 때문에 자신의 신념 즉, "뭔가 아주 소중한 것"을 잃어버렸다는 자각으로 나타난다.

한편 남편 정일은 유독 남향집에 집착한다. 이것은 집에 대한 경제논리나 소유논리보다는 집의 진정한 의미에 대한 정일 나름대로의 가치관의 표출이다. 곧 집에 살고 있는 사람들 간의 사랑, 따뜻한 애정, 유대감을 중요하게 생각하는 것이다. 특히 새로 장만한 집에서 첫날밤을 보낸 후 "이제 한십 년, 이사 같은 건 생각지 말고 삽시다. 이사할 이유가 없잖아. 집도 정남향이고……"라는 말을 통해서도 명화 부부의 가치관과 물질만능주의 사회의 타락한 가치관을 대비적으로 보여준다.

결국 「집」은 산업화 사회에서 '집'의 의미를 성찰하게 한다. 「집」은 간결한 구성과 요약적인 장면 전개로 당대 우리 사회에서 '집'이 가지고 있는 문제의식과 심각한 사회문제를 보여주는 문제작이라고 할 수 있다.

「불망비」[167]는 일제시대 말기부터 해방 직후까지 1년 동안을 시간적 배경으로, 황해도 해령을 공간적 배경으로 한다. 불행한 역사를 살아가는 우리 민족의 애환과 슬픔, 거역할 수 없는 운명과 아이러니컬한 삶의 여정을 삼대에 이르는 가족의 서사를 통해 보여준다.

「불망비」는 해방 전후의 혼란스러운 시대상황을 아홉 살 현도의 눈에 비친 삼대의 가족사를 통해 형상화한다. 또한 아홉 살 현도가 민족의식에 눈뜨고 현실인식을 성취하게 되는 과정을 보여준다.

1세대에 해당하는 할아버지와 할머니는 일제시대라는 우리 민족의 불행한 역사를 체현한다. 배 일곱 척을 가진 선주인 할아버지는 홀어머니 밑에서 자라 자수성가했기 때문에 믿을 것은 돈과 자기 자신뿐이라는 생각을 지니고 있다. 남들은 전답을 늘려 재산을 불릴 때도 어수선하고 혼란스러운 시대에 믿을 것은 돈뿐이라며 고리업을 하였다. 하지만 치부책을 할아버지만 아는 암호로 기록해 두어서 할

167 「불망비」는 『문예중앙』(1983. 여름)에 발표됨. 또한 네 번째 작품집인 『불꽃놀이』에 수록되었지만 창작시기상 『바람의 넋』에 해당되기 때문에 이 부분에서 다룬다.

아버지가 죽었을 때 돈을 하나도 회수하지 못했다. 자신만의 암호로 채워 놓은 할아버지의 치부책은 어느 누구도 믿을 수 없는 시대적 불행과 비극적 상황을 반영한다. 뜨거운 여름날 바다에 나갔다가 배 위에서 횡사함으로써 집 안으로 들어오지도 못하는 할아버지의 비참한 죽음은 비극적인 운명, 불행한 역사, 인간의 힘으로는 거역할 수 없는 운명의 소용돌이에 의해 희생당하는 아이러니를 보여준다. 또한 삶의 무상함, 허탈함 등을 보여준다. 왜냐하면 할아버지가 죽는 날 광복이 되면서 불행했던 한 시대가 가고 새로운 시대가 시작됨을 알리고 있기 때문이다.

할머니는 해방만 되면 좋은 세상이 올 것이라고 믿었지만 그후 신탁통치, 외국군의 주둔, 사람들 사이의 '복수욕과 살기'로 인해 그 혼란은 가중되었다. 이러한 혼란 속에서 할머니는 둘째아들에게 금비녀까지 내어주고 홧김에 빚쟁이들한테 돈을 받으러 갔다가 그 길로 쓰러져 일어나지 못한다. 할아버지의 죽음과 마찬가지로 할머니의 죽음 역시 비극적인 우리의 역사와 아픔을 운명적으로 드러낸다.

2세대인 아버지와 삼촌, 고모의 삶을 통해서 광복이 된 후에도 혼란스러운 시대상황과 사람들의 상처와 고통이 구체화된다. 해방 후 아버지는 지주들에 대한 집단 처형 등 달라진 사회 분위기 속에서 가장 많은 생명의 위협을 느낀다. 이런 상황에서 아버지는 가족을 지키기 위해 고향을 떠나야 하는 비극적인 선택을 한다.

삼촌은 가장 극명하게 시대적 불행을 드러내는 인물이다. 삼촌의 몰락 과정은 우리 민족의 역사적 불행과 이로 인한 악순환과 절망적 상황을 적나라하게 보여준다. 삼촌은 만성맹장염으로 알게 된 병원 조수를 통해서 몰핀을 맞는 것을 계기로 아편쟁이가 되었다. 또한 아편을 끊게 하기 위해 가족들에 의해 강제로 보내진 징용에서 히로시마 원폭을 맞고 온몸이 썩어 들어가는 고통을 겪고 있다. 이러한 삼촌은 고통을 이기지 못해 또다시 아편에 손을 대고 이제는 부모와 형제들로부터 버림받아 처절한 모습으로 목숨을 부지하고 있다. 삼촌의 비극은 한 개인의 문제가 아니라 비극적인 역사와 불행한 운명으로 인해 겪게 되는 시대적 · 역사적 아픔에 속한다. 한편 현도는 독립운동가가 온다는 말을 듣고 비석거리로 갔다가 그곳에서 삼촌을 보았다. 그 순간 독립운동가를 보리라는 기대와 열망은 "녹슨 쇠붙이" 처럼 빛을 잃고 대신 초라하고 비참하게 죽어가는 삼촌의 얼굴에서 '햇살'을 보았다. 이것은 삼촌의 얼굴에서 훌륭한 민족지사나 독립운동가보다 더 실감나는 역사의 산증인으로서의 면모를 보았기 때문이다. 비록 그 모습은 초라하고 불행하게 일그러져 있지만 삼촌은 우리의 불행했던 역사를 고스란히 보여주는 인물임을 알 수 있다. 마침내 현도 가족이 남쪽으로 넘어갈 때 뱃머리에 서서 "우리도 데리고 가요"라고 외치는 삼촌의 절규는 당시 우리 사회의 비극적 상황과 절망감을 극명하게 드러낸다.

그러나 그녀는 다시 돌아올 수 없음을 알았다. 바람기 따라 점점 거칠어 가는 물결이, 그네들을 고향으로부터 먼 바다로 밀어내고 있었다. 그것은 어쩌면 강한 거부의 몸짓 같기도 했다. 이제 조용히 아주 조용해져 그녀의 무릎 위에 누워 있는 아이는 겹겹의 안개와 어둠 속에 묻혀 보이지 않았다. 떠나온 곳으로 하염없는 눈길을 돌렸을 때, 그녀는 문득 아득히 멀리, 아직도 검바위 위에서 부르고 있는 시누이를 보았다. 아니 연둣빛 고운 처네 위로 솟아 있는, 등에 업힌 아이의 검고 무성한 머리털에 눈이 부셨다. 어느 청솔의 푸르름이 그 빛을 당하랴.

아, 아, 그녀는 옆구리를 누르며 낮게 신음했다. 뱃속의 아이가 발버둥을

쳤던 것이다. 낯선 땅에서, 첫여름에 태어날 아이였다.[168)]

고모와 삼촌을 버리고 남한으로 떠나는 길에 죽을 고비를 여러 번 넘기고 이제 안정기에 접어들었을 때 어머니는 고모의 등에 업힌 아이와 자신의 뱃속의 아이를 떠올린다. "어느 청솔의 푸르름이 그 빛을 당하랴."라든지 뱃속의 아이의 힘찬 발버둥은 결국 낯선 땅에 새롭게 뿌리 내리고 격동의 시대를 살게 될 아이들의 삶은 좀 더 긍정적이고 역동적이고 희망적이어야 함을 의미한다. 이는 비록 고향땅을 등지고 떠나야 하는 절망적 상황이지만 그럼에도 불구하고 새롭게 자라나는 아이들을 통해서 '청솔' 처럼 푸르고 '첫여름' 의 녹음처럼 우거질 미래의 시간들에 대한 염원인 것이다. 또한 시대적 절망으로 인한 비극적 운명의 끈을 끊고 자신들의 삶을 개척하고자 하는 의지의 표명일 수 있다.

「불망비」는 삼대에 걸쳐서 이어지는 이야기를 통해서 해방 전후의 약 1년 간의 시간을 배경으로 불행한 우리 민족의 삶을 형상화한다. 작중화자인 현도 가족의 다양한 삶의 모습을 통해 당시 우리 민족의 불행과 절망, 비극을 드러낸다. 「불망비」는 오정희가 많이 다루지 않은 일제시대와 해방기를 배경으로 한다는 점에서 차별화된 면을 지니고 있는 작품이다. 또한 우리민족의 비극적이고 불행했던 역사에 대한 작가적 관심을 엿볼 수 있는 작품이다.

「순례자의 노래」[169)]는 남성중심사회에서 사회적 약자일 수밖에

168 오정희, 『불꽃놀이』, 앞의 책, 237~238쪽.

169 「순례자의 노래」는 『문학사상』(1983. 10)에 발표됨.

없는 여성의 삶을 본격적으로 다루고 있다. 특히 성적인 문제에서 여성이 피해를 당할 수밖에 없는 사회의 왜곡된 인식과 편견의 문제를 집중적으로 보여준다.

인형 제작자인 혜자는 더운 여름날 작업을 위해 피워둔 불 때문에 속옷 차림으로 작업 중이었고, 그때 도둑이 침입했다. 혜자는 속옷 차림인 자신을 의식하면서 본능적으로 작업을 위해 준비해 둔 인두로 도둑을 공격했다. 그 일로 혜자는 '도둑'이 아닌 '남자'를 죽인 가해자가 되었고 사람들은 집요하게 무엇인가를 캐물었으며 남편마저도 '그 남자'가 '아는 사내'가 아니었는가를 캐묻곤 했다. 또한 혜자의 정당방위와 사건에 대한 진술은 끊임없이 왜곡되었고 "그녀가 속치마 바람이었고 사내가 흉기를 지니고 있지 않았다는 것이 끝내 석연치 않은 의혹"으로 남음으로써 혜자는 사회와 가족으로부터 소외되었다. 세상의 왜곡된 시선과 편견이 피해자인 혜자를 가해자로 몰아갔고 오히려 가해자인 도둑을 피해자로 만들어버린 셈이다.

> 백년 동안의 깊은 잠에서 깨어나지 못한 아름다운 공주, 그녀가 마지막으로 완성한 작품이었다. 의상을 입히고, 화려한 드레스의 주름을 펴기 위해 마지막 인두질을 할 때 그 사건이 일어났던 것이다. 떨리는 손으로 신문지를 벗겨내자 화관에 둘러싸인 풍성한 머리털을 자랑스럽게 흐트린 공주의 얼굴이 드러나고 몸체가 드러났다. 그리고 그녀는 화려한 의상의 곳곳에서 끊긴 사슬 토막처럼 금빛으로 반짝이는 좀벌레의 허물을 보았다.[170]

혜자가 마지막으로 작업한 인형을 2년만에 펼쳐 보는 장면이다.

170 오정희, 『바람의 넋』, 앞의 책, 110쪽.

작업의 마지막 과정인 인두질을 시작할 때 사건이 벌어졌고 아름다운 공주는 영원히 잠에서 깨어나지 못한 채 이제는 '좀벌레의 허물' 마저도 뒤집어썼다. 여기서 '좀벌레의 허물'을 뒤집어 쓰고 백년 동안의 깊은 잠에서 깨어나지 못하는 아름다운 공주는 혜자 자신을 표상한다고 볼 수 있다. 혜자는 지난 2년 동안 사람들이 그녀의 사건을 잊어주기를 바라며 나락과 같이 빠져드는 수면과 허기증으로 살을 찌우며 2년을 버텼다. 수면은 괴로움을 잊기 위한 현실 도피와 같은 것이고 허기증과 폭식증은 끊임없이 먹을 것을 찾는 정신적인 결핍감을 나타낸다. 또한 아무리 먹어도 채워지지 않는 허기증과 폭식증은 재기에 대한 욕구이며 삶에 대한 욕망을 역설적으로 나타낸다. 혜자는 시간이 흐르면 모든 것이 제자리로 다시 돌아올 것이라고 믿었다. 하지만 남편은 혜자가 병상에 있을 때 이혼을 종용하고 힘든 일이 있으면 언제든 도와주겠다고 해놓고서 단 한마디 말도 없이 아이들을 데리고 뉴욕지사로 떠나버렸다.

가족과 친구, 동업자로부터 즉, 세상으로부터 완전히 버림받고 혼자가 된 후 혜자는 "약속 위반"이라고 외친다. 이는 혜자가 믿었던 세상에 대한 배반감의 표현이다. 혜자는 적어도 세상이 진실을 규명하고, 약자의 편에 서주고, 정의가 서 있는 세상이기를 믿었다. 하지만 혜자는 진실로부터 등을 돌리는 세상을 향해 작은 소리로 막막함, 억울함, 외로움을 항변할 수 있을 뿐이다. 한편 혜자가 겪은 소경 여자와의 사건도 부정한 현실의 단면을 드러낸다. 혜자는 지하철에서 구걸을 하고 있는 소경 여자의 돈바구니를 실수로 찼을 때 최선을 다해 돈을 주워주고자 했다. 하지만 소경 여자는 눈을 동그랗게 뜨면서 오히려 혜자가 자신의 돈에 손을 댈까봐 신경질을 낸다. 이토록 세상은 진실은 감춰지고 진정성은 훼손되고 타락한 모순적인 상황으로 가득 차 있다.

> 몸의 곳곳에서 꽃처럼 피어나는 취기에 흔들리며 혜자는 걸었다. 무너진 돌틈에 숨은 언젠가 맺은 비밀의 약속, 사랑의 맹세를 찾듯 한 손으로 돌담을 쓸며 똑바로 앞을 보고 걸었다. 모두들 잊었다고, 어쩔 도리가 없지 않았느냐고 누군가 그녀의 귓전에 응응 속삭였다. 그녀가 달아오른 전기 인두를 들이대지 않았다 하더라도 결과는 지금보다 결코 나을 것이 없을 것이라고 속삭였다. 돌담길, 꿈에는 그리도 익숙하게 자주 가는 길, 길이 끝나는 곳에는 꿈깨인 쓸쓸한 현실이 있을 뿐이라고 어렴풋이 생각하면서도 혜자는 꽃처럼 피어나는 취기가 영원히 그 길을 이어 주리라는 기대로 더 깊은 어둠을 향해 한 걸음씩 옮겨놓았다.[171]

혜자가 쓸쓸하고 절망적인 현실이지만 그럼에도 불구하고 '더 깊은 어둠'을 향해 한 걸음씩 옮겨 놓는 것은 그녀의 삶을 똑바로 응시하면서 걸어가겠다는 의지의 표명으로 볼 수 있다. 타락한 사회에 굴하지 않고 '순례자의 노래'를 부르며 꿋꿋하게 살겠다는 의지의 표현이다. 혜자는 인생을 향한 꿈도 그리움도 짓밟혔지만 그녀 안에는 생을 향한 욕망과 의지가 여전히 숨쉬고 있음을 알 수 있다. 여기서 '순례자[172]의 노래'는 진정성이 훼손되고 타락한 사회에서 자신의

171 오정희, 『바람의 넋』, 위의 책, 120쪽.

172 순례자는 목적지가 있다는 점에서 목적지가 없는 방랑자와 대립되는 존재이다. 순례자의 목적지는 성스러운 세계, 낙원, 중심이고 기독교의 경우 성지(聖地)이다. 그러므로 순례자는 신성한 세계를 탐구하는 자이고 진정한 고향을 찾아가는 자이다. 요컨대 순례는 인간의 신성한 기원과 그 전락, 다시 신성한 영역에 회귀하려는 인간의 희망을 상징하고 순례 신화가 강조하는 것은 지상에 머무는 동안 인간은 나그네이며, 그의 발걸음은 삶의 전환을 상징한다는 것, 인간은 그의 기원에서 떠나 다시 그의 기원으로 돌아간다는 것이다. 기독교의 경우 순례가 특수한 가치를 띠는 것은 이렇게 인생을 순례로 보

길을 담담하게 걸어가는 혜자의 절망적이지만 꿋꿋한 삶의 모습을 표상한다.

한편 혜자가 겪은 성차별적인 억압과 구속은 오정희가 초기작부터 지속적으로 관심을 가진 부분이다. 이를 「순례자의 노래」에 와서 좀 더 심화시키고 있음을 알 수 있다. 「순례자의 노래」는 70년, 80년대에 여성의 성에만 차별적으로 가해지는 억압과 구속, 사회적 편견과 인식을 반영하고 있다.

권오룡은 오정희의 주인공들이 '무구한 아름다움과 사랑에 대한 근원적인 동경'[173]을 가지고 있다고 밝힌 바 있다. 모성에 대한 지향을 보여주는 「人魚」, 사랑에 대한 동경을 드러내는 「멀고 먼 저 북방에」[174] 등이 이에 해당하는 작품이다.

「人魚」[175]는 입양을 소재로 하여 중산층의 허위의식과 가식과 위선 등의 문제를 묘파한다. 순수하고 순진한 순영과 이기적이고 무책임한 어른들의 모습을 대비적으로 보여주면서 문제의식을 드러낸다. 또한 인간이 지닌 원초적인 모성에 대한 그리움과 동경을 보여준다.

작중화자인 '나'는 외과의사인 남편의 경제력과 내가 받은 교육의 혜택, 윤택한 생활에 대한 '막연한 채무감'으로 입양을 '정당하게' 받아들였다. 하지만 입양한 지 채 1년도 되지 않아서 "버려진 생명

는 견해 때문이다.

이승훈, 앞의 책, 353쪽.

173 권오룡, 앞의 글, 209쪽.

174 「멀고 먼 저 북방에」는 『주부생활』(1983)에 발표됨. 이 작품은 순수한 사랑에 대한 동경과 그리움을 다룬다. 하지만 끝내 사랑이 실현되지 못하고 환상이 될 수밖에 없는 현실적 삶의 한계에 대한 안타까움을 보여준다.

175 「인어」는 『소설문학』(1981. 12)에 발표됨.

을 거두고 있다는 은밀한 긍지, 믿고 있던 세상에 대한 선의, 가슴속에 있다고 생각해 온 사랑 따위"를 '짓밟히고 조소당하는' 느낌을 받는다.

한편 순영이 여행 장소로 정한 바다[176]는 순영이 생후 3개월 때 친부모로부터 버림받고 순영이를 키우는 마음에 '꿈'과 '희망'을 더 이상 갖지 않는 양부모로부터 버려지는 곳이다. 하지만 바다는 두 부모로부터 버림받은 순영이를 포용력 있게 품어준다. 이때 바다는 태초의 어머니, 원초적인 생명력, 어머니의 자궁과 같은 안식과 위로의 의미를 지닌다. 바다를 향한 순영의 동경은 어머니 자궁 속에 있을 때의 편안함, 근원적인 생명력에 대한 원초적인 그리움 때문으로 볼 수 있다.

제목인 '인어'는 안데르센의 동화 『인어공주』에서 모티프를 따온 것으로 볼 수 있다. 사랑하는 왕자를 위해 끝내 바다의 물거품으로 변해버리는 인어공주처럼 순영도 친부모와 양부모로부터 버려져서 바다의 물거품이 되어 사라질지도 모른다. 하지만 순수하고 착해서 차마 왕자를 찌르지 못하고 자신을 희생하는 인어공주처럼 자신을 버리려고 하는 가족에게 순수한 사랑과 애정을 간직하고 있는 순영을 인어에 비유하고 있다.

---

176 바다는 흔히 유동하는 물, 공기 같은 무형적인 존재와 대지 같은 유형적인 존재를 매개하는 이미지로 드러난다. 거대한 바다는 혼돈, 끝없는 운동, 생명의 원천을 상징하는 바 이는 생명의 원천이 물이고 바다가 원초의 물을 뜻하기 때문이다. 바다는 물의 상징이 그렇듯이 풍요와 다산을 상징하지만 동시에 죽음을 상징한다. 또한 바다는 죽음과 재생, 새 시대, 희망과 힘을 상징하기도 한다. 또한 어머니를 상징하는데 이때의 어머니는 우리가 태어난 곳, 궁극적인 장소를 의미한다.
이승훈, 앞의 책, 210~211쪽 참조.

「인어」는 이기적이고 무책임한 어른과 순수하고 순진한 순영을 대비시키면서 인간의 이기심, 생명경시 풍조를 비판한다. 또한 역설적으로 인간의 존엄성, 생명의 소중함 등을 강조하고 있다.

지금까지 오정희의 제3기의 문학에 해당하는 13편의 작품을 살펴보았다. 그 중에는 작품집 『바람에 넋』에 수록된 10편과 같은 시기에 발표된 3편이 포함되어 있다. 제3기에는 단편 위주의 작품활동을 해온 오정희가 처음으로 「바람의 넋」과 「불망비」 등 두 편의 중편을 발표하였다.

작가의 나이 삼십대 중후반에 창작한 제3기의 문학에는 제2기에서 주목하던 사회현실에 대한 폭넓은 관심이 이어진다. 「야회」 「밤비」 「동경」 「지금은 고요할 때」를 통해서는 알레고리 수법과 중층적인 서사구성을 통해 부정한 사회현실을 비판하고 있다. 또한 「하지」 「전갈」 「새벽별」을 통해서는 인생에서 중년의 의미를 본격적으로 성찰한다. 세 작품은 여성인물을 화자로 하고 있으나 단순히 여성의 삶만을 이야기하는 것은 아니다. 또한 대상작품은 부부를 대상으로 하거나 작중인물의 분신과 같은 매개인물을 둠으로써 좀 더 보편적인 중년의 의미를 다루고 있다. 단순히 오정희 문학이 여성의 이야기[177]라는 제한적인 평가는 오정희 문학의 의미를 축소시키는 문제를 지닌다고 본다. 한편 「바람의 넋」 「집」 「불망비」 「순례자의 노래」 「인어」 「멀고 먼 저 북방에」를 통해서는 다양한 현실 속에서 실패하고

177 오정희 작품 중 중년여성이 주인공으로 등장하기 시작한 「야회」부터 제3기 문학의 대부분의 작품에 대해서 기존의 평자들은 '중산층 여성의 정체성 찾기' 과정으로 보고 있다. 가부장제 사회가 규제하는 삶의 질서와 규범으로부터 벗어나기 위한 작중인물의 허무와 권태의식을 주제의식으로 분석하고 있다.

좌절하는 작중인물의 삶을 보여준다. 무엇보다 제3기 문학의 두드러진 특징은 부정적이고 모순적인 현실로 인해 작중인물의 삶은 좌절과 실패를 노정하지만 그 이면에는 분명히 달라지고자 하는 욕구와 새로운 삶에 대한 욕망을 지니고 있다는 점이다. 또한 모성, 정체성, 사랑 등 인간의 근원적인 향수와 동경 그리고 욕망이 다양하게 나타난다.

4. 허무주의의 극복과 생태적 상상력

제4기의 문학(1986~현재)은 작가가 40세 이후부터 현재까지 쓴 작품을 일컫는다. 이 시기의 작품으로는 「그림자 밟기」 「파로호」 「옛우물」 「불꽃놀이」 「저 언덕」 「구부러진 길 저쪽」 「얼굴」 「분극」[178] 「요셉씨의 가족」[179] 등이 있다.

이 시기 문학은 작가가 2년 간의 공백기를 가지고 난 후 새롭게 창작을 시작한 것이어서 더욱 의미가 깊다. 또한 작가는 1999년에 발표한 「얼굴」을 마지막으로 본격 소설은 발표하지 않고 있다.[180] 이 시기에는 그동안 단편위주의 창작활동에서 벗어나 중편작품을 많이 발

178 「分極」은 『예술계』(1987. 7)에 발표됨. 속물적이고 계산적인 작중인물들을 통해서 우리 사회에 만연해 있는 잘못된 결혼관과 애정관을 비판하면서 애정의 순수성을 지향하고 있는 작품이다.

179 「요셉씨의 가족」은 『샘이 깊은 물』(1992. 4)에 발표됨. 이 작품은 각박하고 삭막해지는 현실에서 가식 없이 순수한 삶에 대한 동경과 지향을 드러낸다.

180 작가는 최근 10년 동안 수필집, 민담집, 동화집, 짧은 소설집 등을 꾸준히 발표하고 있기는 하나 이것은 기존에 작가가 보여주었던 작품세계와는 다른 것들이어서 본격적인 창작활동으로 보기는 곤란하다.

표하고 있다.[181)]

제4기 문학에서 작가는 부정적 정치현실이나 사회상황에 주목한다. 또한 소극적이고 내면화되던 작중인물의 현실 대응의지가 적극적이고 실천적으로 나타난다는 점에서 그 전 시기 문학들과 차별화된 면모를 드러낸다. 제4기 문학의 대표작이라고 할 수 있는 「옛우물」은 초월적이고 생태적인 상상력을 통해 불모적이고 황폐한 현실을 극복하고자 하는 작가의식을 드러낸다.

1) 자기 부정과 정체성 찾기

「그림자 밟기」[182)]는 평범한 부부를 대상으로 소시민적 삶의 태도에 대한 비판적 성찰과 함께 삶의 진정성을 모색하고 있다. 하지만 이것이 내면의식의 자각이나 비감에만 그치고 있어 진정한 의미에서 진정성에 대한 접근이 이루어졌다고는 볼 수 없다. 「그림자 밟기」의 작중화자인 경옥이 느끼는 자괴감과 부끄러움은 부정적인 시대와 치열하게 부딪치며 살지 못하는 자기 부정과 환멸 때문이다. 여기서 경옥은 작가 오정희의 의식을 대변하는 분신과 같은 인물로 파악할 수 있다.

> 80년대에 이르러 작가로서의 저는 역사적 · 사회적 인식의 결여 또는 작품세계가 좁다는 비판을 받기도 했고, 저는 넓이가 부족하면 깊이를 갖추면

---

181 작가는 이 시기에 「옛우물」 「파로호」 「불꽃놀이」 「저 언덕」 「구부러진 길 저쪽」 등 중편 중심의 창작활동을 하였다.

182 「그림자 밟기」는 『문예중앙』(1987. 여름)에 발표됨.

된다거나 인간의 사고와 행동은 어쩔 수 없이 필연적으로 사회적 산물이라는 말로 저 자신을 변호하기도 했었지요.

많은 문인, 학자, 지식인들이 고초를 겪는 이 폭압적인 시대고의 한복판에서 너는 퇴폐적인 부르주의의 정서에 빠져 있고 음풍농월만을 하는가, 왜 독재를, 사회의 모순과 불평등을, 광주를 말하지 않는가, 직무 유기가 아닌가 하는 분위기가 팽배하던 시절이었습니다.

의식이 있는 사람이라면 누구라도 역사와 사회에 대해, 우리가 겪고 있는 시대의 고통에 대해 부채감을 느끼고 있었고, 무풍지대에서 마냥 마음까지 편하게 사는 것은 아니었지만 참여하지 않은 자에게는 반성의 몫도 없다라는 말도 아프게 가시가 되어 박혔지요.[183)]

인용문은 오정희의 시대적 고민을 엿볼 수 있는 부분이다. 작가는 행동하지 못하는 자신의 한계와 나약함을 경옥의 의식을 빌어 서술하고 있는 것이다. 그럼에도 불구하고 경옥이 사회적 신념과 의식을 가지고 살아가는 민수를 지지하고 긍정하는 것은 작가가 지향하는 바를 확인하게 한다. 결국 「그림자 밟기」는 인간의 허위성과 속물성을 극복하고 시대와 부딪치며 치열하게 살아가기를 바라는 작가의 소망이 유약하나마 형상화되고 있는 작품이라고 볼 수 있다. 또한 70, 80년대에 활발하게 창작활동을 하면서도 사회의식의 부재나 빈곤이라는 부정적인 평가로부터 자유로울 수 없었던 작가가 끊임없이 고민하고 갈등했던 문제가 표출된 것이라고 짐작할 수 있다.

「파로호」[184)]는 「그림자 밟기」와 비슷한 줄거리와 주제의식을 드러

---

183 위 글은 오정희 에세이 중의 한 부분을 인용한 것으로 작가의 시대적 고민을 엿볼 수 있는 부분이다.
오정희, 『작가와 함께 대화로 읽는 소설 「별사」』, 앞의 책, 139~140쪽.

184 「파로호」는 『문예중앙』(1989. 봄)에 발표됨.

내면서 좀 더 본격적으로 작가의 문제의식을 드러낼 뿐만 아니라 주인공의 의식변화와 실천적인 행동 면에서 진일보한 모습을 보이는 작품이다. 이 작품의 작중화자인 혜순은 4년 간의 미국생활을 정리하고 가족을 남긴 채 홀로 귀국했다. 혜순은 미국생활 중 잃어버린 자아 정체성을 찾고 현실적인 이유로 좌절되었던 소설가로서의 꿈을 찾기 위해 귀국한다.

남편 병언은 고등학교 사회과 교사로 재직하다가 어느날 갑자기 학교로부터 "일방적인 발길질로 영문도 모르고" 쫓겨났다.[185] 소심한 평교사가 학교로부터 쫓겨나고 공포와 피해의식에 사로잡히게 되는 것은 그만큼 우리 사회의 정치권력이 일방적이고 폭력적임을 입증한다. 한편 「그림자 밟기」와 「파호로」에서 작중인물의 직업을 고등학교 사회과 교사로 설정하는 것은 당시 정치상황을 비판하기 위한 작가의 의도라고 볼 수 있다. 사회 과목은 학생들에게 올바른 가치관과 역사관을 심어줘야 하는데, 이를 억압하고 구속한다는 것은 그만큼 정부의 지도층이 떳떳하지 못하고 숨기고 은폐할 것이 많음을 의미한다.

해직 후 병언은 무기력증과 공포, 피해의식에 사로잡히고 결국 궁여지책으로 미국 유학을 선택한다. 하지만 병언은 미국 생활에 쉽고 빠르게 적응하면서 변모해간다. 병언은 그곳에서 반체제 인사나 투

---

185 수많은 사람들이 독재를 반대하고 민주를 옹호했다는 이유로 제적 · 해고되거나 구속 · 수배되었다. 단적으로 전두환 정권 7년 동안 하루에 평균 1.6명이 정치적 이유로 구속되었으며, 1981~83년 동안 1천4백여 명의 학생이 제적되었다. 그러나 그 무엇보다도 전두환 정권의 폭압성을 여실히 드러낸 것은 민주인사에 대한 야만적인 고문이었다. 박세길, 『다시쓰는 한국현대사 · 3』, 돌베개, 83쪽.

사의 비장함을 흉내내면서 허위의식과 속물근성을 드러낸다. 이러한 병언을 지켜보는 혜순은 참을 수 없는 비참함과 자괴감으로 고양이[186]를 죽인다. 이것은 '깊게 썩어가는 병소'를 지닌 혜순 자신에 대한 복수이면서 타락에 대한 위기의식, 적의와 분노의 표출이라고 볼 수 있다.

특히 혜순은 병언을 비롯한 유학생들의 시국과 현실에 대한 가식적이고 위선적인 태도에 분노한다. 결국 그들을 향해 "썩은 글들에서 주워 읽는 것을 근거로 시국 토론이나 하면서? 그것을 나라 사랑의 지적 행위라고 여기면서? 진정한 비판은 애정을 가진 자만의 권리가 아닐까?"라고 비난을 퍼붓는다. 이러한 혜순의 분노는 부정적인 시대에 오정희가 작가로서 느끼는 부채감과 자기 환멸, 자기 부정 등이 구체화된 것이라고 볼 수 있다.

결국 혜순은 남편과 아이들을 뒤로 하고 귀국길에 오른다. 이러한 혜순의 행동은 이전의 오정희 소설에서 나타나는 작중인물의 행동양상과는 다르다. 대체로 현실적 삶의 한계나 상황을 감내하면서 그 속에서 무엇인가 해결점을 찾으려고 하는 작중인물의 소극적인 태도가 「파로호」의 혜순에 와서 실천적이고 적극적인 태도로 변모하고 있다. 이러한 부분에서 이전 시기의 작품과는 다른 작가의식의 뚜렷한 변모가 엿보인다.

혜순의 정체성 찾기는 파로호 여행과 소설 쓰기를 통해 구체화된

---

186 고양이는 교활함, 공포, 암흑, 죽음의 세계를 상징하고 한마디로 삶의 어두운 양상, 부정적 양상을 상징한다.
이승훈, 앞의 책, 49쪽.

다. 오정희 소설에서 작중인물의 외출은 자아 정체성을 찾기 위한 전형적인 방법이다. 파로호에서 혜순은 "깊은 슬픔, 지극한 그리움과 간절함"을 지닌 자신의 내면을 응시하게 되고, 미국생활 중에 잃어버린 자아를 되찾고 정체성을 확인한다. 또한 사십 년 만에 바닥을 드러낸 수몰지구에서 아직도 썩지 않고 남아 있는 나무와 목화씨는 혜순이 그토록 찾고자 했던 강렬하고 질긴 생명력을 표상한다.

> 절필의 작가와 이 어둠의 시대에 글을 쓰는 것이 무슨 의미가 있겠는가, 라는 부르짖음을 일생 되풀이하며 황음과 췌사로 타락해버린 작가들을 떠올리고 공포에 사로잡혔다. 무엇이 자신을 이토록 황폐하게 했던 것일까. 소설을 쓰는 일이 도망치는 말에 대한 가장 확실한 복수의 방법일까.[187]

혜순은 귀국 후 소설을 쓰고자 한다. 또한 귀국하자마자 이천 매가 넘는 소설을 필사하는 열의를 보이기도 했다. 하지만 위의 인용문에서 보듯 글을 쓰는 것에 회의와 번민을 느끼는 것은 '어둠의 시대' 즉, 80년대의 부정적인 사회현실 때문이다. 이 부분에는 어둡고 절망적인 시대에 소설가로서의 사명감에 대한 오정희의 자각이 나타나 있다고 볼 수 있다. 또한 작가가 2년 동안 미국 생활[188]을 하면서 타

---

187 오정희, 『불꽃놀이』, 문학과지성사, 1995, 78쪽.

188 오정희는 2년 동안의 미국생활을 이렇게 고백하고 있다.
"고요하고 무탈하게 흘러가는 나날이었으나 자기의 토양을 떠나자 말은 생명력과 현실감을 잃었고 머릿속에서 끊임없이 들끓던 말들이, 아니 나 자신조차 화석이 되어버리는 듯한 두려움에서 벗어나지 못했다. 이윽고 텅 빈 공백 상태가 찾아오고…… 나는 그 뒤로 강렬하고 단정적인 말을 쓰지 못한다. 무엇이 사랑이고 무엇이 슬픔이고 무엇이 절망이며 그리움인가. 내게 있어 그 말들은 그렇게 쉽게 써서는 안 되고 쉽게 씌어질 수도 없는 단어들이었다."
우찬제 엮음, 『오정희 깊이 읽기』, 앞의 책, 517쪽.

국에서 고국의 현실을 보면서 느꼈을 절망감, 좌절감, 자괴감 등이 드러난다. 동시에 적극적인 행동과 실천을 드러낼 수 없는 작가 자신의 한계와 처지에 대한 부끄러움과 환멸의 표현이다.

「그림자 밟기」와 「파로호」는 작가의 분신과 같은 작중인물을 내세워 어두운 시절에 작가로서 느끼는 현실에 대한 부채감과 자기 환멸, 자기 부정 등이 구체화된 작품이다.

2) '아버지' 부재와 현실 비판

오정희 소설을 여성주의 시각으로 접근하는 대부분의 평자는 소설 속에 그려지고 있는 아버지의 부재를 가부장제 사회에 대한 거부와 저항이라고 분석한다. 이번에 다루게 될 세 작품을 통해서 오정희 문학에서 아버지 부재의 의미를 본격적으로 고찰하고자 한다.

「저 언덕」[189]은 서로에 대한 이해의 부족과 소통의 단절로 인한 부녀 간의 뼛속 깊은 갈등과 원망을 보여준다. 하지만 이것이 단순히 개인적인 문제라기보다는 시대적인 의미를 내포하고 있기 때문에 더욱더 문제적이다.

「저 언덕」의 화자인 원단은 복잡한 문제에 얽혀 잠시 몸을 피해 있고자 하는 절친한 친구 부부의 요청을 거절해야 할 만큼 삶의 울타리를 지키고자 하는 욕망이 강하다. 이것은 원단의 불우했던 가정환경 때문이다. 지난날 원단에게 가정은 삶의 질서를 무너뜨리는 근원이 되었고 그 중심에 무책임하고 무능력한 아버지가 있었다. 원단에게

189 「저 언덕」은 『레이디경향』(1989. 2~7)에 발표됨.

아버지는 "망령처럼 어른대는 그림자"였으며 "불결한 열기로 보여지는 아버지의 존재, 아버지의 자리가 아무리 발버둥쳐도 벗어날 길 없는 자신의 족쇄, 원천적인 모습이라는 절망감"으로 나타난다. 아버지에 대한 미움과 분노, 원망은 어쩌면 원단의 삶을 지탱하는 힘이었다. 때문에 원단은 누구보다 견고하고 안정된 삶에 대한 열망을 지니고 있다.

아버지는 6 · 25때 부상을 당한 상이군인으로 전쟁에서 육체적 장애만 얻은 것이 아니라 생에 대한 욕구나 의지마저도 모두 상실했다. 폭격으로 사십 명인 소대원 중 유일하게 살아남은 충격과 상처는 이후 아버지의 삶을 온통 지배하고 인생에 대해 어떠한 희망도 기대도 가질 수 없게 만든다. 아버지에게 전쟁의 상처와 공포, 충격은 과거가 아니라 현재적인 의미를 지닌다. 하지만 원단에게 아버지는 노름꾼이며 바람둥이로 비쳐질 뿐이다. 또한 노름판에서 개평이나 뜯으면서 형편없이 살아가는 무능하고 부정적인 아버지의 전형이다. 여기서 아버지가 여자와 노름에 집착하는 것은 자신의 삶을 내팽개치고 내던져버린 절망적인 행위로 볼 수 있다. 아버지는 전쟁을 통해 겪은 현실적 삶에 대한 배반감 때문에 뜬구름 잡듯 노름이나 여자에 매달리는 것이다.

원단에게 있어서 아버지에 대한 미움과 원망, 분노가 절정에 다다르는 때는 간첩규탄대회나 소련규탄대회, 반공주의 모임 등에 상이군인의 대표로 나서서 혈서를 쓰며 분노하는 모습을 발견할 때이다. 이러한 행위는 아버지에게는 "피가 끓는 일"이며 자신의 동지 전부를 몰살시켰던 비극적이고 불행한 역사에 대한 분노이며 절규의 표현이라 볼 수 있다. 하지만 원단에게는 차라리 어릿광대요, 어설픈

자기변명이며 자기연민이며 우스꽝스러운 광대놀음으로 비칠 뿐이다. 원단과 아버지의 갈등은 전쟁을 직접 겪은 아버지와 다음 세대 간의 이질감과 거리감을 나타낸다.

> 마루 끝에 앉아 있던 원단이 그것을 받아들었다. 늘 알을 닦아두었던 듯 먼지 하나 없이 깨끗한 선글라스를 눈에 대고 남편과 아이를, 저무는 빛속에 집과 더 멀리 헐벗은 산언덕을 바라보았다. 아버지의 눈이 되어 세상과 세월들을 바라보았다. 검은 유리알을 통해 적나라하게 살을 드러낸 언덕은 더욱 멀고 그 어느 골 쯤에인가 절룩거리며 허위허위 올라가는 아버지의 모습이 보이는 듯 했다.[190]

잠깐 동안 원단의 집에 머물던 아버지는 원단의 가족이 집을 비운 사이에 선글라스 하나만을 남기고 떠났다. 아버지가 떠난 후에 원단이 선글라스를 통해 세상을 본다는 것은 아버지의 삶에 대한 이해의 시도라고 볼 수 있다. 한편 아버지가 세상을 바라본 검은 알 속 세상은 전쟁의 공포와 절망감으로 얼룩진 세상이다. 그렇기 때문에 아무리 먼지 하나 없이 닦아도 선글라스 속 세상은 어둡고 절망적일 수밖에 없다. 또한 아버지가 오르고 있는 '저 언덕'은 '더욱 멀고' 힘겨울 수밖에 없는 것이다. 그동안 원단은 아버지의 상처와 고통을 외면한 채 살아왔지만 이제야 비로소 아버지의 삶을 이해하려는 마음을 가진다. 곧 아버지는 전쟁이라는 비극적인 역사로 인해 인생을 송두리째 망친 피해자이며 희생자임을 알 수 있다. 작가는 「저 언덕」을 통해 개인과 가정의 삶을 철저하게 무너뜨리는 전쟁과 비극적인 시

190 오정희, 「저 언덕」, 『레이디경향』, 1989. 7, 314쪽.

대를 우회적으로 비판하고 있다. 하지만 원단의 아버지에 대한 이해가 비극적이고 불행했던 역사와의 화해를 의미하지 않는다. 오히려 역설적으로 아버지의 삶에 대한 이해는 비극적이고 부정적인 지난 역사에 대한 날카로운 비판정신을 함의한다고 볼 수 있다.

「불꽃놀이」[191]는 인자 가족의 일상적 삶의 모습을 통해 우리 사회의 부정적인 정치권력과 정치현실에 대한 비판과 풍자를 드러내는 작품이다. 또한 평범한 가족의 삶을 통해 중층적으로 부정한 정치현실을 드러내고 있어 해석 자체가 용이하지 않은 작품이다.

> 바람기 없이 축 늘어진 태극기, 교기, 새마을기, 언제나 열두시 십분을 가리키는, 시계탑의 고장난 시계. 오래된 목조 건물인 본관 앞에는 페인트 냄새가 묻어날 듯 선명한 글씨의 현수막이 서 있었다. '새로운 운양시의 탄생을 축하합시다' 오늘은 이 도시의 새로운 명명일(命名日)이고 밤이면 대대적인 불꽃놀이가 있을 터였다.[192]

> 오늘은 이 도시의 새로운 명명일이고, 이날의 행사는 지방 신문, 텔레비전, 라디오를 통해 오래 전부터 예고되었다. 대략 2천 년 전(혹은 3천 년 전일 수도 있었다) 이 지방에 융성했던 성읍 국가를 재현하여 문화 시민, 도의 시민으로서의 긍지를 되찾고 부흥시키자는, 즉 뿌리찾기 운동으로 줄곧 거도적(擧道的), 거시적(擧市的) 축제임을 강조해왔기에 예정대로라면 이 도시의 모든 주민들이 참여하게 될 것이었다.[193]

위의 인용문에서 바람기 없이 축 늘어진 태극기를 비롯해 멈춰버

---

191 「불꽃놀이」는 『세계의 문학』(1986. 겨울)에 발표됨.

192 오정희, 『불꽃놀이』, 128~129쪽.

193 위의 책, 136쪽.

린 시계처럼 우울하고 생동감 없는 현실에 운양시의 축제를 알리는 현수막만이 "페인트 냄새가 묻어날 듯" 생생함을 띠고 있어 그 이질감과 낯설음을 선명하게 드러낸다. 영조 가족이 살고 있는 도시 전체는 축제 분위기에 사로잡혀 있다. 옛 성읍 국가의 도읍지였다던 이곳이 '운양시'로 새롭게 태어나면서 대대적인 축제가 벌어지는 것이다. 하지만 그 성읍 국가는 발생년도는 물론이고 이 지역에서 발생했는지조차 불분명하다. 결국 오늘의 축제는 지역민들에게 긍지와 자부심을 심어주기 위한 즉, '뿌리 찾기' 운동의 일환으로 벌어지는 것이다.

영조는 새아버지 관희에 대한 반항심과 외로움으로 방황한다. 그리고 관희는 골동품 가게를 운영하면서 삶에 대해 아무 의욕도 없이 산 사람보다는 죽은 사람에 가까운 삶을 산다. 관희의 부모는 독립운동을 하다가 어린 관희를 두고 갑자기 떠나버렸고 부모 대신 관희를 키웠던 할아버지는 고문 후유증으로 정상적인 삶을 살지 못하다가 실종되었다. 이러한 불행한 가족사는 관희를 '죽음의 세계'에 더 친밀하게 만든다. 이처럼 영조의 UFO에 대한 관심이나 관희의 무덤 속 세상에 대한 관심은 뿌리를 잃은 아픔을 드러내면서 동시에 현실에는 존재하지 않는 아버지 즉, 뿌리를 찾기 위한 열망에 다름없다.

특히 영조의 친아버지에 대한 언급은 작품에 구체적으로 나오지 않는다. 다만 영조 가족이 살고 있는 집을 처음 지은 사람이라며 찾아왔던 사내가 영조 친아버지일 것으로 짐작해 볼 수 있다. 그 사내는 육군 장교 시절 모종의 사건에 연루되어 오랜 세월을 감옥에서 보내야 했고 그 사이에 아내와 아들을 잃었다. 한편 영조가 아버지에 대한 그리움과 외로움, 반항심을 느낄 때마다 앉아 있는 감나무는 사내가 첫 아들의 탄생을 기념하여 심은 것이다. 또한 인자는 감나무를 볼 때마다 사내와 마주쳤던 날을 떠올리며 자신들이 "흐릿한 빛 속에 남겨진 두 사람의 연기자"와 같았다는 말을 한다. 이는 인자와 사내는 이미 알고 있는 사이면서도 관희 앞에서 모르는 체 연기를 했던 것으로 짐작해 볼 수 있다. 그러나 영조의 친아버지가 그 사내인가 아닌가의 문제보다는 영조와 관희, 사내로 이어지는 가족을 잃고 부모를 잃고 자식을 잃은 슬픔이, 단순히 한 개인의 비극적인 사건에 그치기보다는 사회적 · 역사적 비극에서 연유한다는 점에 이 작품의 주제의식이 놓여 있다고 볼 수 있다.

한편 인자가 운영하는 양계장은 지난 여름부터 돌림병이 돌아 폐사 직전이다. 죽어가는 닭들을 먹어치우느라 진동하는 닭 비린내는 부정적인 시대상황을 상징적으로 드러낸다. 인자는 암탉들을 괴롭히는 수탉 한 마리의 목을 잔인하게 비튼다. 여기서 암탉을 괴롭히고 '게염'과 '식탐'을 드러내는 폭력적이고 잔인한 수탉[194]은 5공화국의 독재정권을 상징한다. 이는 "약방마다 감초가 있고 장터마다 미친 여자가 있듯 어느 시대에나 미치광이는 있는 법이지요."라는 명약사의 말에서도 암시적으로 드러난다. 한편 수탉을 죽이는 행위는 대수대명(代數代命)을 통해서 희생제의의 재물로 수탉을 바치고 불행과 액운을 덜어내고자 하는 인자의 기원이 담겨져 있다. 또한 부정적인 현실에 대한 제의의 의미이면서 동시에 수탉으로 상징화되는 정

194 1980년 이후 전두환 군부독재가 군림하던 시기는 한마디로 고문의 연속이었다. 수많은 민주인사들이 기관에 끌려가 상상도 할 수 없는 혹독한 고문을 받았다. 이러한 가운데서 극단적인 모습들이 자주 나타났는데, 성고문은 그 중의 하나였다.
박세길, 앞의 책, 83쪽.

치세력에 대한 분노와 적대감, 저항감, 복수의 표현이라고 볼 수 있다. 인자가 수탉의 목을 비트는 것은 비록 상징적 행위이기는 하나 부정적인 세력에 대한 적극적인 저항의지를 드러낸다는 점에서 의미가 있다.

살펴본 바와 같이 인자 가족의 삶은 80년대 부정적인 현실을 드러내기 위한 장치임을 알 수 있다. 당시 우리 사회는 군부독재정권이 부정적인 방법으로 나라를 장악하고 국민들은 정권에 대한 믿음과 신뢰를 상실함으로써 심한 혼란과 혼돈을 느낄 수밖에 없다. 이것이 곧 뿌리를 잃어버린 작중인물들의 삶을 통해 상징적으로 나타나는 것이다. 이 작품에 등장하는 명약사는 당시의 시대상황[195]을 단적으로 드러낸다. 명약사는 혈액암을 앓으면서도 치료조차 받지 않고 무기력하고 냉소적으로 살아가고 있다. 이러한 명약사의 태도는 폭압적인 정치현실에서 희망을 잃고 자포자기의 상태에 빠져 있는 민심을 표상하는 것으로 볼 수 있다.

이러한 가운데 벌어지는 '불꽃놀이'는 어둠을 위장하고 감추기 위한 요식행위에 불과하다. 부당하게 획득한 권력에 명분과 정당성을 부여하고 "5공화국의 공적을 치하"하기 위한 것이다. 또한 정치권에 대한 국민의 불신과 저항을 잠재우고 민심을 달래고 여론을 현혹시키기 위한 허구적이고 가식적인 '뿌리 찾기'의 놀음일 뿐이다. 여기서 시민들이 '쥐떼'처럼 몰려 다닌다는 것은 정부의 의도와 정책대

195 극심한 공포감 속에서 대부분의 사람들이 침묵을 지켰다. 그리고 좌절과 냉소감에 빠져 들어갔다. 민주주의는 이제 요원한 것처럼 느껴졌다. 학살의 광란에서 벗어났다면 그나마 다행스런 일로 받아들여졌다.
박세길, 위의 책, 127쪽.

로 무지하고 무비판적으로 휩쓸리는 시민들에 대한 야유를 담고 있는 비유라고 볼 수 있다. 결국 작가는 불꽃놀이라는 반어적인 장치를 통해서 부당한 정치 권력을 풍자하고 있다고 볼 수 있다.

> 어두운 하늘에 현란히 불꽃이 피어오르고 강의 상류로부터 연꽃처럼 피어난 꽃등이 흐른다. 뿔나팔을 불고, 오색 풍선을 날리며 놀던 아이들은 잠이 들고, 어른들은 어두운 강을 내려다본다. 물빛보다 더 검은 얼굴로, 불꽃을 사위며 흘러가는 꽃등을 싣고, 먼 옛날로부터 흐르는 강을 바라본다. 어디로인가 가 닿는 곳이 있으려니, 닭이 울기 전, 계명성의 새벽이 오기 전에.[196]

위의 인용문에서 어둠을 응시하고 있는 "물빛보다 더 검은 얼굴"은 부정한 시대현실을 냉철히 인식하고 있는 깨어 있는 자의 얼굴이다. 또한 "어디로인가 가 닿는 곳이 있으려니. 닭이 울기 전, 계명성의 새벽이 오기 전에."에서 살펴볼 수 있듯이 계명성[197]은 부당하고 부정한 정치세력을 은유한다. 그 세력들이 기세를 높이고 역사를 완전히 장악하기 이전에 새로운 역사가 시작되어야 함을 의미한다.

살펴본 바와 같이 「불꽃놀이」에서 아버지의 부재는 곧 비극적이고 부정적인 역사와 시대현실을 상징한다. 이것은 부정적인 정치현실에 대한 풍자와 비판을 드러내기 위한 의도적인 장치임을 알 수 있다.

「구부러진 길 저쪽」[198]은 다양한 작중인물의 파편화되고 고립된

---

196 오정희, 『불꽃놀이』, 앞의 책, 160~161쪽.

197 계명성은 새벽녘 동쪽에서 반짝이는 샛별(금성), 혹은 닭의 울음소리를 의미하기도 하지만 성경에서는 비유로 언급하고 있는데 교만한 바벨론 왕을 지칭하기도 하며 사탄을 상징적으로 지칭하기도 한다.

198 「구부러진 길 저쪽」은 『문학과 사회』(1995. 가을)에 발표됨.

삶의 양상을 통해 90년대 우리 사회가 가지고 있는 문제점과 부정적인 면모를 드러낸다. 연관성 없이 독립된 작중인물들 각각의 에피소드를 통해 작품을 끌고 가는 방식은 파편화되고 분열되고 단절된 90년대의 시대현실을 드러내기 위한 작가의 의도적인 서술적 장치라고 볼 수 있다. 한편 작품의 공간적 배경이 되는 '원천'은 우리 사회의 폭력적이고 부정적인 현실을 드러내는 상징적인 공간이 된다.

원천행 기차를 타고 있는 은영과 현우 그리고 돌이 갓 지난 아이의 공통점은 버림받았다는 점이다. 인자의 딸인 은영은 아버지로부터 버림받았고 현우와 아기는 부모로부터 버림받았다. 더구나 현우는 친부모뿐 아니라 양부모로부터 입양 1년 만에 파양되었다. 세 사람 모두 원천행 기차를 탄 표면적인 이유는 부모를 찾기 위함이지만 애초부터 그럴 가능성은 없다.

이렇게 부모를 잃어버린 세 사람이 찾은 원천은 그들을 위로할 수 있는 곳이 못된다. 도시 전체는 폭력과 파괴로 점철되어 있으며 공사를 위해 파헤쳐진 도로 곳곳은 흉물스럽다. 또한 원천은 한 번 갇히면 출구를 찾을 수 없는 제자리만 맴맴 돌게 되는 '죽음으로 얼룩진 도시'이다. 원천의 상징성은 이곳에서 삼십 년 째 살고 있는 인자의 삶을 통해서도 살펴볼 수 있다. 은영의 엄마인 인자는 남자에게 버림받고 그 남자의 아이를 낳은 후에 무작정 남자의 고향인 원천으로 찾아왔다. 하지만 그곳에서 인자는 끊임없는 발화 욕구와 성적 욕망에 시달리며 고립과 소외의 삶을 산다. 인자가 원천에 처음 오는 날 목격한, 땅 위로 머리만 쏙 내놓은 것처럼 보이는 양배추처럼 인자의 삶은 "무엇엔가 희생당한, 제물로 바쳐진" 삶이다. 또한 작품의 말미에서 염색을 하는 인자가 마치 피를 흘리는 것처럼 보이는 것은 남자에게 버림받고 평생을 외롭고 쓸쓸하게 늙어가는 인자의 비극적인 삶 때문이다.

원천의 상징적인 의미는 평범한 고등학생이 어느 날 갑자기 흉악무도한 살인범으로 변모하는 사건을 통해서 구체적으로 살펴볼 수 있다. 고등학생은 낮에 두고 온 가방을 찾으러 갔다가 막무가내로 자신에게 물을 뿌리고 욕을 하는 귀머거리 부부를 '단지 열받는다는' 이유로 잔인하게 살해한다. 한편 살인을 저지른 날, 고등학생은 학교에서 교련 수업을 받으며 "찔러, 이 새끼야. 겁내지 말고 내뱉으라니까. 정확히 심장을 맞춰."[199]라는 교사의 말을 반복해서 들어야 했고 수업이 끝난 후까지 시달려야 했다. 특히 고등학생은 교사의 강압적이고 폭력적인 언행으로 주눅이 들었으며 이때 억눌린 분노와 열등감은, 교련 선생과 같이 이유 없이 무분별하게 폭력을 행사하는 귀머거리를 향해 폭발하게 된 것이다. 특히 폭력적 현실에 노출된 채 도덕 불감증에 걸린 당시 사람들의 부정적인 면모는 살인사건을 대하는 언론이나 시민들의 태도를 통해서도 적나라하게 드러난다. 언론은 사건의 본질에는 관심조차 없고 사람들의 호기심을 자극할 수 있는 선정적인 보도 태도를 취한다. 시민들 역시 호기심에 들떠서 마치 재미있는 이야깃거리라도 만난 듯 흥분한다.

한편 고등학생이 버린 연탄집게, 즉 살인도구를 자포자기의 심정

199 대규모 민중봉기의 순간에 대비하여 특공부대, 헌병대, 충정부대 등의 군부대에서는 이른바 '충정훈련'이라고 하는 시위진압 훈련이 정기적으로 실시되었다. 훈련 과정에서는 으레 "폭동진압" "찔러 찔러! 죽여 죽여! 박살 박살!"이라는 구호와 함께, 곤봉 사용에서 시작하여 "발사"로 이어지는 단계적인 시위진압 전술을 교육하였다. 박세길, 앞의 책, 83쪽.

으로 원천 시내를 헤매던 현우가 줍는 것은 의미심장하다. 연탄집게는 인자 → 귀머거리 → 고등학생 → 현우의 손으로 들어온 것이다. 인자, 귀머거리, 고등학생, 현우의 공통점은 열등감, 피해의식 그리고 이로 인한 적개심과 분노를 가지고 있다는 점이다. 연탄집게가 다시 현우의 손에 들어온 것은 적의와 분노의 악순환을 암시한다고 볼 수 있다. 현우는 연탄집게를 주운 바로 그 곳에 자신의 마지막 자존심이라고 할 수 있는 '밑창이 다 떨어진 구두'와 자신의 분신과도 같은 "꼬리가 엄청나게 긴 죽은 쥐"를 버린다. 이것은 현우가 "꼬리가 엄청나게 긴 쥐[200]"처럼 끈질기게 살아보려고 했던 자기 자신을 유기하고 생의 의지를 버리는 것을 의미한다. 이러한 현우의 고통은 두 번씩이나 부모로부터 버림받고 사회의 사각지대에 살면서 함부로 밟히고 차이는 '쥐'처럼 살아갈 수밖에 없었던 비정하고 잔인한 현실 때문이라고 볼 수 있다.

> 도시의 끝 어디에선가 길고 긴 흐느낌, 비명이 들려왔다. 멀리서부터 도시를 관통하는 길고 긴 신음, 외침 소리, 한밤중 입을 틀어막고 벽을 치며 내지를 비통한 울음을 도시의 모든 사람들이 들었다. 밤마다 아니 그들이 살아 있는 동안 내내 들려올, 듣게 될 그 울음에 전율하며 두려움에 떨었다. 살인자를 낳은 배를 저주하는 비통한 어미의 울음에 잠시 멈칫하던 문 두드리는 소리는 다시 들려왔다. 이젠 사뭇 주먹으로 쾅쾅 치는 소리였다.
>
> 소리의 향방을 좇아 불안하게 움직이던 인자의 눈길이 주방의 창문으로 향하는 순간, 인자는 유리창에 납작하게 짓눌려져 형체를 알 수 없는, 얼음에 갇힌 물고기의 몸부림 같은 숨막힐 듯한 가위눌림을 보았다. 문득 거역

200 쥐는 병을 옮기고 무엇이든 갉아먹는다는 점에서 질병, 파괴, 죽음, 악을 상징한다. 이승훈, 앞의 책, 477쪽.

할 수 없는 힘으로 몸 일으키는 형체 없는 괴물, 이 도시, 갇힌 물의 꿈을 보았다.

어디선가 강물이 범람하는 소리가 들리는 것도 같았다. 그러나 거대한 댐으로 물을 가둔 이 도시에 넘쳐흐를 강물은 존재하지 않는다. 물에 갇힌 꿈이 있을 뿐, 아버지, 물 밑에 눈뜨고 누운 죄 많은 아버지의 겨드랑이와 사타구니에서 무성히 자라는 물풀들이 있을 뿐.[201)]

위의 인용문은 작품의 주제의식을 집약적으로 드러내는 부분이다. 물에 갇힌 도시 원천을 배경으로 그 속에서 부유하듯 정처 없이 살아가는 작중인물은 '얼음에 갇힌 물고기'로 표상된다. '얼음[202)]에 갇힌 물고기'는 생명력을 잃어버린 채 보호받지 못하며 죽음과 같은 삶을 사는 작중인물들의 삶의 양태를 드러내는 것이다. 또한 "물 밑에 눈뜨고 누운 죄 많은 아버지"[203)]는 개인적인 의미의 아버지가 아니라 부정적인 시대상황을 상징한다. 구체적으로 가치관의 상실과 도덕과 원칙의 부재, 비인간적이고 타락한 가치관, 폭력적인 현실을 의미한다. 이것은 세 작품에 나타나는 어머니의 의미를 살펴봄으로써 확인할 수 있다. 「불꽃놀이」의 관희 어머니는 아버지와 함께 독립운동을 하러 나가 가정을 등한시하고 「저 언덕」의 어머니는 젖먹이

---

201 「구부러진 길 저쪽」, 『1996년 올해의 문제소설』, 신원문화사, 1996, 313쪽.

202 얼음은 응결, 동결, 차가운 경직을 상징한다. 또한 물이 내포하는 잠재력인 죽음을 상징한다. 또한 물의 잠재력을 파괴한다는 상징적인 의미를 지닌다.
이승훈, 앞의 책, 398~399쪽 참조.

203 아버지는 남성 원리, 태양, 법과 질서를 상징하고 어머니가 무의식을 상징함에 반해 의식을 상징한다. 아버지는 전통적으로 힘을 상징하고 도덕을 상징하며 본능과 파괴의 세력을 규제한다는 상징적 의미를 띤다. 또한 도덕의 원리를 상징한다. 아버지가 없는 세계는 도덕적 원리가 사라진 세계이다.
이승훈, 위의 책, 382~383쪽 참조.

자식을 두고 자살했다는 소문이 자자하다. 그리고 「구부러진 길 저쪽」의 인자는 자신의 상처와 아픔을 딸에게 세뇌시킴으로써 대물림하고 있으며 현우의 친어머니와 양어머니는 자식을 매몰차게 버린다. 또한 돌이 갓 지난 아이의 엄마도 비정하게 아이를 버린다. 이처럼 세 작품에 나타나는 어머니의 의미도 긍정적이라고 볼 수 없다.

결국 아버지의 겨드랑이나 사타구니에서 무성히 자라는 '물풀' 즉, 은영, 현우, 고등학생, 아기 등은 부모와 사회로부터 버림받고 절망하며 비극적인 삶을 살게 되는 것이다. 이들은 '출구가 없는' 도시, 원천에 갇혀 '갇힌 꿈'을 꿀 뿐이어서 어떠한 희망도 미래도 존재하지 않는다. 때문에 미래의 시간을 의미하는 '구부러진 길 저쪽'의 삶도 전망이 부재하고 절망적일 뿐이다.

세 작품을 통해서 '아버지'의 의미는 차이를 드러내는데 「저 언덕」과 「불꽃놀이」를 통해서는 시대의 비극으로 인해 희생당한 아버지의 모습을 구체화하고 있다. 그리고 「구부러진 길 저쪽」에서는 시대적 혼란과 가치관의 부재를 아버지의 부재라는 상징적인 상황으로 형상화하고 있음을 알 수 있다. 여성주의 연구자들은 오정희 작품에 나타나는 '아버지' 부재의 상황을 가부장제 사회에 대한 거부와 환멸로 읽고 있다.[204] 하지만 살펴본 바와 같이 개인으로서의 아버지는 시대와 역사의 희생양이며 피해자로 형상화된다. 또한 오정희는 시대적 · 역사적 비극의 원인과 책임을 남성에게만 일방적으로 묻지 않을 뿐더러 가부장제 사회에서 남성은 가해자, 여성은 피해자라는

204 여성주의 시각으로 작가의 작품을 읽는 평자들은 오정희 작품 속 아버지의 부재를 가부장제 사회에 대한 거부와 적대감으로 분석하고 있다. 이때 아버지는 여성인물의 삶을 구속하고 억압하는 가부장제 사회를 대표하는 인물이라는 의미를 지닌다.

이분법적인 논리를 가지고 있지도 않다. 오히려 가부장제적 질서 아래에서 남녀 모두 피해자이고 희생양이 되는 작중상황을 보여줌으로써 사회의 모순과 부정한 현실을 우회적으로 비판하고자 한다.

3) 생태의식과 죽음의 관조

「옛우물」[205]은 대부분의 논자들이 평가하듯 오정희의 작품 활동 중 한 획을 긋는 의미 있는 작품에 해당한다. 또한 90년대에 들어 작품 활동이 미진했던 작가가 야심차게 발표한 작품으로 평자[206]와 독자들 사이에 상당한 반향을 일으키기도 했다. 「옛우물」은 여성의 삶을 꾸준히 천착하고 있는 작가의 여성성에 대한 탐구와 성찰이 집약되어 있는 작품이라고 볼 수 있다.

---

205 「옛우물」은 『문예중앙』(1994. 여름)에 발표됨.

206 오정희의 작품 중 개별작품에 대한 연구 성과가 제일 많은 작품 중 하나가 「옛우물」이다.
오연희, 「오정희 소설의 여성성 연구—"옛우물"론」, 『한국문학이론과 비평』, 한국문학이론과 비평학회, 1997.
김정숙, 「「옛우물」에 나타난 신화적 상상력 연구」, 『한국문학이론과 비평』 26집, 한국문학이론과 비평학회, 2005.
이혜원, 「도도새와 금빛 잉어의 전설을 찾아서」, 『작가세계』, 1995. 여름.
정재석, 「의식의 흐름과 그 서사적 변주—오정희의 「옛우물」」, 한국소설학회 엮음, 『현대소설 플롯의 시학』, 태학사, 1999.
하응백, 「소멸에의 저항과 모성적 열림—「옛우물」 자세히 읽기」, 『문학과 사회』, 1996. 가을
우찬제, 「'텅빈 충만', 그 여성적 넋의 노래」, 『타자의 목소리』, 문학동네, 1996.
김혜순, 「여성적 정체성을 향하여」, 『옛우물』 해설, 청아출판사, 1994.
허만욱, 「여성소설에 나타난 내면의식의 형상화 연구」, 『비평문학』 23호, 한국비평문학회, 2006.
이명호, 「몸의 반란, 몸의 창조」, 『여성의 몸』, 한국여성연구소, 창비, 2005.

마흔다섯 번째 생일을 맞은 그녀는 자신의 지난 삶에 대해서 성찰하고 현재의 삶의 모습을 돌아본다. 남편과 아들과 살고 있는 그녀의 삶은 안정되고 평화롭지만 "기능을 잃어 멸종된" 도도새에 자신을 비유할 만큼 절망적이고 무의미하다. '씨앗으로, 열매의 비밀로 조그맣게 존재하는 어린 여자아이'에서 '만성적인 편두통과 임신 중의 변비'에 시달리는 초라한 중년여성의 변모는 그녀 자신에게도 낯설다. 이처럼 마흔다섯 살이라는 나이는 여자로서의 삶이 다했다는 불안, 늙어감과 소멸에 대한 두려움을 느끼는 때이다. 이로 인해 생에 대한 욕망이나 열망, 희구도 더욱더 간절할 수밖에 없는 때이다.

마흔다섯 번째 생일날 그녀를 사로잡고 있는 것은 그에 대한 기억이다. 그와 함께 갔던 카페를 찾고 그가 쓰던 전화번호로 전화를 한다. 그는 이미 이 세상 사람이 아니지만 한때 그를 만나기 위해 젖먹이 아이의 뺨을 때리고 나갈 만큼 그녀가 사랑했던 사람이다. 한편 그가 죽었을 때 그녀는 "그가 죽고 내 안의 무엇인가가 죽었다. 그것이 무엇인지 나는 알지 못한다. 아마 알고자 하는 소망조차 없는 건지도 모른다."라고 고백한다. 그는 무미건조하게 흘러버리는 생에서 유일하게 그녀를 살아있게 하고 여자로서의 존재 이유를 느끼게 하는 대상이다. 그녀에게 남편과 아이와 함께 하는 가정의 삶이 일상적이고 평온하지만 허무하고 권태로운 것이라면 그와의 기억은 그녀의 순수한 욕망을 일깨우고 여성성을 느끼게 하는 것이다. 한편 한여름 더위에 겨울 잠바를 입고 교통정리를 제멋대로 하고 있는 '미친 여자'는 그녀의 숨겨진 욕망을 드러내는 분신과 같다. 그녀의 내면에는 일상의 규범이나 질서를 깨뜨리고 여성으로서의 순수한 욕망과 일탈에 대한 욕구가 잠재되어 있음을 알 수 있다.

작품 속에는 그의 죽음 외에도 사라지고 소멸하는 이미지가 빈번하게 나타난다. 그것은 옛우물[207]과 지은 지 이백 년이 지난 연당집의 소멸이다. 작품 속에서 그의 죽음, 옛우물이 메워지는 것, 연당집의 소멸은 등가적인 의미를 지닌다. 그녀가 최근 들어 자주 꾸는 옛우물에 관한 꿈은 사라지는 모든 것들에 대한 아쉬움과 소멸과 죽음에 대한 안타까움을 의미한다. 그러므로 이 모든 것을 복원하고 회복하고 싶은 열망이 옛우물에 대한 꿈으로 나타나는 것이다. 특히 그녀만의 공간인 예성아파트에서 연당집이 완전히 허물어지는 것을 목격하던 날, 그의 마지막 흔적이었던 전화번호마저 잃어버리고 예당아파트까지 팔 결심을 하는 것은 그녀 안의 욕망의 대상들이 모두 소멸된 것을 의미한다. 이제 그녀에게는 '나는 기능을 잃어버려 멸종된 도도새' 처럼 무기력하고 허무하고 권태로운 삶만이 남아 있을 뿐이다.

> 어둠이 깃드는 숲에 발걸음을 멈추고 서 있으면 현자(賢者)가 된 느낌이 든다. 나무의 몸체에 가만히 귀를 대어보기도 한다. 그러나 나는 나무의 말을 알아듣기에는 너무 나이를 먹었다. 나무의 몸에서 귀를 떼고 팔을 벌려 안아보았다. 따뜻한 기운이 느껴지는 것 같았다. 신을 벗고 나무 위로 기어올랐다. 거친 줄기의 속 깊이 흐르는 수액이 향기롭게 맡아졌다. 나무

---

207 우물은 여성, 자궁을 상징하고 뚜껑이 덮인 우물은 처녀성을 상징한다. 한편 우물은 지하, 어둠과 접촉한다는 점에서 마력과 치유력을 상징한다. 기독교의 경우 우물은 순례로서의 삶, 나아가 구원을 상징한다. 우물의 물은 신생과 순화를 암시하기 때문에 우물은 숭고한 열망을 상징하고 '은빛 동아줄' 은 중심에의 접근을 상징한다. 농업의 여신인 디메테르나 다른 신들이 우물 곁에 서 있는 것은 이런 사정을 동기로 한다. 우물은 영혼을 상징하며, 사물이 지니는 여성적 속성을 상징한다.
이승훈, 앞의 책, 426쪽.

는 곧게 자라 자칫 주르르 미끄러지거나 떨어질 듯 긴장이 되었다. 나는 다리를 꼬아 힘껏 굵은 줄기를 휘감았다. 돌발적이고 불합리한 욕구로 몸이 뜨거워졌다. 나는 나무를 껴안고 감아 안은 다리에 힘을 주며 온 힘을 다해 비틀었다. 아아, 억눌린 비명이 터져 나오고 나는 산산이 해체되어 흰빛의 다말로 흩어지는 듯한 짧은 희열을 느끼며 축 늘어졌다. 나는 조금 울었던가.

오동의 보랏빛 꽃이 어둠 속에서 나울나울 피고 있었다. 별과 꽃이 난만한 밤에 그는 죽었다. 내가 존재하지 않을 어느 시간대에도 이 나무에는 꽃이 피고 잎이 피고 새가 깃들이겠다.

나는 나의 생보다 오랜 산과 나무, 별들을 바라보았다. 비로소 먼 옛날 증조할머니가 내게 해준 말을 정확히 기억해내었다. 옛날 어느 각시가 옛우물에 금비녀를 빠뜨렸는데 각시는 상심해서 죽고 금비녀는 금빛 잉어로 변해……[208]

하지만 그녀는 나무[209]와의 교감을 통해 그동안 억압되고 억눌렸던 욕구를 해소한다. 그리고는 "산산이 해체되어 흰빛의 다발로 흩어지는 듯한 짧은 희열"을 느낀다. 나무와의 교감 후에 피어나는 '오동의 보랏빛[210] 꽃[211]'은 영혼, 자아, 정체성 등을 의미한다. 여기서

---

208 오정희, 『불꽃놀이』, 앞의 책, 52쪽.

209 나무는 전통적인 상징들 가운데 가장 기본적인 것에 속한다. 가장 일반적인 의미에서 나무는 돌과 대립되는 동적인 생명, 우주의 생명을 상징하고 이런 생명은 조화, 성장, 증식, 생성, 재생의 과정을 내포한다. 또한 나무는 끊임없이 지속되는 생명을 상징하고, 따라서 불멸성을 상징하는 이미지들과 등가의 관계에 있다.
이승훈, 앞의 책, 96쪽.

210 보라색은 독창적인 색, 관습에서 벗어난 사람의 색이다.
에바 헬러, 『색의 유혹』 2, 앞의 책, 118쪽.

211 꽃은 수동적인 여성을 상징하고 중심으로부터 바깥으로 피어난다는 점에서 중심, 곧 영혼을 상징한다.
이승훈, 앞의 책, 91~92쪽 참조.

보라색은 관습과 질서를 깨뜨리는 색이라는 의미를 지닌다. 곧 '보라색 꽃' 은 일상적 삶에 얽매이고 관습과 질서에 순응하며 살아오느라 잃어버렸던 순수한 여성성과 정체성을 표상한다. 한편 그녀는 자신이 죽은 후에도 꽃과 잎이 피고 새가 깃들일 것이라는 생명의 순환원리와 영원성을 인식한다. 이것은 그녀를 괴롭혔던 소멸과 죽음을 생의 한 원리로 자연스럽게 받아들이게 되었음을 의미한다.

그리고 그동안 기억하지 못했던 금빛 잉어의 탄생과정을 생생하게 기억하게 된다.[212] 여기서 '금빛 잉어' 는 그녀의 분신과 같은 것이며 '보랏빛 꽃' 과 등가적 의미를 지닌다. 그녀는 금빛 잉어의 전설을 떠올림으로써 소멸과 사라짐 그리고 죽음에 대한 슬픔과 허무를 넘어서게 된다. '금빛 잉어' 가 천 년 후에 '이무기' 가 되고 다시 천 년 후에 '용' 이 되어 하늘로 올라가듯 그녀 자신도 영원한 생명력을 획득하게 되는 것이다.

오정희는 그동안 자아와 세계 간의 갈등과 대립을 통해서 자아의 좌절과 실패를 보여주었다. 하지만 「옛우물」에서는 초월적이고 생태적인 상상력을 통하여 세계와의 단절과 소외를 극복하고 승화시키고 있다. 물론 그것이 세상과 화해하고 융화되는 것을 의미하지는 않는다. 다만 초기작부터 이어지던 세상과의 불화와 반목, 갈등을 여성의 포용성과 자연의 포용력으로 감싸 안으려는 것으로 볼 수 있다. 이와 같이 작가는 인간사에서 가장 큰 좌절과 허무를 가져다주는 죽음과

212 정재석은 화자가 금빛 잉어의 이야기를 기억하는 것을 화자의 무의식을 지배하고 있었던 혼돈의 마감을 의미하는 것이라고 본다.
정재석, 앞의 글, 369쪽.

소멸을 넘어섬으로써 내면의 갈등과 혼돈도 어느 정도 가라앉게 된다고 볼 수 있다. 어쩌면 최근 10년 동안 오정희만의 독특한 감성을 지닌 작품 활동을 하지 못하는 것은 그동안 일관되게 작가가 응시하고 있던 비정하고 부정한 현실에 대한 비판과 시각이 이처럼 변화되었기 때문일 수도 있다.

작품에서 '옛우물'이 의미하는 것은 여성이 가지고 있는 본래적이고 원천적인 여성성을 표상하는 것이라고 볼 수 있다. 구체적으로 생명의 탄생, 성장, 소멸의 순간을 다 포용하고 또 이것을 '금빛잉어'에서 '용'으로 승천시키는 그것처럼 순환되고 영속되는 생명력을 의미하는 것이라고 볼 수 있다. 또한 그것은 그 무엇으로도 오염되지 않은 순수하고 본래적인 여성성과 가치를 의미한다. 물론 우물이 더러워지고 메워지듯 여성의 삶도 절망과 갈등 속에서 좌절하고 억압되지만 본래적이고 순수한 여성성은 옛우물 그대로 그 원형성을 지니고 있는 것이다. 여기서 '우물' 앞에 붙은 '옛'이라는 접사는 원형성으로서의 여성성, 어떤 좌절과 시련 속에서도 되살아나는 소멸과 죽음마저도 넘어서는 영원한 생명력을 나타내는 것이라고 볼 수 있다.

「옛우물」은 소멸하고 사라지는 모든 것들에 대한 포용과 생명력의 회복에 대한 희구를 형상화하고 있다. 또한 그들을 향해 부르는 장송곡이며 부활과 재생, 영원한 생명력을 위한 노래인 셈이다. 또한 「옛우물」은 파편화되고 고립되고 물신화된 시대를 살아가는 우리들의 근원적인 향수와 동경을 보여준다. 이것은 단순히 모성의 문제라든가 여성의 삶에 한정되는 것만은 아닐 것이다.

작가의 작품에서 죽음의 의미는 다양하게 논의되어 왔다. 대체로 그것은 죽음에 대한 '친화적인 태도'로 요약할 수 있다.[213] 죽음의 의미를 고찰하고 있는 단편 「얼굴」[214]은 작가가 지금까지 발표한 본격 소설 중 마지막 작품에 해당한다. 그런 의미에서 「얼굴」은 그동안 작가의 작품에 빈번하게 나타나던 죽음의 의미를 살펴볼 수 있는 계기가 된다.

「얼굴」은 노년의 부부를 주인공으로 하여 죽음의 문제를 관조적이고 담담하게 그리고 있다. 작품을 이끌고 가는 것은 죽음을 나타내는 다양한 이미지이다. 며칠 전 시장에 갔던 아내를 따라 들어온 검은 개[215]는 죽음을 표상한다. 검은 개가 땅을 파면 초상이 난다는 속설 때문에 개를 아무리 내쫓으려고 해도 개는 어느새 방 안까지 들어와 있다. 특히 방 안으로 들어온 개가 장롱 틈에서 물고 나온 쥐는 죽은 지 며칠이 지나서 이미 부패한 냄새를 풍기기 시작했다. 여기서 부패한 냄새를 풍기며 죽어 있는 쥐는 반신불수 상태인데다 말까지 잃어버린 그를 표상한다. 또한 방 안으로 들어올 기회를 호시탐탐 노리고 어느새 열린 문틈으로 방안까지 성큼 들어와 있는 검은 개는

213 신철하는 오정희 작품의 중요 모티프를 죽음과 성이라고 분석하였다. 김병익은 『불의 강』과 『유년의 뜰』을 분석하면서 작가의 작품에 빈번하게 나타나는 죽음은 생성에 대립되는, 삶의 반대편에 대결하는 죽음이라기보다 삶 속에 함께 들어 있는 틈만 나면 삶의 균열 사이로 고개를 내리는 것이라고 하였다.
김병익, 앞의 글.

214 「얼굴」은 『작가세계』(1999. 봄호)에 발표됨.

215 개가 환기하는 더욱 중요한 의미로는, 이상의 의미와 관련되지만, 밤바다를 항해하는 '죽은 자의 동반자', 곧 죽은 자의 수행인, 저승 세계의 수호자, 영혼을 저승으로 인도하는 자, 현세와 내세의 경계를 지키는 수문장을 상징한다. 개가 사자(死者)를 저승으로 인도한다는 의미가 발전하면 개는 죽음과 부활을 상징하고 나아가 어머니를 상징할 수도 있다. 특히 검은 개는 암흑, 마술, 저주받은 자, 죽음을 상징한다.
이승훈, 앞의 책, 21쪽.

거부하려고 해도 거부할 수 없는 생의 한 원리로서 숙명적인 죽음을 의미한다.

한편 아내를 통해서도 죽음의 의미를 살펴볼 수 있다. 이미 그를 통해 죽음이 생의 자연스러운 부분임을 보여준 작가는 이제 아내를 통해 죽음을 맞이하는 우리의 자세에 대해 이야기하고 있다. 죽음의 때가 왔을 때 거부하고 외면하기보다는 오래 전에 죽었다고 믿었던 친구가 살아왔을 때 만큼 기쁘고 행복하게 그리고 기꺼이 죽음을 맞이하자는 것이다. 또한 오정희는 「얼굴」을 통해 죽음은 신성하고 '위엄을 부여' 해야 할 대상이며 '낯설고 비밀과 같은 세계' 임을 보여준다. 또한 "죽은 자에 대해 말하는 것은 금기"인 것이다. 마치 아기들이 세상에 처음 태어나서 자신들이 떠나온 세상에 대한 금기와 공포, 두려움 때문에 울음을 터뜨리듯이 죽음의 '얼굴' 을 보고 온 사람은 죽음에 대한 공포와 두려움을 가지게 된다. 결국 「얼굴」은 우리들의 삶에서 탄생도 죽음도 모두 신성하고 금기의 영역임을 구체화한다.

지금까지 제4기의 문학을 살펴보았다. 제4기 문학은 작가가 불혹의 나이에 접어들어 최근까지 이십 년이 넘는 기간 동안 창작한 것이다. 이 시기에 와서 작가의 작품활동은 현저하게 줄어든다. 작가는 99년 「얼굴」을 끝으로 본격소설을 발표하지 않고 동화, 민담, 짧은 소설 등을 발표하고 있다.

제4기 문학의 흐름을 정리하자면 「그림자 밟기」「파로호」를 통해 적극적인 자기 부정과 실천의지를 드러낸다. 또한 「저 언덕」「불꽃놀이」「구부러진 길 저쪽」을 통해서는 한국전쟁, 80년대 정치현실, 90년대라는 부정적 현실에 대한 적극적인 비판이 나타난다. 또한 이 시기 문학 중 가장 역작으로 꼽을 수 있는 것은 94년에 발표한 「옛우물」이다. 「옛우물」은 초월적이고 신화적이고 생태적인 상상력을 통해 현실의 아픔과 고통을 승화시키고 있다. 제4기 문학의 두드러진 특징을 살피자면 내용 면에서는 한국전쟁 등 역사적 현실에 대한 관심의 확대이다. 또한 형식적인 면에서 그동안 단편 위주의 창작에서 벗어나 중편 위주의 작품 활동을 전개했다는 점이다.

제4장

오정희 소설의 문학사적 의의

오정희는 1968년 스물두 살의 나이로 등단한 이래 현재까지 꾸준히 작품활동을 하고 있는 작가이다. 오정희에 대한 기존의 평가는 여성의 삶을 꾸준히 천착하고 있는 여성작가라는 점과 미학적 특질이나 문체적 특징 등 형식미학적 측면에서 뛰어난 작가라는 점으로 요약할 수 있을 것이다.

오정희는 등단작인 「완구점 여인」부터 가장 최근작인 「얼굴」까지 작가만의 독특한 미학적 특질과 주제의식의 깊이를 유지하면서, 작품세계의 내적인 변화를 지속적으로 이루어 왔다. 오정희 소설의 내용적 특징은 세 가지 정도로 설명할 수 있다. 첫째, 오정희 소설은 우리 문학의 소재 확장에 기여했다는 점이다. 오정희는 70, 80년대에 생소하고 낯선 동성애, 노년과 여성의 성적 욕망, 불구모티프 등을 다룬다. 이것은 오정희의 삶에 대한 통찰력과 작가로서의 사고와 시선이 자유롭다는 것을 보여준다. 둘째, 평범하고 일상적인 공간을 주로 사용한다는 점이다. 오정희는 시대적 · 정치적 상황을 다룰 때도 특별한 상황이나 인물을 만들기보다는 가장 일상적이고 친근함을 줄 수 있는 가족의 서사로 풀어간다. 셋째, 인간의 다양한 욕망에 대한 꾸준한 천착이다. 특히 오정희는 우리 문학에서 금기시되고 터부시되는 성을 인간이 가진 가장 순수하고 원초적인 본능과 에너지로 파악한다. 또한 오정희는 현실과 자아의 균열을 다루면서도 인생에 대한 근원적인 열정과 동경, 향수를 지향하고 있음을 고찰하였다.

오정희 소설의 형식적 특징은 다섯 가지로 요약할 수 있다. 첫째, 우리 문학에서 소홀했던 인간의 내면심리나 의식묘사에 탁월한 능력을 보인다는 점이다. 작가는 설명하기보다는 등장인물의 내면심리나 의식의 흐름에 따라서 작중상황을 드러내고 주제의식을 구현한다. 둘째는 시적인 문장이라 일컬어지는 다양한 상징과 비유, 이미지의 사용을 들 수 있다. 이것은 소설 문장의 창조성과 확장에 기여할 뿐 아니라 미학적 형상화 측면에서 높은 가치와 의의를 지닌다. 또한 일상 언어와 소설 언어에 차별성을 둠으로써 소설 언어의 개성과 아름다움을 드러낸다. 셋째는 사물에 대한 감정이입이나 객관적 상관물의 사용이다. 작가는 지극히 일상적인 소재나 대상, 혹은 스치는 장면 하나에도 다양한 감정과 의미 부여를 하고 있다. 넷째 묘사와 생략의 적절한 조화를 들 수 있다. 이로 인해서 작중상황을 선명하고 직접적으로 보여주기보다는 여운을 주고 여백을 남기는 미적 형상화에 기여한다. 다섯째는 다층적 의미망과 긴장감 있는 구성을 들 수 있다. 지금까지 살펴본 형식적 특징은 작품의 표층적 의미와 심층적 의미 사이의 간극을 크게 만드는 데 기여한다. 또한 이것은 오정희 소설의 가장 큰 특징이라고 볼 수 있을 것이다.

그동안 오정희 문학은 미학적 형상화 측면에서 높이 평가받으면서도 사회현실적 맥락은 닫혀 있다는 평가를 받아왔다. 하지만 오정희의 전체작품을 고찰해 봤을 때 그는 사회적 · 역사적 상황에 지속적으로 관심을 가지면서 인간과 사회 간의 대립과 갈등을 꾸준히 천착하고 있는 것으로 확인할 수 있다. 다만 인물이 서 있는 시대 상황을 설명하지 않고 많은 문학적 장치와 서술전략을 통해 상징적 · 암시적으로 보여주고 있다. 이러한 이유로 사회현실적 측면이 그의 작품에서 감추어진 것이다. 유년시절에 전쟁의 공포와 절망감을 직접 체험한 오정희는 「유년의 뜰」 「중국인 거리」 「불망비」 등을 통해 전후의 비극성을 다루고 있고 「별사」 「비어 있는 들」 「불꽃놀이」 등의 작품을 통해 80년대 우리 사회의 폭압적인 정치현실을 비판한다. 또한 「구부러진 길 저쪽」을 통해 90년대의 파편화되고 폭력적인 사회현실을 드러내고 있다. 이처럼 오정희의 작품은 시대와 역사와의 끊임없는 상호조응을 통해 만들어진 사회적 산물임을 파악하였다.

한편 오정희가 작가로 데뷔하고 본격적으로 창작활동을 하던 70, 80년대는 여성작가에 대해 호의적이지 못했다. 오히려 여성이 문학을 하면 불행해진다는 사회적 편견과 선입견이 팽배해 있을 때였다. 이러한 시대에 오정희는 우리 문학사에서 당당하게 여성작가의 시대를 연 주역 중 한 명으로 볼 수 있다. 어떤 면에서 오정희의 초기작에 나타나는 여성인물의 위축되고 소외된 삶은 70년대 사회적 분위기를 반영하고 있는 것일 수 있다. 오정희는 여성작가에 대한 편견과 왜곡된 시선 속에서 박경리, 박완서와 함께 남성 작가의 전유물이라 여겼던 문단에서 오정희만의 개성 있는 작품세계를 구현하고 있는 작가라고 볼 수 있다.

주지하다시피 오정희 문학의 독특한 감성과 삶의 비의를 꿰뚫어 보는 통찰력, 촌철살인 같은 문체와 미학적 특질은 이미 많은 평자와 후배문인들에 의해 높이 평가되고 있는 부분이다. 본고는 오정희 작품을 통시적으로 살펴봄으로써 그의 작품이 미학적 아름다움뿐 아니라 현실인식이나 역사의식도 지니고 있음을 파악하였다. 끝으로 오정희 문학의 특징을 몇 가지로 요약할 수 있다. 첫째는 여성, 노인, 어린이, 소시민 등 사회적 약자와 소외계층에 대한 꾸준한 관심이다. 둘째는 인간의 다양하고 순수한 욕망, 즉 성 · 정체성 · 모성 · 사랑에 대한 지향과 동경이다. 셋째는 부정적인 정치현실이나 비극적인 역사에 지속적으로 주목하고 있다는 점이다.

오정희는 우리 현대 문학사에서 성별과 시대를 뛰어넘는 보편성과 특수성을 지니고 있는 개성 있는 작가임에 틀림없다. 오정희의 작품세계를 그의 대표작 중 하나인 「유년의 뜰」의 한 장면으로 집약해서 설명할 수 있을 것이다. 어둠 속에서 빛을 찾아 모여드는 '하루살이떼' 처럼 절망적인 현실 속에서 희망과 긍정정신을 찾고자 하는 정신이 바로 오정희 작품의 바탕을 이루고 있다. 물론 여기서 '하루살이' 처럼 살고 있는 우리들의 내면에는 '꿈꾸는 새' 가 되고자 하는 열망이 존재하고 있다. 오정희의 작품은 일면 어두운 면이 있지만 그 이면에는 언제나 그 절망을 뛰어넘고자 하는 동경과 지향이 살아 있다. 오정희는 현실에 대한 관심과 시선을 유지하면서 동시에 그 속을 살아가고 있는 인간에 대한 애정을 놓치지 않고 있다. 오정희 문학은 인간주의와 인간긍정의 철학을 내면화하고 있다. 이로써 작가 오정희는 개성적인 여성작가를 뛰어넘어 우리 문학사에서 우뚝 솟아 있는 대표작가로 자리매김할 수 있는 것이다.

제5장

결론

본고는 오정희 전체 작품에 대한 통시적인 고찰을 통해 주제의식의 변모 양상을 천착하였다. 총 4기로 나누어 연구했으며 각 시기별 특질을 정리하면 다음과 같다.

제1기 문학의 특질은 성담론과 사회현실의 반영으로 요약할 수 있다. 오정희는 인간의 다양한 욕망에 대해서 지속적인 관심을 가지는데 성적 욕망도 그 중 하나이다. 특히 오정희는 성을 인간이 가진 가장 원초적이고 본능적인 욕망으로 파악하고 있다. 한편 제1기 문학에서 두드러지는 것은 불구적이고 일탈적인 성적 욕망인데 이것은 인물들의 상처와 고립, 세계와의 갈등과 불화를 드러내면서 동시에 이를 극복하고자 하는 양가성을 지니는 것으로 파악할 수 있다. 첫째, 욕망과 생성으로서의 성의 문제가 다루어지고 있다. 구체적으로 살펴보면 「번제」와 「목련초」에서는 욕망과 억압, 「봄날」과 「직녀」에서는 불모와 생성, 「미명」에서는 유폐와 소통, 「관계」와 「적요」에서는 소멸과 생명의 문제점을 포착함으로써 양가성을 지닌다. 둘째, 「완구점 여인」 「주자」 「산조」 「한낮의 꿈」에서는 작중인물의 동성애를 통하여 모성의 결핍과 치유라는 양가적 의미를 드러내고 있다. 셋째, 「동행」에 이르러 성을 긍정하고 수용하는 태도가 드러나고 있으며 이후로 오정희 문학에서 성에 대한 갈등은 대체로 사라진다. 오히려 오정희 소설 속 작중인물은 성을 자연스러운 욕망으로 받아들이고 존재의 증명이나 생의 긍정적인 에너지로 인식하게 된다. 한편 제1기 문학의 후반부에 들어 「불의 강」 「안개의 둑」 「야곱의 꿈」에서는 소외되고 무기력한 작중인물을 통해 산업화 사회의 부정적 현실을 드러낸다. 「불의 강」과 「안개의 둑」은 작중인물의 성에 대한 무기력증과 콤플렉스를 통해 황폐하고 불모한 산업화 사회의 부정적인 면모를 나타낸다. 또한 「야곱의 꿈」은 실향민인 작중인물을 통해 분단현실과 산업화 사회의 모순을 문제시한다.

살펴본 바와 같이 제1기 문학에서는 작중인물과 세계와의 불화와 단절을 다양한 성담론과 작중인물의 이상행동과 이상심리 등을 통해 드러낸다. 또한 제1기 문학에서 작가는 소외계층 즉, 소시민, 노인, 여성의 삶에 주목하면서 모순되고 부정적인 현실을 나타낸다. 한편 형식적인 측면을 고려할 때, 제1기 문학에서 두드러진 다양한 상징과 비유, 이미지, 시적인 문장 등 기존의 소설 문장과는 차별화된 개성적인 문체와 서사적 특질은 오정희 문학의 큰 특징으로 자리매김하게 된다.

제2기 문학의 특질은 현실인식의 중층구조로 요약할 수 있다. 제1기 문학의 후반부에서 사회현실에 눈을 돌리기 시작한 작가는 제2기 문학에서 본격적으로 우리 사회의 부정적인 정치권력과 현실을 비판한다. 제2기 문학이 발표된 당시의 우리 사회는 유신정권의 몰락과 5·18광주민주화운동, 5공화국의 등장 등 일련의 역사적 사건으로 극도의 혼란과 사회적 갈등이 증폭되던 때이다. 또한 이러한 시대적 상황이 작가로 하여금 현실인식의 확대와 심화를 유도하는 동인으로 작용하였을 것이다. 「유년의 뜰」과 「중국인 거리」는 작가가 어린시절 겪은 한국전쟁의 비극과 절망감이 형상화된다. 또한 「별사」 「비어 있는 들」 「겨울 뜸부기」에서는 당대 사회의 정치적인 폭압과 절망적인 현실을 우회적으로 비판한다. 또한 작중인물을 통하여 극복의지와 생명주의를 드러낸다. 「어둠의 집」과 「꿈꾸는 새」에서는 오정희 문학의 한 특징으로 간주되는 중년여성의 삶이 나타난다. 두 작품에서 작가는 자유가 말살되고 정치적 폭력성이 난무하는 시대의 비극적 양상과 가정 내적 존재인 중년여성의 좌절과 유폐를 중층적으로 보여준다. 작가는 「저녁의 게임」을 통해 가부장제 사회에서 여성의 성에 대한 억압과 구속의 문제를 본격적으로 모색한다.

부연하자면 오정희는 제2기의 문학에서 부당하고 부정한 사회현실이지만 이에 대한 좌절과 냉소, 허무를 뛰어넘으려는 극복의지와 미래에 대한 기다림을 형상화하고 있음을 고찰하였다. 특히 오정희 문학에서 현실인식은 직접적으로 드러나거나 설명하기보다는 인물의 내면심리나 의식의 흐름을 통해서, 상징과 비유, 이미지를 통해서 암시적으로 드러나고 있음을 파악하였다. 또한 중층적 구성을 통해 표층적 의미와 심층적 의미 사이의 간극이 크고 그로 인해 그의 작품에서 정치적 · 사회적 배경을 읽어내는 것이 용이하지 않음을 확인할 수 있다. 제2기 문학의 전 작품을 통해 드러나는 작중인물의 현실에 대한 압박감과 긴장감, 질식할 듯한 공포와 허무주의는 당시의 부정적이고 모순적인 현실에서 기인한 것이다. 하지만 그 이면에는 인간 긍정의 철학과 생명주의, 또한 부성과 모성을 바탕으로 한 미래의식이 분명히 내재해 있음을 확인할 수 있다. 한편 제1기 문학에 두드러지던 비정상적이고 일탈적인 모습은 사라지고 보편적이고 일상적인 가정과 그 안에서 아이를 키우며 살고 있는 중년여성을 통해 주제의식을 형상화하고 있음을 파악하였다.

제3기 문학의 특질은 현실과 욕망의 균열로 요약할 수 있다. 제3기의 문학은 작가가 30대 중후반의 나이에 창작한 것들이다. 이 시기 문학에서는 삶에 대한 깊이 있는 성찰이 이루어진다. 특히 제3기 문학에서는 중년의 의미에 대한 탐구와 자아의 욕망과 현실 간의 충돌과 대립의 문제가 본격적으로 모색된다. 우선 「야회」 「밤비」 「지금은 고요할 때」 「동경」을 통해서는 정치적 · 사회적 현실에 대한 작가의 현실인식이 드러난다. 이 부분은 제2기 문학과 접점을 이루는 부분이다. 한편 「하지」 「전갈」 「새벽별」을 통해서 인생에서 중년의 의미를 탐구하고 현실로 인해 갈등하고 좌절하는 자아의 욕망을 다룬다. 작가는 「바람의 넋」 「집」 「불망비」 「순례자의 노래」 「인어」 「멀고 먼 저 북방에」를 통해서 폭력적이고 부당한 현실과 인간의 가장 근원적인 향수와 동경, 그리움 등을 형상화하고 있다. 무엇보다 제3기 문학의 가장 큰 특징은 인간이 지닌 근원적인 향수와 동경 그리고 삶에 대한 순수한 욕망과 열정이 크게 부각되었다는 점이다. 제2기 문학까지는 작중인물의 삶이 현실적 조건에 압도되고 질식할 듯이 보였다면 제3기에 와서는 절망적 현실 속에서 좌절하거나 포기하지 않는 자아의 욕망이 나타난다. 한편 시대적 · 정치적 상황을 다룰 때도 3인칭 관찰자 시점의 사용과 알레고리 수법을 통해 객관적인 거리두기를 하고 있다는 점에서 제2기 문학과 차별화된다. 또한 「바람의 넋」이나 「불망비」 등 중편을 발표하면서 단편 위주의 창작활동에서 벗어나고 있는 것도 제3기 문학의 특징이다. 한편 오정희 특유의 시적 문장이나 다양한 상징과 비유, 이미지의 사용이 감소하고 비교적 평이하고 무난한 소설문장으로 기술되고 있음을 살펴볼 수 있다. 이와 같이 제3기 문학은 내용뿐 아니라 기교적인 면에서도 이전 시기의 작품들과 차별화된 모습을 보인다.

제4기 문학의 특질은 허무주의의 극복과 생태적 상상력으로 요약할 수 있다. 이 시기 작품은 작가가 2년 간의 공백기를 가지고 작품활동을 새롭게 시작한 후에 창작한 것들이다. 그렇기 때문에 그 어느 때보다 작가의 창작 욕구나 의지가 새로울 수밖에 없었을 것으로 짐작할 수 있다. 「그림자 밟기」와 「파로호」는 작가가 2년 간의 미국생활을 정리하고 귀국한 직후에 발표한 것들로 작가의 자전적 요소가 많이 드러나는 작품이다. 두 작품은 공통적으로 80년대 부정적인 정치현실에서 치열하게 싸우지 못하고 비껴나 있는 소시민의 허위성과 부정성을 비판한다. 그리고 이에 대한 자기부정과 환멸을 통해서 잃어버린 정체성을 찾고자 하는 적극적인 실천의지를 드러낸다. 또한 「불꽃놀이」「저 언덕」「구부러진 길 저쪽」은 '아버지'의 부재라는 공통적인 작중 상황을 통해 역사적 · 시대적 상황을 비판하고 풍자한다. 제4기 문학의 특징은 제3기 문학까지 내면화되고 소극적이었던 작중인물의 현실 대응의지가 이 시기에 와서 보다 적극적이고 실천적으로 변모했다는 점이다. 무엇보다 제4기 작품 중 가장 역작으로 꼽을 수 있는 것은 1994년에 발표한 「옛우물」이다. 「옛우물」은 초월적이고 생태적인 상상력을 통해 현실과의 갈등과 대립, 소멸과 죽음, 허무주의를 넘어서고 있다. 이러한 점은 오정희의 제1기 문학부터 일관되게 나타나던 세계와의 불화와 갈등이 승화, 극복되고 있음을 의미한다. 「옛우물」은 오정희가 꾸준히 천착하고 있는 여성의 삶을 집약하고 응축하는 작품으로 훼손되지 않은 순수한 여성성에 대한 동경과 지향을 드러낸다. 이후 오정희는 죽음의 문제를 담담하고 관조적으로 다룬 1999년에 발표한 「얼굴」을 끝으로 본격소설을 발표하지 않고 있다. 최근 10년 동안 오정희는 민담이나 짧은 소설, 동화 등을 발표하고 있다.

이상으로써 오정희 문학은 역사의식과 현실인식을 바탕으로 하면서 인간의 다양한 욕망을 성찰하고 자아와 세계 간의 갈등과 대립의 문제를 천착하고 있음을 살펴보았다. 오정희는 부정적인 현실에 대한 비판과 풍자뿐 아니라 그 시대와 부딪치며 살아가는 인간의 좌절과 실패, 그 안에 내재해 있는 다양한 욕망의 문제에 주목하고 있다. 주지하다시피 오정희 문학은 일부에서 비판하듯 사회현실적 맥락으로부터 닫혀 있는 문학이 아니다. 그의 문학은 시대와 역사와의 상호조응 속에서 창조된 사회적 산물이며 작중인물 역시 개성성과 전형성을 지니고 있는 인물임을 확인할 수 있다. 또한 오정희 문학의 주된 기조는 허무주의가 아니라 인간긍정정신과 생명의 존엄성 그리고 모성과 부성을 바탕으로 한 생명주의와 미래의식임을 파악할 수 있다. 오정희 문학이 여성주의 문학의 요소를 가지고 있는 것은 주지의 사실이다. 하지만 그렇다고 해서 오정희 작품이 여성문학으로 한정되는 것은 아니다. 오정희는 여성뿐 아니라 절망적인 시대상황과 현실에서 상처받고 소외된 남성인물의 이야기도 꾸준히 다루고 있다. 때문에 오정희 문학에서 남성은 가해자, 여성은 피해자라는 이분법적인 논리는 적절하지 않다고 본다. 한편 작가의 여성에 대한 애정과 관심은 우리 사회에서 소외되고 위축된 사회적 약자 편에 서고자 하는 작가의식의 연장선상에 있다고 볼 수 있다.

오정희는 데뷔작인 「완구점 여인」부터 마지막으로 발표한 「얼굴」까지 작품의 미학적 수준을 일관되게 유지하고 있다. 활동시기에 비해 적은 작품의 양에도 불구하고 작품의 완성도나 작가로서의 역량으로 볼 때 개성을 지닌 뛰어난 작가로 평가할 수 있다. 기존의 평가가 인정하듯 오정희는 서술기법이나 미학적 형상화 측면에서 탁월한 능력을 가지고 있는 작가이면서 동시에 주제의식의 다양성이나 깊이 면에서도 그 위상을 인정받을 수 있는 작가이다.

유년시절부터 우리 문학뿐 아니라 외국 문학을 많이 접한 오정희는 국내외 많은 작가로부터 영향을 받았으리라고 본다. 본 연구에 있어서 오정희 작품세계에 다른 작가와의 영향관계라든지 비교문학적 관점으로 접근하지 못한 것은 아쉬움으로 남는다. 또한 앞으로 오정희 소설에 대한 연구는 정밀한 작가론적 접근을 통해 보다 완성도 있게 이루어질 것이라고 전망한다.

| 참고문헌 |

1. 기본자료

오정희, 『불의 江』, 문학과지성사, 1997.(초판 1977)

______, 『幼年의 뜰』, 문학과지성사, 1994.(초판 1981)

______, 『바람의 넋』, 문학과지성사, 1998.(초판 1986)

______, 『불꽃놀이』, 문학과지성사, 1995.

______, 『우리시대 우리작가』 11, 동아출판사, 1987.

______, 『야회』, 나남출판, 1990.

______, 『술꾼의 아내』, 작가정신, 1993.

______, 『새』, 문학과지성사, 1996.

______, 『작가와 함께 대화로 읽는 소설 「별사」』, 지식더미, 2007.

______, 『물안개 피는 날』, 해냄, 1991.

______, 『허리 굽혀 절하는 뜻은』, 창, 1994.

______, 『살아있음에 대한 노래를』, 창, 1999.

______, 『내 마음의 무늬』, 황금부엉이, 2005.

2. 단행본(국내 저서)

강영계, 『정신분석이야기』, 건국대학교 출판부, 2001.

구인환 외, 『한국 전후문학 연구』, 삼지원, 1995.

구인환, 『소설론』, 삼지원, 1997.

권석만, 『현대이상심리학』, 학지사, 2005.

권영민, 『한국 현대문학사』, 민음사, 1994.

권택영 편, 『자크 라캉 욕망 이론』, 문예출판사, 2003.

김경수 외, 『페미니즘과 소설비평』, 고려원, 1994.
김귀룡 외, 『철학, 죽음을 말하다』, 산해, 2004.
김미현, 『한국여성소설과 페미니즘』, 신구문화사, 1996.
______, 『여성문학을 넘어서』, 민음사, 2002.
김상태 편, 『한국 현대 소설론』, 학연사, 1993.
김상환, 『해체론 시대의 철학』, 문학과지성사, 1999.
______, 『예술가를 위한 형이상학』, 민음사, 2003.
김윤식 · 김현, 『한국문학사』, 민음사, 1998.
김윤식, 『한국 현대문학사』, 서울대학교 출판부, 1993.
김윤식 · 정호웅 편, 『한국소설사』, 예하, 1993.
김종주, 『라캉 정신분석과 문학평론』, 하나의학사, 1996.
김주연, 『현대문학과 기독교』, 1984.
김태곤, 『한국 무속 연구』, 집문당, 1981.
______, 『한국의 무속 신화』, 집문당, 1985.
______, 『노년학』, 교문사, 1994.
김현자 · 김현숙 · 이은정 · 황도경, 『한국여성시학』, 깊은샘, 1999.
나병철, 『소설의 이해』, 문예출판사, 1998.
______, 『가족 로망스와 성장소설』, 2007.
남진우, 『바벨탑의 언어』, 문학과지성사, 1989.
마광수, 『상징시학』, 청하, 1985.
문학사와비평연구회, 『1970년대 문학연구』, 예하, 1994.
박세길, 『다시쓰는 한국현대사 · 1』, 돌베개, 2003.
______, 『다시쓰는 한국현대사 · 2』, 돌베개, 2003.
______, 『다시쓰는 한국현대사 · 3』, 돌베개, 2003.
서강여성문학연구회 편, 『한국문학과 모성성』, 태학사, 1998.
서지문 외, 『페미니즘 어제와 오늘』, 민음사, 2000.
송명희, 『문학과 성의 이데올로기』, 새미, 1994.
송재희 · 신동윤, 『어머니와 창녀－새로운 페미니즘을 향하여』, 나남, 1999.
양선규, 『문학 · 상상력 · 해방』, 형설출판사, 1999.
여성문제연구회, 『한국문학에 나타난 노인의식』, 백남문화사, 1996.

오한진, 『독일교양소설연구』, 문학과지성사, 1989.
우찬제 엮음, 『오정희 깊이 읽기』, 문학과지성사, 2007.
이남호, 『문학의 위족 · 2』, 민음사, 1990.
이남호 · 이광호 편, 『오정희 문학앨범』, 웅진출판, 1995.
이동렬, 『문학과 사회묘사』, 민음사, 1988.
이부영, 『분석심리학』, 일조각, 2008.
______, 『아니마와 아니무스』, 한길사, 2001.
이상섭, 『문학비평 용어사전』, 민음사, 2003.
이상우 외, 『문학비평의 이론과 실제』, 집문당, 2005.
이선영 편, 『문학비평의 방법과 실제』, 삼지원, 2003.
이승훈 편, 『한국문학과 구조주의』, 문학과비평사, 1988.
이승훈 편저, 『문학상징사전』, 고려원, 1995.
이승훈, 『문학으로 읽는 문화상징사전』, 푸른사상사, 2009.
이어령, 『공간의 기호학』, 민음사, 2000.
이재선, 『한국문학 주제론』, 서강대학교 출판부, 2006.
이정숙 외, 『한국소설의 얼굴』, 푸른사상사, 2009.
이정우, 『삶. 죽음. 운명』, 거름, 1999.
______, 『시뮬라르크의 시대』, 거름, 1999.
이진경, 『근대적 시 · 공간의 탄생』, 푸른숲, 1997.
장영란 외, 『성과 사랑, 그리고 욕망에 관한 철학적 성찰』, 서광사, 1999.
장필화, 『여성 · 몸 · 성』, 또 하나의 문화, 1999.
장현숙, 『황순원 문학연구』, 푸른사상사, 2005.
______, 『현실인식과 인간의 길』, 한국문화사, 2004.
전혜자 · 서정자 · 변정화 외, 『한국현대소설연구』, 국학자료원, 1998.
정동호 · 이인석 · 김광윤 편, 『죽음의 철학』, 청장, 1997.
정재서, 『동양적인 것의 슬픔』, 살림, 1996.
정화열, 박현모 옮김, 『몸의 정치』, 민음사, 1999.
조남현, 『소설신론』, 서울대학교 출판부, 2004.
조영미 외, 『섹슈얼리티 강의』, 동녘, 1999.
태혜숙, 『탈식민주의 페미니즘』, 여이연, 2001.

한국카프카학회 편, 『카프카 연구』, 범우사, 1984.
한국문학연구회 편, 『페미니즘은 휴머니즘이다』, 한길사, 2000.
________________, 『페미니즘과 소설비평』, 한길사, 1997.
한국여성연구소, 『새여성학강의』, 동녘, 1999.
한국여성철학회 엮음, 『여성의 몸에 관한 철학적 성찰』, 철학과 현실사, 2000.
한용환, 『소설학 사전』, 고려원, 1992.
허창운 외, 『프로이트 문학예술이론』, 민음사, 1997.
홍준기, 『라캉과 현대 철학』, 문학과지성사, 2003.
황도경, 『문체로 읽는 소설』, 소명출판, 2002.

3. 국내 논저

고정희, 「소재주의를 넘어서 새로운 인간성의 실현으로」, 『문학사상』, 1990.2.
권영민, 「동시대인들의 꿈 혹은 고통」, 『문학사상』, 1982. 12.
______, 「현실적 상황과 소설적 상상력」, 『문학과 지성』, 1978. 봄.
권오룡, 「원체험과 변형의식」, 『우리세대의 문학』, 1985. 1.
권윤옥, 「소설의 시간성 분석」, 『국어국문학논문요지집』 2, 동국대학교 대학원, 1985.
권택영, 「여성적 글쓰기, 여성으로서의 읽기」, 『후기 구조주의 문학이론』, 민음사, 1992.
______, 「카니발의 의미」, 『후기구조주의 문학이론』, 민음사, 1992.
김　현, 「살의의 섬뜩한 아름다움」, 『불의 강』 해설, 문학과지성사, 1977.
______, 「삶의 양면성에서 느껴지는 긴장감」, 권영민 엮음, 『한국현대작가연구』, 문학사상사, 1991.
______, 「새와 상처받은 유년」, 『뿌리깊은 나무』, 1980. 8.
______, 「요나콤플렉스의 한 증상」, 『월간문학』, 1969. 10.
김경수, 「가부장제와 여성의 섹슈얼리티」, 『현대소설연구』 22, 한국현대소설학회, 2004.
______, 「소설의 인물지각과 서술태도－오정희의 〈별사〉」, 『현대소설 시점의 시학』, 한국소설학회, 1996.

______, 「여성 성장소설의 제의적 국면」, 『페미니즘과 문학비평』, 고려원, 1994.
______, 「여성성의 탐구와 그 소설화」, 『문학의 편견』, 세계사, 1994.
______, 「여성적 광기와 그 심리적 원천」, 『작가세계』, 1995. 여름호.
______, 「한국 여성소설의 현단계」, 『문학의 편견』, 세계사, 1994.
김교선, 「즉물적인 표현의 매력」, 『창작과 비평』, 1978. 봄호.
김기주, 「욕망의 기의, 기의에의 욕망」, 『한국문학연구』, 동국대, 1997.
김미정, 「'몸의 공간성'에 대한 고찰」, 『현대소설연구』 25, 한국현대소설학회, 2005.
김미현, 「인어공주와 아마조네스, 그 사이」, 『여성문학연구』 5, 한국여성문학학회, 2001.
______, 「죽음과 일상의 이중주」, 『문학사상』, 1999. 3.
김병익, 「성장소설의 문화적 의미」, 『세계의 문학』, 1981. 여름호.
______, 「세계에의 비극적 비전」, 『월간조선』, 1982. 7.
김복순, 「여성 광기의 귀결, 모성혐오증」, 한국문학연구회 편, 『페미니즘은 휴머니즘이다』, 한길사, 2000.
김성곤, 「현대 한국문학에 나타난 여성의 모습」, 『문학정신』, 1992, 5.
김승환, 「오정희론－오정희적 자아의 존재양상에 대하여」, 『한국현대작가연구』, 민음사, 1989.
김열규, 「여성과 집에 관한 시론」, 『가와 가문』, 서강대학교 인문과학연구소, 1989.
김영미 · 김은하, 「중산층 여성의 정체성 탐구－오정희와 김채원의 소설을 중심으로」, 『오늘의 문예비평』, 1991. 9.
김영애, 「오정희 소설의 여성인물 연구－성장소설의 측면으로」, 『한국학연구』, 고려대학교 한국학연구소, 2004.
김예림, 「세계의 겹과 존재의 틈, 그 음각의 사이를 향하는 응시」, 『문학과 사회』, 1996. 겨울호.
김용구, 「일상의 갇힘과 밀침」, 『세계의 문학』, 1983. 겨울호.
김욱동, 「바흐친의 대화주의」, 『문학사상』, 1991. 1.
김윤식, 「창작에의 새 국면」, 『우리 소설을 위한 변명』, 고려원, 1991.
______, 「회상의 형식－오정희론」, 『우리 소설과의 만남』, 민음사, 1986.

김은정, 「여성적 자아로의 접근－오정희 담론의 한 연구」, 안숙원 외 공저, 『한국여성문학비평론』, 개문사, 1995.
김정숙, 「「옛우물」에 나타난 신화적 상상력 연구」, 『한국문학이론과 비평』 26집, 한국문학이론과 비평학회, 2005.
김정자, 「끝없는 자아탐색, 어둠과 바람의 세계」, 『한국여성소설연구』, 민지사, 1991.
김정진, 「세계인식으로서의 기억과 기록」, 『문학과창작』 48, 1999. 8.
김주연, 「말의 순결 그 파탄과 회복」, 『세계의 문학』, 1981. 가을호.
김지혜, 「오정희 소설의 몸 기호 연구」, 『기호학연구』 12, 한국기호학회, 2002.
김진석, 「오정희 「별사」 분석」, 『한국문학이론과 비평』 19, 한국문학과 비평학회, 2003.
______, 「오정희 소설 연구」, 『인문과학연구소』 12, 서원대학교 인문과학연구소, 2003.
김치수, 「외출과 귀환의 변증법」, 『불꽃놀이』 해설, 문학과지성사, 1995.
______, 「전율 그리고 사랑」, 『유년의 뜰』 해설, 문학과지성사, 1981.
김해연, 「성장소설의 한 모습」, 『경남어문논집』 10, 1998. 1.
김혜니, 「욕망의 이론으로 읽어 본 「저녁의 게임」」, 『현대 소설의 언어와 현실』, 국학자료원, 1997.
김혜순, 「여성적 정체성을 향하여」, 『옛우물』 해설, 청아출판사, 1994.
김혜영, 「오정희 소설의 이미지 연구」, 『현대문학이론연구』 19, 현대문학이론학회, 2003.
김화영, 「개와 늑대 사이의 시간」, 『문학동네』, 1996. 가을호.
남진우, 「몰락하는 우리 시대의 묵시론적 풍경」, 『올페는 죽을 때 나의 직업은 시라고 하였다』, 열림원, 2000.
박혜경, 「불모의 삶을 감싸안는 비의적 문체의 힘」, 『작가세계』, 1995. 여름호.
______, 「신생을 꿈꾸는 불임의 성」, 『불의 강』 신판 해설, 문학과지성사, 1997.
______, 「안과 밖이 어우러져 드러내 보이는 무늬」, 『문학과 사회』, 1996. 겨울호.
방민화, 「부재하는 존재를 향한 에로스적 욕망」, 『숭실어문』 18권, 2002.
______, 「오정희의 「유년의 뜰」 연구」, 『현대소설연구』 20, 한국현대소설학회, 2003.

______, 「오정희의 「중국인 거리」 연구」, 『현대소설연구』 10, 한국현대소설학회, 1999.
서재원, 「일상의 수압에 해체되는 존재의 비극」, 『문학사상』, 1996. 4.
성민엽, 「존재의 심연에의 응시」, 『바람의 넋』 해설, 문학과지성사, 1986.
______, 「존재의 진실의 추구」, 『우리 시대의 작가』 11 해설, 동아출판사, 1987.
성현자, 「오정희 「별사」에 나타난 시간구조」, 『동천 조건상 선생 고희기념논총』, 1986.
______, 「오정희 소설의 공간성과 죽음」, 『충북대 인문학지』 4, 1989. 4.
송명희, 「한국 여성작가와 여성해방－오정희와 김향숙을 중심으로」, 『문학과 성의 이데올로기』, 새미, 1994.
신철하, 「「별사」의 죽음」, 『문학정신』, 1992. 4.
______, 「성과 죽음의 고리－오정희의 소설구조」, 『현대문학』, 1987. 10.
심진경, 「여성의 성장과 근대성의 상징적 형식」, 한국여성문학회 편, 『여성문학연구』 창간호, 태학사, 1999.
______, 「오정희 초기소설에 나타난 모성성 연구」, 서강여성문학연구회 편, 『한국문학과 모성성』, 태학사, 1998.
안남연, 「오정희, 허무와 죽음」, 『1990년대 작가군과 여성문학』, 태학사, 2001.
안숙원, 「오정희와 섬광의 수사학－「동경」의 정신분석학적 접근」, 『한국 여성서사체와 그 시학』, 예림기획, 2003.
양선규, 「오정희 소설의 소설화 과정 분석」, 『현대소설연구』 제6집, 한국현대소설학회, 1997.
______, 「밤마다 여행, 혹은 고통의 詩學」, 『한국 현대소설의 무의식』, 국학자료원, 1998.
오생근, 「오정희 문학론－허구적 삶과 비관적 인식」, 『야회』 해설, 나남, 1990.
______, 「집, 가족, 그리고 개인－이청준과 오정희의 경우」, 『현실의 논리와 비평』, 문학과지성사, 1994.
오세영, 「문학에 있어서 시간의 문제」, 『한국문학』, 1976.
오양진, 「서술과 묘사, 그 대화법의 의미: 오정희의 『불의 강』에서」, 『語文論集』 46집, 민족어문학회, 2002.
오연희, 「오정희 소설의 여성성 연구－"옛우물"론」, 『한국문학이론과 비평』,

한국문학이론과 비평학회, 1997.
오윤호, 「「別辭」에 나타난 空間－描寫研究」, 『語文研究』 109, 한국어문교육연구회, 2001.
우미영, 「세계에 대한 부정의식과 탈주욕망－오정희론」, 『현대소설의 여성성과 근대성 연구』, 깊은샘, 2000.
우찬제, 「'텅 빈 충만', 그 여성적 넋의 노래」, 『타자의 목소리』, 문학동네, 1996.
유시주, 「이 사람이 사는 방법－작가 오정희 씨」, 『샘이 깊은 물』, 1983. 11.
윤애경, 「오정희 소설의 해석약호로서의 모티프 문제」, 『어문논집』, 안암어문학회, 2000.
이남호, 「휴화산의 내부」, 『문학의 위족 2』, 민음사, 1990.
이명호, 「몸의 반란, 몸의 창조」, 한국여성연구소, 『여성의 몸』, 창비, 2005.
이봉일, 「일상성, 내면성, 테러리즘」, 『고황논집』 24, 경희대학교 대학원, 1999. 6.
이상경, 「여성작가 소설에 나타난 여성성의 탐구」, 『한국문학연구』 19, 동국대학교 한국문학연구소, 1997. 3.
이상섭, 「「별사」의 수수께끼」, 『문학사상』, 1984. 8.
이상신, 「「바람의 넋」의 다기능 문체 분석」, 『소설의 문체와 기호론』, 느티나무, 1990.
______, 「광기, 그 영원한 틈새의 축복－「夜會」에 나타난 여성적 글쓰기의 정신」, 김경수 外, 『페미니즘과 문학비평』, 고려원, 1994.
이상우, 「오정희 소설 속의 중년여성」, 명지대학교 인문과학연구소 편, 『문학 속의 여성』, 월인, 2002.
______, 「오정희 소설의 여성의식 연구－고독과 불안과 허무의 심연」, 『인문과학연구논총』, 명지대학교, 1999.
______, 「의식의 흐름과 불연속적 장면제시」, 『현대소설론』, 양문각, 1993.
이재선, 「재난과 트로마의 시학」, 『소설과 사상』, 1998. 가을.
이정희, 「오정희 소설에 나타난 탈영토화 전략」, 한국여성문학학회, 『여성문학연구』, 2000.
이중재, 「오정희 소설을 읽는 한 방법론－「저녁의 게임」을 중심으로」, 『동국어문학』 제8집, 1996.
이태동, 「여성작가 소설에 나타난 여성성 탐구－박경리, 박완서 그리고 오정희의 경우」, 『한국문학연구』, 1997. 3.
______, 「오정희의 「동경」」, 『동아일보』, 1982. 4. 22.
이혜원, 「도도새와 금빛 잉어의 전설을 찾아서」, 『작가세계』, 1995. 여름호.
이화진, 「오정희 소설의 모더니즘적 글쓰기의 양상과 의미 : 『불의 강』과 『유년의 뜰』을 중심으로」, 『어문학』 83호, 한국어문학회, 2004.
임금복, 「여성 성장 소설에 나타난 사춘기의 성장 담화」, 『현대여성소설의 페미니즘 정신사』, 새미, 2000.
______, 「한국적 오이디푸스 콤플렉스의 초상」, 『현대여성소설의 페미니즘 정신사』, 새미, 2000.
임순만, 「미학의 정점－오정희 소설」, 『옛우물』 해설, 청아출판사, 1994.
임옥희, 「망각에 저항하는 불꽃놀이」, 『실천문학』, 1996. 봄호.
장현숙, 「리비도와 에로스와 타나토스의 꽃」, 『한국현대소설의 숨결』, 푸른사상사, 2007.
정규웅, 「내밀한 조화의 세계」, 『문학사상』, 1975.1.
정미숙, 「시점시학으로 본 여성소설의 특징」, 『현대소설연구』 13, 한국현대소설학회, 2000.
정미숙, 「오정희 소설과 이중시점 : 「바람의 넋」의 경우」, 『우암어문논집』 8, 부산외국어대학교 국어국문학과, 1997.
정연희, 「오정희 소설에 나타나는 시간의 이미지와 타자성」, 『현대소설연구』 39, 한국현대소설학회, 2008.
______, 「오정희 소설의 욕망하는 주체와 경계의 글쓰기」, 『현대소설연구』 38, 한국현대소설학회, 2008.
정영자, 「「어둠의 집」의 동굴모티프」, 『문학과 비평』 3, 1987. 가을호.
정재림, 「「별사」에 나타난 '죽음'의 의미 연구」, 『현대소설연구』 33, 한국현대소설학회, 2007.
정재석, 「의식의 흐름과 그 서사적 변주: 오정희의 「옛우물」」, 한국소설학회 엮음, 『현대소설 플롯의 시학』, 태학사, 1999.
정정숙, 「유년체험의 소설적 변형－오정희론」, 『한성어문학』 16집, 1997. 5.
정현기, 「유년기 체험 소설 연구」, 『매지논총』 11집, 연세대학교, 1994.
정혜경, 「불의 제의 속에 숨은 비밀」, 『현대시학』, 1998. 11.

정호웅, 「생명의 능동」, 『한국소설문학대계』, 동아출판사, 1995.
조혜정, 「한국의 페미니즘문학 어디까지 왔나」, 『여성해방의 문학』, 평민사, 1987.
최성실, 「영원한 '현재'의 시간을 위한 변주곡」, 『유년의 뜰』 신판 해설, 문학과지성사, 1998.
최윤정, 「부재의 정치성」, 『작가세계』, 1995. 여름호.
하응백, 「소멸에의 저항과 모성적 열림－「옛우물」자세히 읽기」, 『문학과 사회』, 1996. 겨울.
______, 「여성의식의 응축과 확산」, 『문학정신』, 1992. 5.
______, 「자기정체성 확인과 모성적 지평」, 『작가세계』, 1995. 여름호.
한상훈, 「소설공간에 투영된 안개 이미지」, 『현대문학』, 1986. 11
함정임, 「오늘의 문제작－「옛우물」」, 『오늘의 소설』 14호, 현암사, 1995.
허만욱, 「여성소설에 나타난 내면의식의 형상화 연구－오정희의 「옛우물」을 중심으로」, 『비평문학』 23호, 한국비평문학회, 2006.
현길언, 「탄탄한 플롯과 인간의 내밀 탐구」, 『소설은 어떻게 읽을 것인가』, 나남출판, 1997.
황도경, 「「유년의 뜰」의 회상 형식 및 문체」, 『이화어문논집』, 1992. 3.
______, 「뒤틀린 성, 부서진 육체」, 『작가세계』, 1995. 여름호.
______, 「불을 안고 강 건너기」, 『문학과 사회』, 1992. 여름호.
______, 「빛과 어둠의 이중문체」, 『문학사상』, 1991. 1.
______, 「어긋나는 말, 혹은 감추어진 말 : 오정희 인물의 말하기」, 『작가세계』, 1996. 가을호.
______, 「여성의 글쓰기와 꿈꾸기, 그 여성성의 지평」, 『문학정신』, 1992. 5.
황영미, 「덫이 된 가정의 존재론적 탐색－오정희의 초기 소설을 중심으로」, 『여성문학연구』, 한국여성문학학회, 2000.
______, 「오정희 소설의 서술전략 연구」, 『현대소설연구』 33, 한국현대소설학회, 2007.

4. 학위 논문

강유정, 「오정희 소설의 아이러니 연구」, 고려대학교 석사학위논문, 2000.

강윤희, 「오정희 소설 연구－여성적 글쓰기를 중심으로」, 서강대학교 교육대학원 석사학위논문, 2000.
권다니엘, 「오정희 소설에 나타난 물 이미지와 여성성 연구」, 서울대학교 협동과정 한국학전공 석사학위논문, 2002.
김나형, 「오정희의 여성성장소설 연구」, 홍익대학교 교육대학원 석사학위논문, 2005.
김남영, 「오정희 소설에 나타난 '집'의 의미와 여성성 연구」, 경희대학교 교육대학원 석사학위논문, 2004.
김도희, 「오정희 소설 연구」, 명지대학교 석사학위논문, 2009.
김미란, 「오정희 소설의 타자성 연구」, 부산대학교 석사학위논문, 2009.
김미애, 「여성 성장소설 연구」, 인하대학교 교육대학원 석사학위논문, 2003.
김미연, 「오정희 소설에 나타난 '외출' 모티프 연구」, 고려대학교 인문정보대학원 석사학위논문, 2001.
김미정, 「오정희 소설의 '시간－이미지' 연구」, 전북대학교 박사학위논문, 2011.
김민옥, 「오정희 소설에 나타난 공간의 의미」, 충북대학교 박사학위논문, 2009.
김병덕, 「한국 여성작가 소설에 나타난 일상성 연구－박완서, 오정희, 양귀자를 중심으로」, 중앙대학교 박사학위논문, 2003.
김병진, 「오정희 소설의 문체와 기법 연구」, 한국외국어대학교 교육대학원 석사학위논문, 2000.
김새롬, 「오정희 소설 연구」, 원광대학교 석사학위논문, 2004.
김성실, 「박완서 · 오정희 소설의 여성인물 양상 연구」, 광주여자대학교 문예대학원 석사학위논문, 2008.
김수영, 「오정희 소설의 여성성 연구」, 대구대학교 교육대학원 석사학위논문, 2002.
김신엽, 「오정희 소설 연구: 「새」를 중심으로」, 조선대학교 석사학위논문, 2006.
김예니, 「여성작가의 소설에 나타난 주체화양상 연구－박완서 · 오정희를 중심으로」, 성신여자대학교 교육대학원 석사학위논문, 2004.
김예진, 「오정희 소설의 문체와 기법 연구」, 한국외국어대학교 교육대학원 석사학위논문, 2000.
김용현, 「오정희 소설 연구」, 한남대학교 교육대학원 석사학위논문, 2003.

김윤경, 「오정희 소설에 나타난 소외 의식 연구」, 목원대학교 석사학위논문, 2003.
김윤실, 「오정희 소설에 나타난 트라우마(trauma) 연구」, 고려대학교 교육대학원 석사학위논문, 2006.
김인숙, 「오정희의 여성성장소설 연구」, 순천대학교 교육대학원 석사학위논문, 2007.
김정희, 「오정희 소설의 억압기제 연구」, 영남대학교 석사학위논문, 2006.
김지현, 「오정희 소설의 시간 연구」, 한양대학교 석사학위논문, 2001.
김지혜, 「오정희 소설 속의 정신적 외상과 그 치유 과정의 의미 연구」, 동국대학교 석사학위논문, 2009.
김지혜, 「오정희 초기 소설 연구－'몸'을 중심으로」, 이화여자대학교 석사학위논문, 2003.
김진련, 「오정희 소설에 나타난 '여성의 욕망'에 관한 연구」, 한국교원대학교 교육대학원 석사학위논문, 2003.
김진희, 「오정희 소설에 나타나 여성의 성장 의식 연구」, 한국교원대학교 교육대학원 석사학위논문, 2003.
김착희, 「오정희 소설 연구 : 타자를 통한 자아 탐색」, 계명대학교 교육대학원 석사학위논문, 2006.
김태정, 「오정희 소설의 기법과 문체에 관한 연구」, 동국대학교 문화예술대학원 석사학위논문, 1998.
김호영, 「오정희 초기 소설 연구 : 『불의 강』 인물의 이상심리를 중심으로」, 동국대학교 문화예술대학원 석사학위논문, 2006.
김효신, 「오정희의 성장소설 연구」, 경희대학교 교육대학원 석사학위논문, 2001.
나소정, 「현대소설에 나타난 심리적 적응행동에 관한 연구－이청준, 오정희 소설을 중심으로」, 명지대학교 박사학위논문, 2006.
남혜란, 「오정희 소설의 공간 연구」, 경남대학교 교육대학원 석사학위논문, 1999.
노수진, 「오정희 소설의 시간구조」, 동국대학교 문화예술대학원 석사학위논문, 1998.
노희준, 「오정희 소설 연구, 시 · 공간 구조를 중심으로」, 경희대학교 석사학위논문, 1998.

류지용, 「오정희 소설 연구」, 고려대학교 박사학위논문, 2005.
문진주, 「오정희의 「옛우물」에 나타난 시간 기법 연구」, 경성대학교 교육대학원 석사학위논문, 2007.
문혜윤, 「오정희 소설의 애매성 연구」, 고려대학교 석사학위논문, 2000.
박미경, 「오정희 소설 연구－글쓰기 전략을 중심으로」, 동덕여자대학교 여성개발대학원 석사학위논문, 1998.
박미란, 「오정희의 소설에 나타난 트라우마 시학」, 서강대학교 석사학위논문, 2001.
박민영, 「오정희 소설 연구」, 창원대학교 교육대학원 석사학위논문, 2005.
박지우, 「오정희 소설 연구 : 여성의 정체성 탐색을 중심으로」, 인제대학교 교육대학원 석사학위논문, 2006.
박진영, 「한국 현대소설의 비극성에 관한 수사학적 연구 : 김승옥 · 조세희 · 오정희를 중심으로」, 고려대학교 박사학위논문, 2010.
박찬종, 「오정희론－비관적 세계인식의 근원」, 중앙대학교 석사학위논문, 1997.
박창범, 「오정희 소설에 나타난 기억과 시선의 문제 연구」, 한양대학교 교육대학원 석사학위논문, 2006.
박향자, 「여성중심적 시각에서 본 오정희의 작품세계」, 계명대학교 여성학대학원 석사학위논문, 1993.
배성희, 「오정희 소설 연구」, 경희대학교 석사학위논문, 2003.
배수정, 「오정희 소설의 시간성 연구」, 경희대학교 석사학위논문, 2003.
백승미, 「오정희 소설의 자아 의식 연구」, 충북대학교 석사학위논문, 2009.
백영미, 「오정희 소설의 모성성 연구」, 안동대학교 교육대학원 석사학위논문, 2006.
백영희, 「오정희 여성 성장소설에 나타난 죽음에 대한 연구」, 홍익대학교 교육대학원 석사학위논문, 2006.
백인희, 「오정희 소설에 나타난 욕망과 죽음의 상관성」, 동국대학교 교육대학원 석사학위논문, 2006.
양선희, 「오정희 소설의 여성성 연구」, 순천향대학교 교육대학원 석사학위논문, 2008.

양영아, 「오정희 소설의 그로테스크 연구」, 숭실대학교 석사학위논문, 2007.
오미경, 「오정희 소설의 인물과 서사적 특징 연구」, 경원대학교 석사학위논문, 2004.
오미영, 「오정희 소설의 공간 연구」, 연세대학교 교육대학원 석사학위논문, 2005.
오은정, 「오정희 소설의 불확실성의 시학」, 서강대학교 석사학위논문, 2003.
오현선, 「오정희 소설의 환상성 연구」, 강남대학교 석사학위논문, 2009.
원 화, 「오정희 소설 연구－작중인물 분석을 중심으로」, 경희대학교 교육대학원 석사학위논문, 1998.
유경순, 「오정희 소설의 여성성 연구」, 강원대학교 교육대학원 석사학위논문, 2001.
윤석란, 「오정희 소설에 나타난 인물의 비극성 연구」, 덕성여자대학교 교육대학원 석사학위논문, 2002.
윤선영, 「오정희 소설의 상징성 연구」, 인제대학교 석사학위논문, 2002.
윤정윤, 「오정희와 김채원 소설의 이미지 비교 연구」, 전남대학교 석사학위논문, 2001.
이가원, 「오정희 소설의 인물 연구 : 내면의식을 중심으로」, 명지대학교 문화예술대학원 박사학위논문, 2004.
이미영, 「오정희 소설의 타자성 연구」, 조선대학교 석사학위논문, 2003.
이서현, 「오정희 소설 연구」, 성균관대학교 석사학위논문, 2007.
이선영, 「오정희 초기 소설에 나타난 반여성성 연구」, 경성대학교 석사학위논문, 2009.
이신조, 「여성소설에 나타난 '물'의 이미지 연구」, 명지대학교 문화예술대학원 석사학위논문, 2002.
이여진, 「오정희 소설에 나타난 여성 인물의 억압기제 연구」, 숭실대학교 석사학위논문, 2002.
이영미, 「오정희 소설의 공간 연구」, 부산대학교 석사학위논문, 2000.
이영숙, 「오정희 소설 연구 : 욕망의 소비성향에 대한 고찰」, 선문대학교 석사학위논문, 2006.
이영숙, 「오정희 소설 연구」, 경원대학교 교육대학원 석사학위논문, 2002.
이은경, 「오정희 소설에 나타난 이중의식」, 동국대학교 문화예술대학원 석사학위논문, 2004.
이정선, 「오정희 소설에 나타난 중산층 여성의 자아 탐색」, 경남대학교 교육대학원 석사학위논문, 1996.
이정우, 「오정희 초기소설에 나타난 공간구조」, 충북대학교 석사학위논문, 2009.
이정은, 「오정희의 여성성장소설 연구」, 서강대학교 교육대학원 석사학위논문, 2005.
이지우, 「오정희 소설의 상징성 연구」, 한성대학교 석사학위논문, 2009.
이정희, 「오정희, 박완서 소설의 근대성과 젠더의식 비교 연구」, 경희대학교 박사학위논문, 2001.
이현정, 「오정희 소설 연구 : '외출' 모티프를 중심으로」, 계명대학교 교육대학원 석사학위논문, 2003.
임미인, 「오정희 소설 연구－여성의 자아발견을 중심으로」, 성균관대학교 석사학위논문, 2003.
임선숙, 「여성소설에 나타난 가족담론의 이중성 연구 : 박완서와 오정희 소설을 중심으로」, 이화여자대학교 박사학위논문, 2011.
임영석, 「오정희 소설에 나타난 존재론적 자아」, 고려대학교 석사학위논문, 2000.
______, 「한국 현대소설의 서사담론 연구 : 서정인, 오정희 소설을 중심으로」, 고려대학교 박사학위논문, 2009.
임정민, 「오정희 소설 연구」, 연세대학교 석사학위논문, 2000.
장연자, 「오정희 단편소설의 인물 성격 연구」, 동국대학교 문화예술대학원 석사학위논문, 2004.
장정화, 「오정희 소설에 나타난 집의 공간성 연구」, 고려대학교 인문정보대학원 석사학위논문, 2005.
전미현, 「오정희 단편소설 「유년의 뜰」 분석 : 인물의 특성과 공간을 중심으로」, 동국대학교 석사학위논문, 2007.
정영화, 「오정희 소설 연구－여성적 상상력과 문체징후를 중심으로」, 중앙대학교 석사학위논문, 1996.
정우련, 「오정희 소설의 서술시점 연구」, 경성대학교 석사학위논문, 1999.
정은주, 「오정희 소설에 나타난 가부장 의식」, 충북대학교 교육대학원 석사학위논문, 2007.

정재현, 「페미니즘 소설교육 방법 연구 : 오정희의 「중국인 거리」중심으로」, 서강대학교 교육대학원 석사학위논문, 2008.
정하늬, 「오정희 소설에 나타난 공간 의식 연구」, 서울대학교 석사학위논문, 2004.
조미상, 「오정희 소설 연구」, 홍익대학교 교육대학원 석사학위논문, 2004.
조영미, 「오정희 소설에 나타난 공간의 상징성과 심리적 특징」, 부경대학교 석사학위논문, 2004.
조정희, 「오정희 소설에 나타난 여성주의－타자(The other)화된 인물을 중심으로」, 성신여자대학교 교육대학원 석사학위논문, 1997.
주혜미, 「오정희 소설에 나타난 '집'의 의미 연구」, 단국대학교 교육대학원 석사학위논문, 2007.
지선희, 「오정희의 성장소설 연구」, 충남대학교 교육대학원 석사학위논문, 2005.
지성이, 「오정희 소설에 나타난 죽음의식의 변화양상 연구」, 경북대학교 석사학위논문, 2009.
진계림, 「오정희 소설 연구」, 창원대학교 석사학위논문, 2003.
차정선, 「한국 현대소설에 나타난 가부장 의식 연구」, 단국대학교 교육대학원 석사학위논문, 2004.
차혜진, 「오정희 소설 연구 : 성 · 죽음 · 외출 모티프를 중심으로」, 성균관대학교 교육대학원 석사학위논문, 2006.
최세이, 「오정희 소설의 작중인물 연구」, 전남대학교 석사학위논문, 2004.
최윤자, 「오정희 소설 연구 : 융의 재생 모티프를 중심으로」, 단국대학교 박사학위논문, 2011.
최영미, 「오정희 소설에 나타난 모성성 연구」, 중앙대학교 석사학위논문, 2000.
최영선, 「오정희의 「옛우물」에 나타난 여성성 연구」, 경남대학교 교육대학원 석사학위논문, 2004.
최영애, 「오정희 소설 연구」, 숭실대학교 교육대학원 석사학위논문, 2005.
최영자, 「오정희 소설의 정신분석학적 연구」, 강원대학교 석사학위논문, 2004.
최정애, 「오정희 소설의 죽음의식 양상 연구」, 경희대학교 석사학위논문, 2008.
최현주, 「오정희 소설의 죽음 모티프 연구」, 동아대학교 교육대학원 석사학위논문, 2002.
추연화,「오정희 소설에 나타난 일탈 행동의 의미 연구」, 한양대학교 교육대학원 석사학위논문, 2007.
한명옥,「오정희 소설에 나타난 '물'의 의미 연구」, 한남대학교 교육대학원 석사학위논문, 2004.
한소선,「오정희 소설의 여성 인물 연구」, 한남대학교 교육대학원 석사학위논문, 2007.
현효민,「은유의 텍스트 효과와 의미작용 : 오정희 소설을 대상으로」, 서강대학교 석사학위논문, 2007.
홍양순,「오정희 소설에 나타난 욕망의 발현양상 연구」, 동국대학교 문화예술대학원 석사학위논문, 2002.
홍여운,「오정희 소설 연구－모티프를 중심으로」, 고려대학교 교육대학원 석사학위논문, 2004.
황 하이 번,「오정희와 응웬티투후에 소설에 나타난 여성성 비교 연구」, 서울대학교 석사학위논문, 2007.
황순영,「오정희 소설 연구－비극적 세계관을 중심으로」, 명지대학교 석사학위논문, 2003.
황현미,「오정희 소설의 상징성 연구」, 성신여자대학교 교육대학원 석사학위논문, 2000.

5. 국외 논저

J.E. Cirlot, 『*A Dictionary of SYMBOLS*』, Dover Publications, 2002.
Carl G, Jung, 조승국 역, 『인간과 상징』, 범조사, 1981.
Chadwick, Charles, 박희진 역, 『상징주의』, 서울대학교 출판부, 1984.
J. 크리스테바 외, 김열규 외 공역, 『페미니즘과 문학』, 문예출판, 1995.
Johnson, R.U, 이상옥 역, 『심미주의』, 서울대학교 출판부, 1987.
L. 골드만, 조경숙 역, 『소설사회학을 위하여』, 청하, 1982.
Muecke, D.C, 문상득 역, 『아이러니』, 서울대학교 출판부, 1986.
R.S 크레인, 최상규 역, 『현대소설의 이론』, 예림기획, 1998.

S. 리몬 케넌, 최상규 역, 『소설의 현대 시학』, 예림기획, 1999.
S. 채드먼, 한용완 역, 『이야기와 담론』(재판), 푸른사상사, 2003.
Simone de Beauvoir, 홍상희 · 박혜영 역, 『노년』, 책세상, 2002.
가스통 바슐라르, 곽광수 역, 『공간의 시학』, 동문선, 2003.
______________, 김병욱 역, 『불의 정신분석』, 이학사, 2007.
______________, 안보옥 역, 『불의 시학의 단편들』, 문학동네, 2004.
______________, 이가림 역, 『물과 꿈』, 문예출판사, 1998.
______________, 이가림 역, 『촛불의 미학』, 문예출판사, 2001.
게오르그 루카치, 반성완 역, 『소설의 이론』, 심설당, 1985.
구스타프 야누흐, 편영수 역, 『카프카와의 대화』, 문학과지성사, 2007.
노스롭 프라이, 임철규 역, 『비평의 해부』, 한길사, 2000.
다이안 맥도넬, 임상훈 역, 『담론이란 무엇인가』, 한울, 1992.
들뢰즈 · 가타리, 최명관 역, 『앙띠 오이디푸스』, 민음사, 1997.
데이비드 폰태너, 최승자 역, 『상징의 비밀』, 문학동네, 1998.
로버트 험프리, 이우건 · 유기룡 역, 『현대소설과 의식의 흐름』, 형설출판사, 1984.
로즈메리 잭슨, 서강여성문학회 역, 『환상성』, 문학동네, 2001.
롤랑 바르트, 김희영 역, 『텍스트의 즐거움』, 동문선, 1997.
롤랑 부르뇌프 · 레알 월레 공저, 김화영 역, 『현대소설론』, 현대문학, 1996.
루이스 알론스 세겔, 박영식 역, 『노년, 희망이 있습니다』, 카톨릭출판사, 2000.
르네 지라르, 김치수 · 송의경 역, 『낭만적 거짓과 소설적 진실』, 한길사, 2004.
리타펠스키, 김영찬 · 심진경 역, 『근대성과 페미니즘』, 거름, 1998.
마르틴 하이데거, 이기상 역, 『존재와 시간』, 까치, 2003.
머레이 북친, 구승회 역, 『휴머니즘의 옹호』, 민음사, 2002.
메기 험, 심정순 · 염경숙 공역, 『페미니즘 이론사전』, 삼신각, 1995.
미르치아 엘리아데, 이은봉 역, 『성(聖)과 속(俗)』, 한길사, 2006.
________________, 이은봉 역, 『종교형태론』, 한길사, 2007.
________________, 이재실 역, 『이미지와 상징』, 까치, 2007.
미셸푸꼬, 김부용 역, 『광기의 역사』, 인간사랑, 1999.

발터 벤야민, 반성완 역, 『발터벤야민의 문예이론』, 민음사, 2006.
쇼펜하우어, 송영택 역, 『삶과 죽음의 번뇌』, 삼진기획, 1987.
아지자 · 올리비에리 · 스크트릭, 장영수 역, 『문학의 상징, 주제사전』, 청하, 1989.
에리히 프롬, 차경아 역, 『소유냐 존재냐』, 까치, 2006.
엘리자베스 딥플, 문상우 역, 『플롯』, 서울대학교 출판부, 1984.
자크 라캉, 『욕망 이론』, 권택영 엮음, 문예출판사, 1994.
장 폴 사르트르, 박정태 역, 『실존주의는 휴머니즘이다』, 이학사, 2008.
제라르 쥬네트, 권택영 역, 『서사담론』, 교보문고, 1992.
____________, 석경징 역, 『현대서술이론의 흐름』, 솔, 1997.
제임스 러브록, 홍욱희 역, 『가이아』, 범양사, 2001.
제임스 조지 프레이저, 이용대 역, 『황금가지』, 한겨레신문사, 2004.
조셉 캠벨, 이윤기 역, 『천의 얼굴을 가진 영웅』, 2001.
죠르쥬 바타이유, 조한경 역, 『에로티즘』, 민음사, 1997.
지그문트 프로이트, 서석연 역, 『꿈의 해석』 상, 범우사, 2002.
____________, 서석연 역, 『꿈의 해석』 하, 범우사, 2003.
____________, 김정일 역, 『성욕에 관한 세 편의 에세이』, 열린책들, 1996.
____________, 서석연 역, 『정신분석학 입문』, 범우사, 2003.
테리 이글턴, 김명환 외 역, 『문학이론입문』, 창작과비평사, 1999.
필립 톰슨, 김영무 역, 『그로테스크』, 서울대학교 출판부, 1986.

작품세계로 본 오정희 연보

1947년

■ 11월 9일, 서울 사직동에서 부 오성환과 모 고숙녀의 4남 4녀 중 다섯째로 출생. 황해도 해주시에서 철공장을 운영하셨던 부모는 1947년 봄 월남하여 서울에 자리 잡았다.

1951년

■ 전쟁 중에 아버지는 제2국민병으로 징집되었고 남은 가족은 충남 홍성군 홍주읍 오관리에서 근 5년 간의 피난살이 시작. 월남한 부모로부터 태어난 출생 배경과 전쟁, 피난살이의 경험은 「유년의 뜰」 「중국인 거리」를 통해 형상화된다. 오정희가 유년기에 겪은 전쟁의 트라우마는 「바람의 넋」 「어둠의 집」 등 다수의 작품에 나타남.

1955년

■ 피난살이를 마치고 인천으로 이주하여 신흥초등학교 2학년으로 전학. 오정희는 일간신문의 연재소설과 대중잡지를 읽음. 중요한 성장기를 보낸 인천은 이후 오정희 문학의 고향과 같은 곳이며 「중국인 거리」의 배경이 된다. 이때 목격한 양공주의 비참한 삶이 작품 속에 나타난다.

1956년

■ 초등학교 3학년 때 경기도 백일장에서 「오늘 아침」이라는 산문으로 특선을 하고 소설가가 되겠다는 소망을 가짐.

1959년

■ 이광수, 김동인, 박화성, 최정희, 황순원의 장편소설과 『사상계』와 『현대문학』에 실리는 단편소설을 통해 전후 작가들의 작품세계를 접하기 시작.

1960년

■ 4 · 19혁명 일어남. 어린시절의 경험이지만 이때 군중의 무리 속에서 넘어져 생긴 상처는 아직까지도 남아 있음. 아버지의 권유로 정구 선수 시작해서 3학년 때는 주전 선수가 되기도 함. 운동부 생활이 체질에도 맞지 않았고 어려움이 많았지만 몸의 건강을 얻은 점과 타인에 대한 이해, 더불어 사는 인간관계의 질서와 배려를 배웠다고 회상함.

1961년

■ 교통사고를 당한 막내동생의 죽음을 지켜봄. 소설 「바람의 넋」「완구점 여인」에 그날의 동생 모습이 담겨 있음. 일부 평자에 의해 지적되는 오정희 문학의 죽음에 대한 친화적 태도는 어린날 목격한 동생의 죽음과 이로 인한 충격이 크게 작용했으리라고 본다.

1963~65년

■ 이화여고 입학. 학업에는 별 뜻이 없었고 동화작가 신지식 선생님이 지도하신 문예반 활동 열심히 함. 글을 잘 쓴다는 국어선생님의 칭찬 덕분에 자살 충동을 이겨낼 수 있었음. 당시 친구들은 오정희를 '문학에 미친, 열정적인 아이' 라고 회상함. 도서실을 들락거리며 셰익스피어, 도스토예프스키, 키르케고르, 니체, 칸트 등을 접함.

1966년

■ 고교 졸업 후 사학과와 국문과 중 진로를 놓고 고민하던 중 우연히 발견한 대학 입시요강 속의 서라벌예술대학 문예창작과 소개를 보고 망설임 없이 선택. 당시 서라벌예대에는 김동리, 서정수, 박목월 선생님이 계셨다. 오직 작가가 되고 싶다는 열망 하나만으로 문창과에 입학.

1968년

■ 문학에 대한 열망과 재능이 없는 것에 대한 초조감으로 방황하던 중 김동리 선생님의 "신춘문예 안 하나?"라는 한마디에 용기를 내어 완성한 「완구점 여인」이 중앙일보 신춘문예에 당선.

■ 작가의 고백대로라면 "본격적인 습작기"가 시작된 시기.

■ 단편 「주자(走者)」발표.

1970년

- 서라벌예대 문창과 졸업. 졸업과 함께 작가로서의 길에 두려움을 느낌. 졸업 후 문예창작과 조교 근무.
- 단편소설 「산조」 발표. 공교롭게도 등단작인 「완구점 여인」 「주자」 「산조」는 공통적으로 동성애를 다루고 있는데 이는 구체적으로 모성의 결핍과 치유로서의 의미를 지닌다. 모성 결핍의 문제는 작가 개인의 체험과 무관하지 않을 것으로 보인다. 작가의 자전적 소설이라 볼 수 있는 「중국인 거리」에서 '집 짓기' 와 '아이 낳기' 라는 생존본능과 삶의 복구에만 매달리는 부모의 모습은 오정희 성장기 모습과 겹쳐지는 부분이 많다. 엄마의 '여덟 번째 출산' 을 죽음으로 인식하는 작중인물처럼 오정희 역시 8남매 중 다섯째로 태어났다.

1971~73년

- 조교직을 사임하고 잡지사, 출판사 등지로 직장을 전전하면서 「봄날」 「관계」 「직녀」 「번제」 등을 발표함. 네 작품 모두 성의 문제가 욕망과 억압이라는 양가치적인 모습으로 형상화된다. 특히 「관계」는 삶의 허무주의와 성으로 대표되는 인간의 욕망 사이에서 갈등하다 끝내 자살을 택하는 인물의 삶이 그려지고 「번제」는 욕망과 억압 사이에서의 극도의 갈등과 혼란아 낙태와 정신병이라는 이상심리와 행동으로 나타난다. 이러한 성에 대한 갈등과 혼돈은 이십대의 오정희가 사로잡혀 있던 금욕주의적 가치관과 성에 대한 근원적인 고민을 반영한다. 또한 70년대 우리 사회의 급격한 가치관의 변화, 그 중에서도 성적 방종과 타락이라는 외부적 요인도 작용했으리라고 본다. 이런 부분은 76년에 발표된 「야곱의 꿈」에도 나타난다.

1974년

- 김동리 선생님의 주례로 강원도 춘천 태생의 박용수와 결혼. 화곡동에서 신혼살림 시작.

1975년

- 신태양사를 거쳐 아동물 출판사인 계몽사 근무 시작.
- 단편 「목련초」 발표. 직장일과 가정생활을 병행하면서 글을 쓰지 못하는 긴장감과 안타까움으로 절박한 위기감을 느낌. 소설을 쓰면서도 산문성보

다는 이미지와 운율에 사로잡혀 있음.

1976년

■ 「안개의 둑」「적요」「미명」「야곱의 꿈」 등을 발표. 성에 대한 작가의 관심은 지속적으로 이어지는데 「안개의 둑」은 성에 대한 콤플렉스로 삶의 불구성을 드러내고 「적요」는 이전에 쓰여진 「관계」와 함께 노년의 성을 다룬다. 「미명」은 여성의 성에 대한 사회적 억압을 통해 불평등한 가부장제 사회의 성차별적 문제를 다룬다.

1977년

■ 「불의 강」「한낮의 꿈」 발표. 첫 아이의 출산과 함께 첫 창작집 『불의 강』을 문학과지성사에서 출간. 작가는 이 시기에 다양한 성담론을 통해 작중인물의 극단적인 갈등과 파행적인 이상심리를 드러낸다. 또한 「안개의 둑」「불의 강」「야곱의 꿈」「미명」 등 후반기 작품을 통해서는 70년대 산업화 사회의 부정적 면모와 남북한 문제 등 사회현실적인 문제를 작품화하기 시작한다. 작가 스스로 이 시기의 작품을 "청춘기의 참혹한 자화상"이라 칭하면서 그 당시를 "생애 중 가장 힘겹고 비참하고 오만하고 고귀했던" 시기로 고백한다.

1978년

■ 둘째 아이 출산. 「동행」 발표. 작가는 「동행」에 이르러 성을 인간의 가장 자연스럽고 원초적인 욕망으로 받아들이게 된다. 이는 오정희가 결혼과 출산 그리고 삼십대의 나이로 접어들면서 성의 문제를 자연스럽게 받아들이게 되었음을 보여준다.

■ 강원대학교 사회학과 전임강사로 임용된 남편을 따라 춘천으로 이주하였다. 춘천은 오정희에게 제2의 고향이라고 할 수 있는 곳으로 「구부러진 길 저쪽」 등 다수의 작품에 인용되고 있다. 이 시기 문학의 특징 중 하나인 여성인물의 권태와 불안의식은 춘천이라는 낯선 고장에서 느끼는 작가 자신의 경험담이 많이 녹아 있으리라고 짐작할 수 있다. 그중 대표작이라 할 수 있는 「꿈꾸는 새」 발표.

1979년

■ 「저녁의 게임」 「중국인 거리」 「비어 있는 들」 발표. 「저녁의 게임」으로 문학사상사 제정 제3회 이상문학상 수상. 「저녁의 게임」은 가부장제 사회에서 여성의 삶의 문제를 다루고 있는 의미 있는 작품이다. 「중국인 거리」는 작가가 어린 나이에 겪은 전쟁, 피난, 복구에 이르는 황폐한 경험이 녹아 있는 작품이다. 「비어 있는 들」은 2년 후에 발표하는 「별사」와 여러 가지 면에서 유사한 점이 많은 작품으로 이 시기 문학 중 대표작으로 꼽을 수 있다. 유신체제의 모순과 독재권력의 횡포라는 질식할 듯한 정치현실과 그 속에서 고통스럽게 살아가는 평범한 가정의 모습을 보여준다.

1980년

■ 「유년의 뜰」 「겨울뜸부기」 「어둠의 집」 발표.
■ 80년도는 광주민주화운동이 있었던 때로 전국은 공황상태에 빠져 있고 사회학과 교수인 작가의 남편은 이러한 시국으로부터 자유로울 수 없었을 것이다. 이러한 모습은 「비어 있는 들」에서 폭우가 쏟아지는 날 낚시를 떠나는 남편이나 「별사」에서 금치산자가 되어 감시를 받는 작중인물로 형상화된다. 발표된 세 작품 역시 이러한 시대상황과 무관하지 않다. 평자들에 의해 중년여성의 권태로운 삶과 고독감을 형상화했다고 평가받는 「어둠의 집」은 이러한 부정적 사회현실을 배경으로 하고 있는 작품으로 단순히 중년여성의 삶의 문제만으로 한정해서 볼 수는 없다.

1981년

■ 「별사」 「밤비」 「야회」 「인어」 등 발표.
■ 등단 이후 가장 활발한 창작을 한 몇 년 동안의 작품을 모아 두 번째 창작집 『유년의 뜰』을 문학과지성사에서 발간. 『유년의 뜰』에 실린 작품들은 당시 사회의 숨막히는 정치현실과 가정 주부로서의 삶의 문제를 주로 다루고 있다. 그것은 구체적으로 창작에 대한 열망과 연년생의 어린 남매를 기르는 평범한 가정주부로서의 간극 사이에서 갈등하고 고민한 흔적을 말한다.
■ 오정희 작품 중 문제작으로 꼽히는 「별사」는 80년대의 어두운 정치적 상황과 사회적 압력, 그 속에서 고통을 받는 사람들의 심리적 위축과 불안을 형상화한다. 또한 「야회」는 중산층의 속물의식과 허위의식을 알레고리로 비판하고 있는 작품이다.

1982년

- 「동경」「바람의 넋」「하지」「집」 발표
- 이 시기는 오정희 작품세계가 사회현실 인식이 확대 심화되는 때로 「동경」은 작가가 꾸준히 관심을 가지고 있는 노년의 삶의 문제와 4 · 19혁명의 의미를 다룬 작품이다. 「바람의 넋」은 중앙일보에 석 달간 연재되었던 중편소설이며 중년여성의 삶의 문제와 전쟁의 트라우마가 겹쳐지는 작품이다. 「동경」으로 제15회 동인문학상을 이문열 씨와 공동 수상.

1983년

- 「지금은 고요할 때」「전갈」「불망비」「순례자의 노래」「멀고 먼 저 북방에」 등을 발표.
- 「불망비」는 일제시대와 6 · 25전쟁 등 불행했던 과거의 역사가 소설의 배경이 되어 그동안 오정희 문학에서 흔히 다루지 않았던 시대가 작품 속에 등장함. 두 번째 창작집인 『유년의 뜰』 이후 오정희 문학은 현실과 욕망의 균열을 다루면서 보다 객관적으로 시대상황을 드러내고 인생에 대한 깊이 있는 탐구를 진전시킨다.

1984~86년

- 이 시기 문학의 특징 중 하나인 중년의 위기의식과 삶에 대한 동경과 욕망을 묘파한 「새벽별」 발표. 1984년 여름, 뉴욕 주립대 교환교수로 가게 된 남편을 따라 온 가족이 뉴욕주 올버니로 이주하였다. 오정희는 미국행을 30대 후반의 탄식과 한숨의 돌파구가 되리라 여겼지만 2년 간의 체류 기간 동안 글을 전혀 쓰지 못하고 귀국. 귀국 후 마흔살이 되었고 작가의 삼십대를 정리하는 세 번째 창작집 『바람의 넋』을 펴냈다.

1986년

- 「불꽃놀이」 발표. 삼대에 걸친 가족사의 비극을 통해 현실 정치의 문제점을 비판하고 상징적이고 심미적인 방법이지만 저항의식이 구체적으로 나타난다. 그동안 소극적이고 내면화되던 작중인물의 현실 대응의지가 이 시기 작품에 와서 적극적이고 실천적으로 드러나는 것이 그 전 시기 문학과의 차별적인 부분이라고 볼 수 있다.

1987년

- 「그림자 밟기」「分極」 발표.
- 「그림자 밟기」에는 어두운 시대에 저항하지 못하는 소시민적 삶의 태도에 대한 반성과 자기 환멸이 드러난다. 그것은 부정적인 시대현실에서 느끼는 작가로서의 부채감으로 볼 수 있다. 7, 80년대에 활발하게 창작활동을 하면서도 사회의식의 부재나 빈곤이라는 부정적인 평가로부터 자유로울 수 없었던 작가로서의 직무유기에 대한 뼈아픈 반성이 나타남.

1989년

- 「파로호」「저 언덕」 발표. 「파로호」 속에는 작가가 미국생활 중 느꼈을 정신적 공황상태와 결핍감, 또한 이를 채우고자 하는 열망과 몸부림이 구체화되어 있다. 「저 언덕」은 6·25전쟁이라는 시대적 비극으로 인한 가정의 몰락을 통해 부정적인 역사에 대한 비판정신을 함의한다.

1990년

- 소설선집 『야회』를 나남출판사에서 간행.
- 김현 선생님의 부음 소식을 듣고 작가를 문학과지성사에 소개해 주시고 평문을 써주셨던 선생님과의 인연을 떠올림.

1993년

- 장편동화집 『송이야, 문을 열면 아침이란다』(한양출판사)와 짧은 소설집 『술꾼의 아내』(작가정신)를 펴냄. 두 아이의 엄마이기도 한 작가의 따뜻한 모성애는 부정적 현실 속에서도 아이라는 미래를 위해 현재의 시간을 버릴 수 없었던 작중인물의 의지가 형상화된 「별사」「비어 있는 들」 등 여러 작품을 통해 확인할 수 있다. 이처럼 아이들을 향한 애정은 90년대 이후 동화책, 민담집 등의 출간을 통해 구체화된다.

1994년

- 「옛우물」을 「파로호」 이후 5년 만에 발표함. 작품 속 주인공인 마흔다섯 살의 여성은 작가의 모습과 겹쳐짐. 무탈한 일상에 안위하면서도 글쓰기에 대한 열망으로 가슴 아프던 시절의 작가의 모습이 주인공을 통해 나타남. 오정희가 일관되게 지켜온 여성 정체성의 문제, 소멸과 생성의 문제를 다

루면서 초월적이고 생태적인 상상력으로 삶의 혼란과 허무를 넘어선다. 오정희 문학의 한 특징이라 할 수 있는 그로테스크하고 섬뜩한 삶의 고통과 절망이 성숙하게 승화되어 나타남.

1995년

■ 중편 「구부러진 길 저쪽」 「새」 발표. 창작집 『불꽃놀이』(문학과지성사)와 『오정희 문학앨범』(웅진출판사)을 펴냈다. 90년대의 파편화되고 폭력적인 현실을 문제시한 「구부러진 길 저쪽」은 「불꽃놀이」 「저 언덕」과 함께 '아버지 부재'의 상황을 드러내면서 각 시대별 문제의식을 형상화한다. 세 작품 속에 나타나는 '아버지 부재'는 부정적인 시대현실에 대한 비판과 풍자의 상징적인 의미를 지닐 뿐 남성은 가해자, 여성은 피해자라는 이분법적인 의미를 지니지 않는다.

1996년

■ 「구부러진 길 저쪽」으로 제4회 오영수문학상을, 창작집 『불꽃놀이』로 제9회 동서문학상을 수상하였다.

1999년

■ 「얼굴」 발표. 「얼굴」은 오정희 문학의 한 특징으로 꼽히는 죽음의 의미를 탐구하는 작품이다. 죽음의 의미를 불가침성, 신성성, 그리고 자연스러운 삶의 또다른 단면으로 파악하고 있다. 오정희는 「얼굴」 이후 본격소설을 발표하지 않고 있다.

2002년

■ 카톨릭에 입교, '실비아'라는 본명으로 세례받았다. '대지'와 '시의 여신'의 뜻을 가진 이름이라 한다. 여러 경우를 통해 봐 왔듯이 작가가 종교를 가지는 것은 특별한 의미를 지닌다. 특히 독특한 작품세계를 유지해 왔던 오정희에게는 더욱 그럴 것이다. 이후 이렇다 할 작품을 발표하고 있지는 않지만 오정희만의 색깔이 담긴 또 다른 작품을 기대해 볼 만하다.

2003년

■ 독일어로 번역된 『새』로 독일 기독교 단체에서 제3세계 여성 작가들에게

주는 리베라투르 문학상을 수상하였다. 이 외에도 작가의 다수의 작품이 번역되어 세계 여러나라에 발표되고 있다.

2006년

- 수필집 『내 마음의 무늬』(황금부엉이), 어린이를 위한 민담집 『접동새 이야기』(이가서)를 펴내다.

2007년

- 1981년도에 발표했던 「별사」를 재조명하는 작업으로, 문학평론가 이태동 선생님과의 대담집 「별사 – 작가와 함께 대화로 읽는 소설」(지식더미)을 펴내다.

2008년

- 우화소설집 『돼지꿈』(랜덤하우스코리아) 발간.

2009년

- 『가을 여자』(랜덤하우스코리아) 발표.

2011년

- 『나무꾼과 선녀』(비룡소) 발간.
- 작가는 1999년에 발표한 「얼굴」 이후로 본격 소설은 발표하지 않은 채 어린이를 위한 동화집이나 민담집, 우화소설집 등만을 출간하고 있다.

| 찾아보기 |

ㄱ

ㅈ

ㅊ

ㅍ

ㅎ